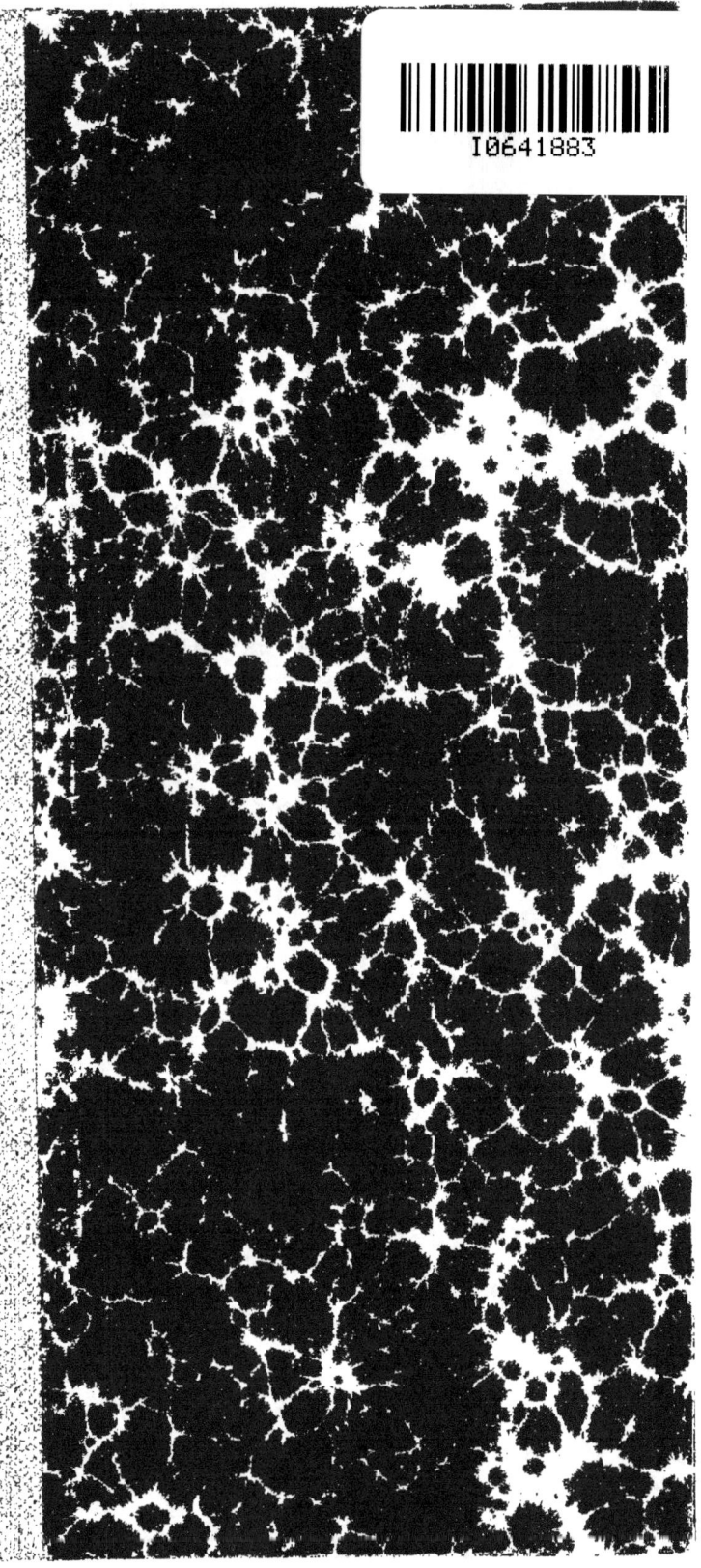

PANÉGYRIQUES

PRONONCÉS

Par Mgr ROZIER

Missionnaire apostolique, camérier secret de S. S. Léon XIII,
docteur en théologie, docteur en philosophie,
mansionnaire de la basilique Saint-Nicolas de Nantes.

(2ᵉ mille)

SAINT MARTIN DE TOURS. — SAINT VINCENT DE
PAUL. — LE BIENHEUREUX PERBOYRE. — SAINT
PIERRE CLAVER. — SAINT JEAN BERKMANS. —
SAINT ALPHONSE RODRIGUEZ. — SAINT CHARLES
BORROMÉE. — SAINT FRANÇOIS D'ASSISE. —
SAINT LOUIS DE GONZAGUE. — LE BIENHEUREUX
J.-B. DE LA SALLE. — SAINT MAURICE.

LYON

Librairie Générale Catholique et Classique
EMMANUEL VITTE, DIRECTEUR
Imprimeur de l'Archevêché et des Facultés catholiques de Lyon.
3, PLACE BELLECOUR ET RUE CONDÉ, 30.

1893

PANÉGYRIQUES

LYON. — IMPRIMERIE EMMANUEL VITTE, RUE CONDÉ, 30.

PANÉGYRIQUES

PRONONCÉS

Par Mgr ROZIER

Missionnaire apostolique, camérier secret de S. S. Léon XIII,
docteur en théologie, docteur en philosophie,
mansionnaire de la basilique Saint-Nicolas de Nantes.

(2e mille)

> SAINT MARTIN DE TOURS. — SAINT VINCENT DE
> PAUL. — LE BIENHEUREUX PERBOYRE. — SAINT
> PIERRE CLAVER. — SAINT JEAN BERKMANS. —
> SAINT ALPHONSE RODRIGUEZ. — SAINT CHARLES
> BORROMÉE. — SAINT FRANÇOIS D'ASSISE. —
> SAINT LOUIS DE GONZAGUE. — LE BIENHEUREUX
> J.-B. DE LA SALLE. — SAINT MAURICE.

LYON

Librairie Générale Catholique et Classique
EMMANUEL VITTE, DIRECTEUR
Imprimeur de l'Archevêché et des Facultés catholiques de Lyon.
3, PLACE BELLECOUR ET RUE CONDÉ, 30.

—

1893

A MES AUDITEURS

OICI *quinze panégyriques qui, réunis, arrivent à faire un volume ; mais n'ont point la prétention d'être un livre.*

Ceux qui m'ont fait le grand honneur de m'appeler à remplir un modeste rôle en les fêtes inoubliables auxquelles j'ai eu le bonheur d'assister, ont bien voulu, afin d'en perpétuer le souvenir, me demander ces faibles discours.

Je devais les imprimer les uns après les autres, en petits fascicules, et les leur offrir, en échange du cordial accueil que j'ai reçu partout. Ils ont dû trouver que, j'étais lent à tenir ma parole et intérieurement me le reprocher à bon droit.

Qu'ils veuillent bien me le pardonner ! Outre la certitude où je suis que, ces discours ne méritaient point cet honneur, la vie vagabonde du prédicateur appelé sans trêve, de ville en ville, à d'autres auditoires et à d'autres œuvres, ne lui laisse point le loisir de réunir et mettre au net des notes souvent confuses, qu'il est seul à pouvoir débrouiller.

Il restait un moyen de remplir tous mes engagements à la fois ; c'était de ramasser en un volume ces panégyriques que je leur offre de grand cœur, pour faire oublier ma négligence.

Quelques-uns ont été composés hâtivement, aux veilles du jour où il fallait les prononcer, lorsque j'ai été surpris par une demande inopinée, qui ne me laissait que le temps d'établir un cadre et de partir. Avant de les donner à l'éditeur il aurait fallu, non point les retoucher; mais les refaire. Je l'aurais entrepris, si ce n'eût été manquer complètement le but proposé. On me demande un memento de fêtes, qui doivent rester des pages glorieuses, dans l'histoire des Églises qui les ont célébrées, afin d'en retrouver dans ces lignes une durable impression. Le prédicateur n'a point la présomption de leur offrir autre chose que ce memento, et il n'eût point réalisé ce dessein si, modifiant, ajoutant ou retranchant, ses lecteurs n'eussent point retrouvé la parole entendue et l'émotion qu'elle contenait.

Cependant, préoccupé de décharger ces discours de tout ce qui n'avait point un rapport direct avec les sujets qui y sont traités, et aussi, pour alléger un volume que l'éditeur pensait devoir être trop fort, j'ai franchement retranché tout ce qui avait trait aux circonstances particulières dans lesquelles ces panégyriques ont été dits et aux illustres princes de l'Église devant qui j'ai eu l'honneur de parler. Il m'a semblé (ai-je eu tort?) qu'en leur donnant une allure plus impersonnelle, je dépasserais mieux le cercle de mes auditeurs et m'adresserais à un plus grand nombre de lecteurs inconnus.

J'ajoute qu'au nom du Saint ou du Bienheureux qui fait l'objet de chaque discours, j'ai ajouté un sous-titre qui fixera immédiatement le lecteur sur le sujet traité.

Moyennant la réserve que je viens de faire plus haut et la part qu'il faut laisser à la liberté de la pensée parlée, ces faibles panégyriques sont tels que mes auditeurs les ont entendus.

Si imparfaits qu'ils soient, s'ils ont produit quelque bien et servi à la gloire de Dieu, je les leur dédie et prie les Saints et les Bienheureux que j'ai essayé de prêcher, de perpétuer dans leurs âmes la mémoire des belles solennités que nous avons célébrées ensemble et les grâces qu'ils en ont retirées.

SAINT MARTIN DE TOURS

GENÈSE ET EXODE DE LA FRANCE

Panégyrique prononcé le 11 novembre 1890, dans la cathédrale
de Tours, à l'occasion de la fête de saint Martin
et de la consécration de la Basilique élevée sur son tombeau.

SAINT MARTIN DE TOURS

GENÈSE ET EXODE DE LA FRANCE

Te elegit Dominus Deus tuus ; ut sis eis
populus peculiaris de cunctis populis qui
sunt super terram.

Le Seigneur ton Dieu t'a choisi, afin qu'entre
tous les peuples de la terre, tu fusses le peuple
qui lui fût propre. Deut. vii, 6.

'EST un merveilleux dessein de Dieu que, dans l'universel engloutissement du déluge, il se soit gardé un homme pour se faire un peuple à lui : *populus peculiaris*, et qu'après avoir détruit ce peuple, en punition de ses oublis, il en ait soigneusement ramassé les débris sous les palmiers du Nil pour le reconstituer une seconde fois (1).

Ce peuple, il ne le choisissait ni parce qu'il le voulait le plus fort, ni parce qu'il le voulait le plus nombreux : *non quia cunctas gentes numero vincebatis* (2); il était de tous le plus petit : *Cum omnibus sitis pauciores* (3). Il l'aimait, voilà tout le secret de son élection : *sed quia dilexit vos Dominus* (4).

Il l'aimait, et il le lui disait avec une insistance qui semble être d'un homme plutôt que d'un Dieu : Je

(1) Cf. Lecoy de la Marche, *Saint Martin.* — (2) Deut. vii, 7.
(3) *Ibid.* — (4) *Ibid.* 8.

vous aime : *Ego dilexi vos;* et ce peuple, aussi imbécile qu'ingrat, lui répondait : En quoi ? *In quo dilexisti nos ?* (1).

Et ce Dieu qui, par amour pour ce petit peuple, ne dédaignait pas de rétrécir son nom immense, jusqu'à se faire appeler le Dieu de ce peuple, le Dieu d'Abraham, se mettait à se faire lui-même l'avocat de cet amour, rappelant ses bienfaits, en ajoutant de nouveaux, multipliant les preuves, défendant cette cause avec une telle jalousie, qu'il semblerait, à lire maintenant sa plaidoirie divine, que son bonheur n'eût pas été complet, si cet amour fût venu à lui manquer.

Plus Israël était rebelle, plus Dieu l'aimait, semant sous ses pas les prodiges comme les rayons du soleil, pour garder ce peuple qui a passé son histoire à chasser et à reprendre son Dieu. Mais ce Dieu avait fait avec lui un pacte solennel, et il voulait qu'il vécût à jamais pour proclamer que, malgré les infidélités de l'un des contractants, l'autre restait fidèle, fidèle dans sa force et fidèle dans son amour : *Et scies, quia Dominus Deus tuus, ipse est Deus fortis et fidelis, custodiens pactum et misericordiam* (2).

Ce Vieux Testament contenait à l'endroit d'Israël une suprême obligation. Dieu s'engageait à prendre chez lui le Messie.

Le Messie vint; Israël l'assassina.

Israël ne voulut rien comprendre, ni à la grandeur, ni à l'abaissement du Sauveur attendu. Rien à sa grandeur : Israël le croyait d'Abraham, ce qui lui semblait

(1) Malach. I, 2. — (2) Deut. VII, 9.

suffisant pour sa gloire, et le Messie se disait de l'éternité. Rien à son abaissement : Israël le croyait puissant, il se disait esclave ; immortel, il disait qu'il mourrait. C'était trop et trop peu ; Israël le crucifia, mais en le crucifiant il déchirait le contrat.

Huit jours avant le crime, Jésus assis sur un ressaut rocheux du mont des Oliviers, regarda sa ville et pleura : « Pauvre patrie, disait-il, tu n'as pas connu ton jour. » Et lorsque, huit jours après, il poussa ce « grand cri » qui entraîna son âme, le dernier citoyen de la nation choisie était mort ; il n'y avait plus de peuple de Dieu, et pour que jamais les siècles n'en doutent, il fut condamné à vagabonder à travers les siècles, vivant comme race, mort comme peuple ; et voilà pourquoi nous le rencontrons errant par les chemins des nations, traînant après lui l'éternelle impuissance de se faire un drapeau, une frontière, une patrie.

Il est permis de se demander si la place est restée vacante, et si de la poitrine trouée du Sauveur expirant un autre Israël n'est pas sorti, pour remplir au milieu des nations le rôle du peuple déicide. Quelle nation a été héritière des bénédictions de Dieu ? *Benedictus eris inter omnes populos* (1).

Quel peuple a ses terres fécondes, ses moissons plantureuses, ses vignes pressées, son huile abondante, ses troupeaux nombreux ? *Benedicetque fructui terræ tuæ, frumento tuo, atque vindemiæ, oleo et armentis* (2).

(1) Deut. vii, 14. — (2) *Ibid.*, 13.

Interrogez l'infaillible histoire : *Interroga de diebus antiquis* (1).

Quel peuple a vibré davantage de la parole divine ? *Ut audiret populus vocem Dei sicut tu audisti* (2).

Quel peuple Dieu a-t-il cueilli au milieu des nations pour l'inonder de prodiges ? *Et tolleret sibi gentem de medio nationum per signa atque portenta* (3).

Quel peuple est devenu le soldat de Dieu, a eu la victoire plus facile, la main plus vigoureuse, le bras plus étendu ? *Per pugnam et robustam manum, extentumque brachium* (4).

Quel peuple est devenu l'apôtre de Dieu au milieu des peuples et sème plus abondamment la bonne nouvelle de la foi ? Quel peuple a une histoire où Dieu se trouve plus présent ? *Nec alia natio tam grandis quæ habeat Deos appropinquantes sibi* (5).

Oui, interrogez l'infaillible histoire : *Interroga de diebus antiquis*, et du fond des siècles monte une grande voix qui crie : Ce peuple élu, ce peuple de Dieu, c'est la France !

C'est la France qu'on appelle le bras de Dieu : *Gesta Dei per Francos*, la fille aînée du Christ. Ce qui toucha de plus près au cœur du Christ fut réservé à cette fille de prédilection. Lazare, Marthe, Marie, les amis de cœur furent destinés à la France.

Encore une fois, interrogeons l'infaillible histoire : *Interroga de diebus antiquis*. Qu'était la France ? Qu'est-ce que le Christ en a fait quand il la voulut

---

(1) Deut. iv, 32. — (2) *Ibid.*, 33. — (3) *Ibid.*, 34. — (4) *Ibid.*, 34. (5) *Ibid.*, 7.

pour son peuple ? *ut sis ei populus peculiaris.* Quel Moïse fut choisi pour la conduire de la captivité de l'idolâtrie à la pleine liberté des enfants de Dieu ?

Répondez, cité de Tours, qui êtes aujourd'hui l'écho de l'histoire : *Interroga de diebus antiquis.* Et de vos ruines de Marmoutiers arrive une clameur du passé qui traverse le fleuve et remplit vos rues et vos demeures : saint Martin ; et la coupole dorée qui scintille sur la tombe refleurie, monument magnifique élevé par l'illustre archevêque d'aujourd'hui au grand archevêque d'autrefois, cette basilique qui est le présent répercute le passé et répète ce même nom : saint Martin.

Faire l'histoire de saint Martin, c'est raconter la Genèse et l'Exode de la France.

I

Qu'était cette nation entre toutes élue, que le Christ appelait à devenir son amie de cœur, son apôtre, son soldat et son drapeau ? Nation, elle ne l'était pas encore. C'étaient des hordes barbares et sanglantes errant dans le silence impénétrable des forêts, ne gardant, de ce qui élève l'homme au-dessus de la bête, que ces croyances primordiales et imprescriptibles que l'esprit humain n'a jamais pu dissiper, malgré ses migrations et ses folies, la partie inaliénable du patrimoine laissé à l'homme par son Créateur, dont les barbaries elles-mêmes n'ont pu se dépouiller et que

seules cherchent à répudier des civilisations plus
sauvages que les barbaries : Dieu, l'âme.

Cependant, ces notions primitives de l'humanité,
dans la nuit des bois séculaires, dans les brumes des
vallées profondes, s'étaient obscurcies et pénétrées de
superstitions barbares. Les bardes à l'inspiration
sauvage qui rythmaient, en chantant leurs vers, les
danses que les religieuses théories exécutaient autour
des chênes sacrés, célébraient une immortalité, grossière métempsycose, plus voisine de l'immortalité
pythagoricienne que de notre doctrine positive et
lumineuse, et l'idée de Dieu que leur inculquaient les
druides était un panthéisme vague comme leurs gué-
rets, obscur comme leurs bois.

Sous le ciel voluptueux et limpide de l'Orient, nos
aïeux eussent peut-être divinisé la force et la beauté
humaines, leurs bardes eussent été des Homères et
leurs artistes grossiers des Praxitèles et des Phidias.
L'avenir a prouvé qu'ils ont pu donner et les uns et
les autres; mais dans les troublants murmures de
leurs étés, comme dans les bruines de leurs novem-
bres, ce qui ébranlait ces imaginations frustes et
enthousiastes, c'étaient les puissances inconnues qui
brillent dans les astres, hurlent dans le vent, se dila-
tent dans les mousses et les troncs d'arbres, tout ce
qui fait mouvoir les choses et les mondes; déités formidables et invisibles qu'ils percevaient dans les
hurlements mystérieux et lugubres des chênes se-
coués par l'orage, dans le murmure inarticulé des
ondes, dans l'inquiétant silence des grands lacs, qui
se vident toujours et sont toujours pleins, dans les

irrésistibles fécondités qui bouillonnent dans la nuit du sol et montent s'épanouir en les épis gonflés et les robustes branches des chênes, dans la placidité terrible des rocs inébranlables sur leur base, dans tout ce qui bruit et dans tout ce qui se tait. Toutes ces vies latentes, toutes ces énergies fantastiques, dont la source est obscure, écrasaient ces âmes fortes et naïves qui se plaisaient à leur donner des formes raisonnables et vivantes et qui les adoraient.

Ils adoraient des pierres, en attendant que, taillées, ouvragées par la foi, elles devinssent Notre-Dame de Paris : *lapis iste vocabitur domus Dei* (1).

Ils adoraient des fleuves, en attendant de reconnaître en leurs mugissements la grande voix qui chante Dieu : *Fluminis impetus lætificat civitatem Dei* (2).

Ils adoraient des arbres, en attendant de ployer les genoux, les fronts et les cœurs devant l'arbre rédempteur de la croix : *ut qui in ligno vincebat in ligno quoque vinceretur* (3); et dans l'histoire même du grand baptiseur de cette barbarie, en plein quatrième siècle, on retrouve toute l'histoire de ce peuple appelé à de si hauts destins.

C'était un arbre dieu que ce pin géant qui s'écrasait avec fracas sur saint Martin attaché sous la chute et qu'un signe de croix du thaumaturge releva comme un vent de rafale et relança du côté opposé, et c'étaient des roches et des sources vénérées, que celles qui, après quinze siècles de calme et de tempête, gardent

(1) Gen. xxviii, 22. — (2) Ps. xlv, 5. — (3) Préf. de Cruce.

encore le nom de saint Martin; parce que la foi populaire avait troqué leur nom païen contre celui du libé-
rateur; impérissables monuments de la nature, dont
les bruits et les silences célèbrent toujours son gigantesque apostolat.

Quand les premiers moines aborderont les côtes
sauvages de cette vieille Gaule, s'enfonçant, la hache
à la main, dans ces bois impénétrables, ouvrant des
routes à la foi, des espaces aux moissons et aux vi-
gnobles, les derniers bardes de cette sombre idolâtrie
jetteront encore dans leurs chants, leurs malédictions
suprêmes contre les « loups romains profanateurs
de bois sacrés ».

Les croyances étaient terribles comme le culte. Ni
la fleur ni l'oiseau ne leur disaient rien de jeune et de
riant. Les forêts sombres, où le silence était aussi impénétrable que la nuit, n'avaient point de poésie. Les
divinités de la terreur et de l'effroi vivaient dans les
branches. Comme disait Lucain, sous l'écorce ru-
gueuse, dans les veines de l'arbre où monte la vie, la
terreur coulait avec la sève :

.... terror.... arboribus inest.

Et l'imagination terrifiée de nos aïeux ne les peu-
plait que de génies malfaisants, obsédants et sangui-
naires qu'il fallait à tout prix apaiser. Toute la religion, toutes les liturgies et tout le culte n'avaient, en
réalité, pas d'autre but, les apaiser.

Les druides et les chefs prêchaient des divinités ir-
réelles, qui n'étaient que d'idéales abstractions de
toutes les choses matérielles. Inquiétés par les secrets

des forces naturelles, ils en dégageaient des esprits, des personnalités, et leur panthéisme nuageux se déterminait en un polythéisme semblable à celui de leurs conquérants de demain. Hésus remplaçait Jupiter, Belen, dieu feu, jouait le rôle d'Apollon; c'était peut-être le Baal des Syriens. Belisama ou Belna était leur Minerve; Bellème et Beaune ont gardé son nom. Teutatès pouvait être Mercure; c'était comme lui le dieu du lucre et le conducteur des âmes aux rivages d'outre-tombe. Il y avait encore Bibracte, la déesse d'Autun, que les conquérants remplaceront par Cybèle, et Ardoinna, la Diane des forêts du nord, qui a laissé son nom aux Ardennes, divinités fantastiques, incarnées dans des simulacres grotesques et énormes qui tomberont en poudre sous le marteau conquérant de saint Martin.

De ces croyances brutales se dégageait une morale brutale, comme la puissance illimitée du père sur l'enfant, et un culte sauvage dont le sacrifice humain faisait le fond.

Les druides régnaient par l'effroi et tenaient entre leurs mains la vie de leurs adeptes.

Dans les ramures vénérées, la fumée du sang humain montait. Par les échos des vallées, les hurlements des victimes innocentes se répétaient. Des suprêmes convulsions d'un mourant ou du flux de son sang on tirait des présages. D'un coup de sabre dans le dos d'un vivant et des chaudes palpitations de sa chair on escomptait l'avenir.

Le panthéisme mélangé d'un polythéisme dégradant, voilà le dogme. La terreur, voilà l'instrument

de règne. Le sang, voilà le culte. Des sauvages, voilà
ce que nous fûmes.

Les rameaux de gui sacré, qu'au fond de notre
imagination civilisée par 19 siècles de christianisme,
agitent des druides vénérables que nous nous plaisons
à voir défiler dans les brumes flottantes du passé,
vêtus de robes blanches dont les flots ondoient sur
les herbes parfumées, ne sont pas pour rien changer
à la réalité de notre histoire; nous étions la barbarie.

Mais il y a deux barbaries, celle des peuples qui
naissent et celle des peuples qui agonisent; comme il
y a deux enfances, celle de la raison qui s'éveille et
celle de la raison qui s'éteint.

Notre barbarie à nous ne demandait qu'une civilisation, et Rome se présenta.

Par les routes qu'elle traçait le long de nos fleuves
et à travers nos bois, qu'elle dallait des laves de ses
volcans, Rome apporta tout ce qu'elle avait, ses poètes,
ses rhéteurs, ses philosophes, ses artistes, ses poli-
tiques, sa langue féconde, sa législation de granit, son
droit public sacré comme ses croyances. A la place
des clans nomades de nos rudes ancêtres, elle bâtit
des cités opulentes; mais en même temps, elle apporta
ses dieux. Phébus, Diane, Mercure se substituèrent à
Bélénus, Ardoinna et Hésus. Cybèle menaça d'éclipser
le Teutatès gaulois. Avec ses dieux, elle apporta ses
saturnales, ses bacchantes, ses lupercales, toutes les
orgies d'un peuple qui se putréfie sur place, dans les
raffinements de la corruption.

Oui, ils bâtirent des cités à travers ce qu'ils appelaient « les solitudes de l'empire »; mais ils les peu-

plèrent de danseuses, élevèrent des cirques à tous les coins de rue et nos barbares aïeux surent égorger plus élégamment que sous leurs chênes, au bord des ruisseaux inconnus. Ils connurent le cri de la civilisation : *Panem et circenses*. Les Gauloises sauvages s'affinèrent au contact des nobles patriciennes, connurent les élégances du Forum, surent condamner ou faire grâce en levant ou en baissant le pouce. A la place d'un culte primitif qui se célébrait sous des frondaisons séculaires, on eut un culte somptueux, dans des temples de marbre; mais dans ce culte la prostitution entrait, et dans ces temples la débauche s'étalait. Ce fut la civilisation.

Cette civilisation nauséabonde est la barbarie des peuples qui meurent ; c'est le râle des nations, et notre jeune barbarie gauloise serrée dans les cent bras corrompus de ce Briarée mourant, devait encore mourir de sa suprême étreinte et dans sa putréfaction ; mais le Christ veillait et le Christ parut.

Ce vieux monde romain, trop pourri jusque dans ses moelles pour être guérissable, allait se désagréger et tomber pièce à pièce ; mais dans les débris qui tombent, avant la ruine finale, le Christ ramasse ce qu'il lui faut de matériaux pour constituer son peuple élu, la France.

Comme tout se tient dans le plan du Christ ! C'était pour recevoir ses apôtres que Rome avait construit ses cités. Les évêques suivent la marche de l'administration romaine, comme le sillage suit le navire, se plantent au dedans des remparts, tiennent le cœur de la place pour s'assurer des alentours et rayonner sur le territoire. Lazare est à Marseille, Pothin et Irénée à Lyon, Denis à Paris, Martial à Limoges, Gatien à Tours, Paul à Narbonne, Saturnin à Toulouse, Trophime à Arles, Crescent à Vienne. Dans les jeunes cités, on entendit les hurlements des amphithéâtres, et cette clameur de la civilisation : les chrétiens aux bêtes ! A Lyon, à Paris, à Autun, à Vienne, à Arles, comme à la métropole, le christianisme naissant n'eut affaire qu'aux bourreaux; mais quand le labarum de Constantin rayonna sur les cités, le sang versé avait puissamment germé, toutes avaient une basilique, un évêque, des fidèles.

C'est fait, les villes sont chrétiennes, si on en excepte quelques fils dégénérés de la vieille Rome, qui ne gardent leurs dieux que pour garder leurs vices. La vie de la foi, jusqu'ici toute concentrée dans la cité Gallo-Romaine, va franchir enfin les enceintes étroites pour s'enfoncer dans les forêts épaisses, et s'étendre dans les villages clairsemés ; car les campagnes sont idolâtres encore. Le nom est toujours là vivant pour attester le fait. « Paganus », le villageois, l'habitant du « pagus », de la petite bourgade, a passé dans notre langue, non plus avec la signification de « paysan »; mais de « païen ». Eux continuaient d'adorer pêle-mêle la Cybèle de Rome et le Teutatès de leurs forêts, quand les cités adoraient le Christ.

Ils furent plus récalcitrants à recevoir le vrai Dieu, comme ils le sont davantage encore à le chasser; mais n'importe, l'œuvre était commencée ; les villes étaient au Christ, les villages allaient lui venir; le Christ

allait avoir une France, quand on entendit heurter
violemment à la frontière.

La barbarie arrivait du nord ; une rafale ravageuse
qui allait déraciner la vieille Rome et l'emporter
comme une feuille morte; qu'allions-nous devenir dans
la tourmente ? La barbarie romaine qui s'en va fait
place à une barbarie qui arrive. La même histoire
recommence. Les Francs, qui vont franchir le Rhin,
apportent aussi leurs dieux dans leurs lourds chariots
de guerre. Woden, Thor et Friga vont culbuter les
déités du Capitole. La christianisation des campagnes
n'est pas faite, et une troisième couche d'idolâtrie
vient se superposer aux deux autres. Ce vieux monde
est-il trop gangrené pour qu'on puisse le guérir ? Dieu
lassé déchaîne-t-il cette inondation humaine pour
balayer une terre saturée d'immondices ? Peut-être
nous faut-il la transfusion d'un sang plus jeune pour
faire une France ? Si ces Francs envahisseurs voulaient
nos villes, ils se mélangeraient à du sang chrétien ;
mais de leurs lances ils veulent forger des socs de
charrue, habiter nos vallées et défricher nos forêts.
Que va produire cet accouplement monstrueux de
Germains barbares et idolâtres, avec nos paysans
gallo-romains aussi barbares et aussi idolâtres ? De
ces deux corruptions mêlées, quelle peste va sortir ?
Ah ! si, en pénétrant dans ces champs de la Gaule,
ils venaient se heurter le front contre la croix. Si ces
païens, au lieu de se tremper dans un autre paganisme,
venaient plonger brusquement dans une société baptisée. Si en avançant dans nos forêts, au lieu de
rencontrer sur leur chemins des misérables abrutis

par la débauche, prosternés devant une mare, ils se trouvaient en face de chrétiens robustes et fiers, armés du drapeau du Christ ; peut-être que la mystérieuse vertu de cette croix attirerait les envahisseurs eux-mêmes ; peut-être qu'alors le Christ, s'il veut une France, ramasserait les débris épars du vieux monde, les marierait aux éléments nouveaux apportés par la barbarie, et que de ce mariage béni par Lui naîtrait le peuple élu : *populus peculiaris*, la France.

Que va-t-il y arriver ? Envahis, envahisseurs, tout est païen.

Y aura-t-il, n'y aura-t-il pas de France ?

Le Christ en voulait une et un homme se montra.

II

Il était temps.

Cet homme, doué de la vertu du Christ, vint à une minute de l'histoire dont on peut dire qu'une minute plus tard eût été trop tard. En le court espace d'une vie, il eut le temps de plonger dans les eaux baptismales la jeune race qui va remplacer les maîtres dégénérés du monde, dont la sénilité branlante annonçait la fin prochaine. Sans cet homme prédestiné, la société antique eût achevé de mourir, mais la France ne fût jamais née.

Les premiers athlètes du Christ avaient converti des patriciens, des magistrats, des ouvriers et des esclaves, tout ce qui emplit la cité. Ils l'avaient fait au prix de leur sang. Ils avaient fondé nos églises diocésaines, et nos évêques occupent encore les sièges de cette phalange immortelle. Gloire à ceux-là qui ont enfoncé la pierre angulaire, ouvert la route sur le sol inconnu, défriché le champ, semé le grain. Sans eux, la cité serait morte sur place dans la corruption qui dévorait tout. Mais la ville n'est pas la nation. Ce qui fait le fond du peuple vagabonde en dehors des remparts. C'est l'innombrable troupeau des déshérités perdus dans les bois sombres ; tout un grand peuple que rien n'attache, qui n'est rien encore, qui va surgir à la vie sous le souffle du Christ et faire enfin la France. *Exurge a mortuis, illuminabit te Christus* (1).

Ceux-là dont nous sommes presque tous les fils, furent la conquête de saint Martin. Il fallait un géant, dit son dernier historien, pour triturer les éléments de cette nation géante :

Tantœ molis erat Gallorum condere gentem,

et le Christ qui la voulait cette nation façonna ce géant.

Saluez, Français, ce Hongrois qui arrive. Dans le pan qui lui reste de son manteau partagé avec le pauvre, il apporte Clovis, Tolbiac, Reims, la légion de nos saints, la légion de nos monastères, l'affranchissement du peuple, Charlemagne, les croisades, saint Louis, Jeanne d'Arc, le Grand Siècle, la France ; car nul n'oserait dire que la France n'est pas née du Christ ; or, ce fut saint Martin qui nous enfanta au

(1) Ep. ad Eph., v. 14.

Christ, et, ainsi, le plus grand de nos apôtres devient du même coup le plus grand des Français.

Créé en vue de la France, il reflète les traits principaux de notre caractère et de notre rôle.

Il fallait un soldat à cette nation qui devait porter l'épée de l'Eglise. Il était soldat. La postérité lui a donné le nom de soldat de Dieu, *bellator Domini*, et nous avons hérité de son titre. L'épée de Dieu, c'est la nôtre. Le soldat de Dieu, c'est la France.

Il fallait un moine et un pontife à cette terre qui allait inonder la chrétienté de ses phalanges tant de séculiers que de réguliers ; il fut l'un et l'autre, moine à Ligugé et à Marmoutiers, pontife sur cet immortel siège de Tours, sur lequel la France chrétienne a les yeux aujourd'hui. O Touraine, sois fière de ton sol. Ce n'est pas seulement à cause de tes pampres et de tes moissons qu'on t'appelle le Jardin de la France ; les enfants du nord, comme nous, les fils des Alpes, nous sommes nés de ta fécondité.

Il fallait un missionnaire, un apôtre, à cette race apôtre qui allait s'étendre sur les terres païennes, comme les grandes vagues s'étalent sur les rivages, et devenir le pays de la propagation de la foi. Il le fut. Et on l'appelle encore le Baptiseur de la France.

Il fallait un cœur tout pétri de charité et de tendresse à ce peuple d'où Vincent de Paul devait sortir avec l'abbé de la Salle et l'abbé le Pailleur, à ce peuple qui se devait donner aux autres sans mesure et mériter ce surnom : la nation de la charité. Il fut celui-là. Aussi les peuples ne s'y sont point mépris. Le saint Martin qu'ils connaissent, qu'ils aiment, qu'ils prient, qui est resté vibrant dans l'âme populaire, c'est le saint Martin de la Charité. L'image du héros qui luit au fond de nos souvenirs, c'est celui qui, d'un coup de son épée de légionnaire, taille un manteau dans sa chlamyde, pour couvrir les membres nus et grelottants du pauvre qui mendiait à la porte d'Amiens. Le saint Martin que nous racontaient nos aïeules, qui a inspiré les poètes, les orateurs sacrés, les sculpteurs, les peintres, celui qui vit dans l'histoire, dans la légende, dans l'âme de la France, c'est le saint Martin de la Charité.

Les orateurs du temps de saint Louis chanteront ce coup d'épée sur le mode enflammé de l'ode. Ils diront que c'est trop de chansons sur Durandal et sur Joyeuse. Ils diront que si l'épée de Roland fendait la tête d'un mécréant jusqu'à la mâchoire, que si l'épée d'Olivier tranchait tout entier par le milieu le corps d'un autre, toutes ces lames vaillantes n'ont jamais frappé un coup qui vaille le beau coup d'épée de saint Martin (1).

Les poètes trouveront qu'il a dépassé le précepte évangélique qui nous demande de donner aux pauvres un vêtement, quand nous en avons deux ; saint Martin, dans un seul, réalise le miracle d'en trouver deux :

« Ille modico contentos nos jubet esse (2)
« Nec servare duas vestes, tu dividis unam. »

Le saint de la France de la charité est celui qui a

(1) Bibl. nat. ms. lat. 16481. Cité par Lecoy de la Marche.
(2) Paulin de Périgueux, éd. Migne, col. 1012. Cité par Lecoy de la Marche.

coupé son manteau en deux. De ce manteau elle fait
une relique, un sceau, un symbole, un drapeau.
Quelle que soit la couleur de nos étendards, c'est
toujours ce manteau-là qui flotte à nos frontières et
dans les mêlées sanglantes. Le drapeau de la France
est le drapeau de la charité. Madeleine et son vase de
parfum, saint Martin et sa moitié de manteau, deux
tableaux impérissables qui rayonnent sur le monde.
C'est pour ces deux grandes aumônes faites au Christ
qu'a été réalisée cette promesse faite par le Christ : en
vérité, en vérité, je vous le dis, voilà une action que
la terre entière célébrera : *Amen dico vobis, ubicum-*
que prædicatum fuerit hoc evangelium in toto mundo,
dicetur et quod hæc fecit in memoriam ejus (1).

Il fut donc notre ancêtre spirituel, et le type séculaire du Français se retrouve en lui tout entier. Le
Christ l'organisa pour sa mission, et il fit de lui ce
qu'il voulait faire de nous.

Et ce conquérant entra dans notre barbarie, les
deux mains armées pour la bataille, l'une armée d'un
marteau, et l'autre d'un signe de croix. Avec son marteau il passa, rapide comme la foudre, frappant autour
de lui, culbutant sur son passage des temples païens
qui s'écroulaient à ses pieds, des idoles qui s'abi-
maient dans la poudre, des rocs, des arbres que l'on
faisait dieux. Avec son signe de croix, il jouait avec le
miracle comme nous jouons avec le naturel; il passait,
laissant comme son maître des prodiges sur chaque
terre qui portait l'empreinte de ses pas, comme Lui

(1) Math., xxvi, 13.

faisant revivre les morts, voir les aveugles, entendre les sourds, marcher les paralytiques; comme Lui émerveillant les foules qui l'emportaient dans ce même souffle d'acclamations : *magnus propheta surrexit in nobis :* un grand prophète s'est levé parmi nous (1).

Quel coin de la terre française n'a vu, une fois ou l'autre, ce grand apôtre thaumaturge amassant les peuples autour de lui, les entraînant dans l'ouragan de son éloquence populaire, et confirmant sa parole par des prodiges incessants? Quelle portion du sol gaulois où il n'ait gravé son nom, ici sur une pierre où il s'était assis, là sur une montagne où il avait prêché, ailleurs sur un autel élevé par lui, plus loin dans une plaine où sa croix pastorale avait fleuri? Sans parler de cette Touraine où tout est plein de lui, le Maine et l'Anjou l'ont acclamé ; Vendôme, Chartres, Paris, l'ont reçu dans leurs murs; la Picardie, l'Artois, la Flandre, Reims, Toul, Verdun, Metz, virent passer le grand lutteur du Christ; le Poitou, le Nivernais, l'Auvergne, le Forez, ont entendu sa grande voix; l'Aquitaine l'accueillit en triomphateur; la Bourgogne et la Franche-Comté furent témoins de ses plus rudes combats. Chaque motte de notre sol national devenait pour lui une Acropole, où il trouvait, comme saint Paul, des accents qui n'étaient pas d'un mortel. Il éclatait en indignations amères d'avoir à parler, lui, le champion de Jésus-Christ, devant des foules qui ne connaissaient pas Jésus-Christ, et la péroraison de ses

(1) Luc., VII, 16.

discours était toujours la même ; il écrasait l'intelligence de ces multitudes sous un prodige qui achevait de le transfigurer à leurs yeux, comme à Vendôme. Le dernier écho de sa voix résonnait encore sur la foule silencieuse, quand une femme se jetait à ses pieds en lui présentant son enfant mort : Ami de Dieu, suppliait-elle, rendez-moi mon fils, je n'en ai point d'autre. Martin se sentit envahir par ce souffle mystérieux qui deux fois l'avait agité à Ligugé. Il prit l'enfant dans ses bras et se mit à genoux. Quand il se releva, le mort embrassait sa mère et acclamait l'apôtre. La foule se précipitait aux pieds du thaumaturge, confessant le Christ et demandant le baptême. Martin se mit à imposer les mains à toutes ces multitudes : « Je puis bien, disait-il, faire des catéchumènes dans une plaine, puisqu'on y fait des martyrs. »

O Touraine, qui le prêtais à la France, nous ne sommes pas jaloux de ta gloire, nous qui ne sommes pas un de tes fils, nous qui sommes de cette vieille et guerrière Allobrogie où tu es venue nous prendre pour chanter ton apôtre ; nous aussi, enfants des montagnes, nous l'avons eu, nous l'avons vu, nous l'avons entendu, nous l'avons aimé. Notre Dauphiné et notre Lyonnais l'ont acclamé. Notre terre, plus âpre que tes vallées riantes et molles, fut un champ de bataille qu'il traversa, comme les autres, en vainqueur.

Laissez-moi vous apporter un écho du saint Martin de mon pays. Vienne, l'antique métropole romaine, fut illuminée un instant de son regard ; mais le reflet de cette lumière luit toujours. Non, nous ne sommes pas jaloux, quand même vous pouvez nous dire :

C'était le nôtre; chez vous, il ne fit que passer. Mais il ne fit que passer partout. Son Maître aussi ne fit que passer : *transiit;* en passant il refaisait le monde. En passant, Martin façonnait la France.

A Vienne, il vit un homme qui portait la toge sénatoriale, et qui avait une naissance fameuse, un nom sonore, un talent littéraire exquis, une fortune immense. Ce fils de consul s'appelait Pontius Mecrobius Paulinus; il en fit saint Paulin de Nole.

Du même coup qu'il sanctifiait ce grand du monde, il baptisait une humble femme que les païens avaient appelée Fœdula, la petite laide. La petite Fœdula fut une sainte qui embauma sa ville et dont la gracieuse épitaphe est encore conservée. Fidèle à ses habitudes apostoliques, il rayonna dans les environs. On le réclame à Pomeys, à Saint-Symphorien, à Payraud, jusque dans les cimes abruptes du Diois et du Vercors. Oui, chez nous, il ne fit que passer; mais son passage fut sonore, puisque, dans nos contrées, plus de cent paroisses se réclament de son patronage. — O Touraine, notre gloire ne fait qu'agrandir la tienne; ton apôtre fut un astre dont les rayons allèrent fouiller tous les tréfonds de notre terre; ton saint fut le saint de la France.

Quand ce grand lutteur de Dieu eut achevé sa course, l'œuvre était faite, la Gaule était baptisée.

Les Francs peuvent maintenant passer le Rhin, tout est prêt pour les recevoir. Envahisseurs, ils seront envahis, envahis par la foi au Christ dont Martin a pénétré tout le sol national. Ils franchiront nos frontières; mais à peine entrés, une mystérieuse puissance les courbera sur le tombeau de saint Martin. Quand ils se relèveront, les barbares seront chrétiens, et avec ces éléments sauvages qui devaient étouffer la France dans son germe, le « Christ, qui aime la France » fera la nation élue, *populus peculiaris*, la France.

Clovis ira, accompagné de Clotilde, courber devant ses reliques sa tête de Sicambre, avant de la courber sous la main de saint Remi.

Clotilde y abritera son veuvage.

Radegonde, épouse de Clotaire, y prendra le voile.

Clotaire y sentira son cœur s'amollir et y obtiendra le pardon de ses fautes.

Ultrogothe, Ingoberge, veuve de Caribert, Chilpéric, Dagobert, la sauvage Frédégonde elle-même, s'y rendront en suppliants.

Les rois prêteront leurs serments sur cette tombe ; et si farouches que soient encore ces Mérovingiens, ils n'oseront jamais trahir les promesses faites sur ce chef sacré.

Son nom suffira pour contenir les colères des princes et garantir les peuples de la tyrannie.

Grégoire de Tours demandait à l'implacable Gontran la grâce de deux leudes félons : Jamais, disait Gontran. — Roi, répondit Grégoire, je suis député par mon maître pour obtenir la grâce de Garascaire et de Bladaste. — Quel est ce maître ? demanda Gontran. — Saint Martin, répondit le prélat.

A ce nom, Gontran fut vaincu.

Autour de ce nom s'exerceront nos lettres, notre architecture, tous nos arts naissants. Autour de ce nom se tisseront nos légendes. Patron du royaume et de la monarchie, le nom de saint Martin sera mêlé à toutes les prières faites pour la patrie, et les plus simples des simples, d'un bout à l'autre de la France, réciteront les litanies de saint Martin. Les plus vulgaires objets dont il s'est servi, comme son bâton et sa monture, emprunteront ce nom vénéré, et, des siècles durant, la langue populaire s'en servira. Il n'est pas jusqu'au soleil qui vient quelquefois réchauffer les froides journées qui avoisinent sa fête, intercalant un été fugace au milieu de notre brumeux hiver, pour fêter celui qui mettait des fleurs miraculeuses aux au-bépins dépouillés, qui n'ait gardé ce nom impérissable.

La France qu'il vient de pétrir, marchera au combat en l'invoquant, et sa chape épiscopale deviendra, pen-dant plusieurs siècles, l'étendard de la patrie. C'est ce drapeau qui flottait à Lépante, et cette victoire n'est pas la seule qui soit attachée à ses plis sacrés.

Vivant ou mort, cet homme est le héros de la « très noble nation des Francs », au-dessus des princes qui ont courbé devant lui leurs sceptres, plus fort que les révolutions qui n'ont pu balayer son sou-venir, si elles ont balayé sa grande basilique. Par les soins de l'archevêque vénéré qui est assis sur le siège du grand saint, elle vient de renaître, écrasée de siècles, malgré sa jeunesse ; car elle est le monument sépulcral d'un grand mort, dont les ossements vont reparler aux peuples qui viendront, dans l'avenir, s'agenouiller devant l'illustre tombeau. Le nom de l'archevêque d'aujourd'hui restera indissolublement attaché à ce tombeau de l'archevêque d'autrefois. C'est

une dette, Monseigneur, que le saint de la France
contracte envers vous aujourd'hui, et au jour dit, il
vous la payera. Mais n'est-ce pas un premier verse-
ment qu'il vous fait, en vous associant à ces fêtes de
la Touraine, où l'on célèbre vos noces d'or en même
temps que les noces séculaires du saint de la patrie
française ?

Nous allons vider cette basilique où vous serrez vos
rangs, pour faire notre pèlerinage à cette basilique
nouvelle dont le dôme flamboie dans la nuit étoilée.
Quel homme formidable que celui qui dort sous la
royale coupole ! Comme il paraît géant à nos tailles
de pygmées ! Quel vertigineux soldat, moine, évêque,
apôtre, que cet homme jeté par les événements hors
de son pays, et qui tout seul, en passant, en pétrit un
autre qui va devenir le premier du monde !

Mourant, dans le petit village de Candes, ses disciples croyant que le thaumaturge commanderait à son
gré à la mort, lui demandaient humblement, simplement de ne pas mourir, comme ils lui auraient
demandé de retarder d'un quart d'heure son départ
pour un village voisin ; et lui disait : oh ! Seigneur,
je ne refuse pas le travail : *non recuso laborem ;* si
vous croyez que j'aie quelque chose à faire encore,
je suis à vous. Qu'eût-il donc pu faire de plus, l'illustre travailleur du Christ ? Son Maître trouva que
c'était avoir fait assez que d'avoir fait la grande nation
chrétienne, la France, et du fond de sa tombe renou-
velée, il la gouvernera toujours.

O grand apôtre, après quinze siècles, à quels dé-
solants spectacles il nous est donné d'assister ! Nous

cherchons à être autres que vous ne nous avez faits, à
renier nos origines, nos croyances, nos gloires et notre
Dieu, à contrefaire les peuples dont le front n'a pas
été marqué du sceau du Christ. Rappelez-nous que
le Dieu qui avait fait Israël pour le Christ, patienta
des siècles durant, pardonnant ses oublis, ses apos-
tasies et ses injures ; mais abandonna le peuple élu,
quand il ne voulut plus reconnaître le Christ pour
lequel il l'avait choisi ; que ce même Dieu, qui a fait
la France au nom du Christ et pour le Christ, la trai-
tera comme Jérusalem, si comme Jérusalem elle se
fait déicide.

Rappelez à la France que, pour elle surtout, n'être
pas chrétienne est synonyme de ne pas être ; car sans
le Christ, dont elle est constituée le soldat, elle n'a
plus de raison d'être.

Dites au Christ, qui a fait la France par vous, par
votre bouche et par vos mains, qu'elle est en passe
de faire comme Rome décrépite, qu'elle se dissout
dans un scepticisme où le vice seul compte encore
des croyants ; dites-lui que, s'il l'aime encore et s'il
veut la sauver, c'est bientôt temps.

SAINT VINCENT DE PAUL

LA NAISSANCE, LE HÉROS, LA LÉGION DE LA CHARITÉ

Panégyrique prononcé à Paris, le 6 mai 1889,
jour anniversaire de la translation des cendres de Saint Vincent
de Paul, dans la chapelle de Saint-Lazare, rue de Sèvres.

SAINT VINCENT DE PAUL

LA NAISSANCE, LE HÉROS, LA LÉGION DE LA CHARITÉ

In hoc cognoscent omnes quia discipuli mei
estis, si dilectionem habueritis ad invicem.
Il y a un signe auquel on connaîtra que vous
êtes mes disciples, c'est l'amour que vous
aurez les uns pour les autres.
Joann. xiii, 35.

La charité : un mot divin auquel Jésus-Christ est venu donner sa signification effective, comme à cet autre mot puissant qui vibre dans toutes les âmes et sur toutes les lyres : la liberté.

La charité : fleur exquise que l'antiquité ne put faire éclore et qui ne s'épanouit encore que sur le sol chrétien.

Cherchez-en la trace dans la forte langue de Démosthène, vous ne la trouverez pas plus que dans celle de Cicéron, pas plus que dans les ruines géantes qui sont restées debout de ces peuples géants. Quand les langues et les peuples se façonnent, ils ne font germer que des mots et des monuments qui correspondent à leurs besoins ou à leurs plaisirs, et parce que l'homme antique ne sentit en lui s'agiter aucune fibre pour la souffrance et le malheur, il ne produisit rien pour la charité.

Comme tant d'autres, j'ai parcouru les ruines du
Forum romain, du Palatin, d'Ostie, d'Herculanum,
de Pompéi, d'Agrigente; comme tant d'autres, j'ai
vu les colosses de Memphis, escaladé les sommets de
l'Acropole, gravi les marches brisées du temple d'Eleu-
sis, salué les écroulements de Sparte, admiré les restes
glorieux de Balbeck, et comme tant d'autres, je n'ai
vu que des cirques, des palais et des temples merveilleux élevés au plaisir, quelques-uns à la gloire,
aucun à la charité.

Les vieux Romains n'ont pas vu s'agiter au vent,
dans les rues de leur Forum, les cornettes blanches
que tout le monde salue dans les nôtres, ils n'ont pas
entendu ce petit cliquetis de chapelet le long des robes de bure, cantique discret qui murmure à tous
ceux qui passent : charité.

Moïse a donné des lois aux Hébreux, Solon aux
Athéniens, Lycurgue aux Spartiates, Minos aux Cré-
tois, Numa aux Romains; ils y parlent de châtiments;
mais jamais d'amour.

Ce commandement est sorti de la bouche d'un Dieu
qui avait ce surnom, charité : *Deus charitas est* (1).
Il est si inconnu qu'il l'appelle nouveau : *mandatum
novum* (2); et ce Dieu en revendique si exclusivement
la propriété qu'il l'appelle le sien: *præceptum meum*(3);
si bien le sien, qu'il en fait la marque de fabrique de
la société dont il vient jeter les fondements : *In hoc
cognoscent omnes.*

Les enfants de Séleucus apportaient comme signe

(1) I Ep. Joann., iv, 8. (2) Joann., xiii, 34. (3) Joann., xv, 12.

de noblesse une ancre de navire empreinte sur leur corps; ceux de Pithon de Nisibe, une hache de guerre; ceux de Jésus-Christ apportent la charité : *In hoc cognoscent omnes quia discipuli estis* : c'est la couleur du drapeau auquel on les reconnaîtra.

La plante divine a si bien pris racine dans notre cœur qu'elle vous semble y être venue d'elle-même; je vous répondrai par ce mot de J. de Maistre : « Trompés par une heureuse habitude, nous regardons souvent la morale évangélique comme naturelle, parce qu'elle s'est naturalisée » (1); c'est une erreur: la charité est un mystère pour le cœur de l'homme, comme la Trinité en est un pour son esprit.

Les apôtres se partagèrent le monde, jetant à travers les nations ces deux mots : aimez, croyez ; deux vertus régénératrices : la foi, la charité. Les intelligences antiques ne furent pas plus étonnées du mystère de la foi que les cœurs ne le furent du mystère de la charité. Bénissons Dieu de notre illusion, elle est une grande preuve du christianisme; elle prouve que les âmes s'acclimatent au surnaturel.

Les deux vierges divines ont eu l'une et l'autre leurs chevaliers, leurs héros et leurs martyrs. Ceux de la première sont tombés dans les arènes sanglantes et sous les haches proconsulaires.

Ceux de la seconde sont tombés aux pieds des malheureux et des souffrants. Ces derniers ont un portedrapeau que nous célébrons aujourd'hui : il s'appelle saint Vincent de Paul.

(1) J. de Maistre, Notes, lois de la just. div.

Sa religion, sa patrie et sa vie résument mieux qu'un discours ce que je voudrais pouvoir chanter sur le mode de l'hymne triomphal : la naissance de la charité, le héros de la charité, le pays de la charité.

I

La charité apparut au monde étonné sous le règne de Tibère, quand l'aigle romaine tenait encore à ses serres puissantes la liberté et le monde, sous la figure d'un nouveau-né inconnu qui dormit son premier sommeil dans un berceau d'indigence et s'appela lui-même Charité : *Charitas est*.

Cette naissance obscure, qui fut le réveil du monde, fut en même temps la divinisation du pauvre et l'enfantement de la charité.

La première manifestation solennelle que suscite dans l'humanité le Dieu ignoré qui vient de lui naître, c'est l'aumône. Ce sont des bergers qui montent des plaines où Ruth avait glané les épis de la charité et déposent au pied du berceau du pauvre l'aumône du pauvre.

La seconde, c'est l'aumône encore. Comme tous les hommes vont être conviés à l'universel banquet de la Vierge céleste ; cette fois, ce sont des rois qui arrivent de la Chaldée lointaine, déposer au pied du berceau royal, les présents de la royauté.

L'Enfant maintenant va grandir, portant lui-même la livrée qu'il veut ennoblir.

Son Père, au milieu des foudres sinaïtiques, avait

proclamé le code de la crainte ; mais lui, assis sur le penchant des collines qui dévalent doucement vers les lauriers roses qui bordent la mer de Tibériade, va proclamer le code du bonheur, dont le premier article sera cette sentence étrange : Bienheureux les pauvres.

Il prêche aux siens cette doctrine qui pulvérise tant de modernes utopies : « Il y aura toujours des pauvres parmi vous » (1), et, en même temps, il prêche cette autre qui semble pourtant en être le contre-pied : qu'il faut tout faire pour qu'il n'y en ait plus ; puisque tout leur donner est le sommet de la perfection. Ainsi, sous les yeux du monde nouveau, en face de cet héroïsme déjà connu, la patience, il place cet autre plus beau : la charité.

C'en était assez pour incliner vers le pauvre le cœur de l'humanité ; Jésus voulut davantage, il nous voulut à genoux devant la pauvreté.

Le même Dieu qui, en prenant du pain, a dit : Ceci est mon corps, a regardé le pauvre et a dit : Le pauvre, c'est moi : *Quamdiu fecistis uni..... mihi fecistis* (2).

Ah ! quelle lumière il jette ce *mihi*, qui fait du pauvre, du petit, du déshérité, une nouvelle incarnation de Jésus-Christ ! C'est précisément, dit Bossuet, « cette grande dignité du pauvre qui nous courbe à genoux à ses pieds. »

Et ne croyez pas que ce mot, *Mihi :* c'est moi le pauvre, soit tombé des lèvres de Jésus, comme dans un mouvement passager d'émotion divine ; il le répé-

(1) Math., xxvi, 12. — (2) Math., xxv, 45.

tera dix fois, et avec plus d'insistance encore à cette
heure, entre toutes solennelle, où il fera entendre à
ses apôtres recueillis le texte de la sentence finale, que
nous entendrons à notre tour dans la vallée du jugement : « J'ai eu faim, j'ai eu soif... » Il dit : « Je », et
toujours « je ». C'est le commentaire définitif du *mihi*
des petits enfants : « Vous n'avez pas eu pitié de moi,
allez au feu éternel. » Ainsi la dureté du cœur que la
pauvreté et le malheur n'ont pas su attendrir est le
seul considérant rappelé par le juge souverain, dans
la sentence de la condamnation. Certes, je conviens
que cela est bien fait pour nous étonner, car il y a bien
d'autres vices qui nous damnent et d'autres vertus
qui nous sauvent ; mais Jésus prêchait une vertu toute
nouvelle à un monde nouveau. Ce monde aurait cru
que pour être condamné, il fallait avoir brutalement
arraché le pain du pauvre à sa bouche affamée, criblé
sa chair de plaies homicides ; non, dit Jésus, il suffira
de ne pas lui avoir donné de notre pain, de ne pas
avoir pansé des plaies faites par d'autres mains que
les nôtres : à la loi de la stricte justice, j'ajoute la loi de
la charité.

Mais qu'elle est encourageante la sentence voisine !
C'est le ciel pour le verre d'eau de la charité. C'est la
promesse solennelle que le Juge ne sera pas sourd
aux plaidoiries éloquentes des mendiants, des prisonniers, des blessés de la route de Jéricho, des orphelins et des veuves.

Connaissez-vous l'histoire de ce roi qui, recueilli
par une] nuit d'orage dans une cabane de char-
bonnier, donna, au réveil, à son hôte modeste un

tortis de baron. Le Roi « par qui règnent les rois »
veut mieux faire que ses sujets, il promet Lui,
à celui qui l'abreuve d'un peu d'eau, en la personne du pauvre, une couronne royale : *Possidete
regnum* (1).

Et voilà comment fut fondée la charité.

II

Dans la grande armée de l'humanité, le chrétien
devient un soldat d'élite, qui se reconnaît à cette
marque : la charité : *In hoc cognoscent omnes.* C'est à
cela, dit saint Jean, que l'on distingue les fils de Dieu
des fils de l'enfer : *In hoc manifesti sunt filii Dei et
filii Diaboli* (2). La charité seule établit la différence,
ajoute saint Augustin, et quand l'eau baptismale aura
coulé sur tous les fronts, et quand toutes les bouches
humaines chanteront l'universel *credo* des peuples,
celui de l'Eglise du Christ, il y aura pourtant encore
et des uns et des autres, et le signe unique qui les
distinguera, c'est la charité : *Dilectio sola discernit
inter filios Dei et filios Diaboli.* La raison en est évi-
dente ; car puisque Dieu c'est l'amour, *charitas ;* le
démon c'est la haine. Par conséquent avoir l'esprit de
Dieu c'est aimer, avoir l'esprit du démon c'est haïr.
Par conséquent encore, plus on aime, plus on se rapproche de l'exemplaire éternel qui est amour incréé,
éternel, infini.

(1) Math., xxv, 34. — (2) I Ep. Joann., iii, 10.

Mais, comme saint Jean qui avait reposé sa tête sur
le cœur de son Maître et en avait surpris les amoureux secrets, a magnifiquement rendu cette idée
sublime ! Mes bien-aimés, disait-il, aimons-nous les
uns les autres, car la charité est de Dieu : *charissimi,
diligamus invicem, quia charitas ex Deo est* (1). Et
celui qui aime est né de Dieu et connaît Dieu : *Et
omnis qui diligit ex Deo natus est et cognoscit Deum* (2).
La charité est donc de Dieu, et celui qui aime en est
le fils, mais l'apôtre de la charité ne s'arrête pas là ; il
ne veut pas dire seulement que le cœur de Dieu est le
pays natal de la charité, il veut dire qu'il en est l'essence, et il ajoute : Celui qui n'aime pas ne connaît
pas Dieu : *Qui non diligit non novit Deum* (3). Comment le connaîtrait-il puisqu'il est d'essence opposée?
On ne connaît pas Dieu si on ne connaît pas la charité, puisque Dieu est cela : charité : *Non novit Deum
quoniam Deus charitas est.* Si Dieu a un nom qui nous
révèle la plénitude de son essence, voici ce nom
triomphal : *Charitas*, charité.

Que si un être créé a fait revivre aux yeux du monde
ce vivant portrait de Dieu ; que si quelqu'un a tant
aimé les autres, que Dieu demeurait en lui : *Si diligamus invicem, Deus in nobis manet* (4); que si quelqu'un a planté dans son âme la charité de Dieu et lui
a donné tout l'épanouissement dont elle est susceptible
dans une âme créée : *et charitas ejus in nobis perfecta
est* (5); que si quelqu'un, après Jésus, s'est à ce point

(1) I Ep. Joann., IV, 7. — (2) Id. *Ibid.* — (3) *Ibid.*, 8.
(4) *Ibid.*, 12. — (5) Id. *Ibid.*

personnifié dans ce mot : *charitas,* que Dieu demeurait en lui et lui en Dieu : *In hoc cognoscimus quoniam
in eo manemus et ipse in nobis* (1); que si quelqu'un a
si bien reproduit l'Esprit de Dieu, qu'on peut dire de
lui qu'il en fut participant : *quoniam de spiritu suo
dedit nobis* (2); que si quelqu'un a eu cette infaillible
marque à laquelle on reconnaît la cohabitation de Dieu
et de l'homme : *In hoc cognoscimus ;* le nom de ce
héros vibre sur vos lèvres: saint Vincent de Paul.

Que si les soldats du Christ ont une couleur natio-
nale qui les marque éternellement : *In hoc cognoscent omnes quia discipuli mei estis ;* n'allons pas plus
loin sans saluer le porte-drapeau de la légion : saint
Vincent de Paul.

Regardez passer ce prêtre modeste, un peu courbé
dans sa soutane grossière, avec sa bonne figure qui
n'avait rien de ce que nous sommes convenus d'appeler de la distinction. Cet homme a pourtant dans les
yeux une lueur qui n'est pas le flamboiement du génie, parce qu'elle est plus et mieux que le génie ; c'est
la lueur de Dieu. Cet homme attire pourtant tout à
lui, comme Dieu ; parce que c'est Dieu qui luit en cet
œil si doux. Cet homme, on l'aime pourtant ; parce
qu'il a cela même qui fait qu'on aime Dieu. Regardez-
le passer ; comment ne l'aimerait-on pas, puisque lui-
même est tout fait d'amour ? Regardez-le passer, et
appelez-le par le nom de Dieu ; c'est la charité qui
passe : *Charitas est.*

Il aime ses frères jusqu'à la folie, parce qu'il aime

(1) I Ep. Joann., ɪv, 13. — (2) Id. *Ibid.*

Dieu, et ces deux amours sont deux indivisibles parties d'un tout, deux anneaux d'une même chaîne,
comme dit saint Grégoire, deux actes d'une vertu,
deux opérations d'un principe, deux flammes d'un
foyer, deux ruisseaux d'une source, deux branches
d'une tige, deux jumeaux d'une mère, deux amours
qui sont l'amour : *charitas est.*

Il est tout entier dans ce mot : *charitas*, et quand
j'en ai aligné les huit lettres, j'ai raconté toute sa vie ;
sa vie, un acte uniforme et non interrompu de charité.
Son âme avait ce parfum révélateur, ce parfum du
Christ, *odor Christi*, l'odeur de la charité.

La charité fut le premier acte de son enfance, le
premier de son sacerdoce, le dernier de sa vieillesse ;
une charité qui réalisa l'idéal surhumain de l'Evangile, qui se jetait de voiture, au péril de sa vie, pour
les autres ; se lançait au milieu des épées dégainées
pour les autres ; se vendait comme esclave pour les
autres, et les autres étaient les premiers venus, qui
que ce fût.

Il eut une grande passion qui dévora ses jours et
ses nuits, et ce fut la passion de tout le monde. Il
avait réalisé le miracle de saint Jean Chrysostome :
la puissance de la charité est telle, qu'elle peut donner à une âme étroite les dimensions du ciel, ce qui
faisait dire à saint Paul : Dilatez-vous. *Tanta chari-
tatis vis est ut cœlo latiorem reddat animam, unde
Paulus dicebat : Dilatamini* (1). Dilatez-vous, criait
l'apôtre, et Vincent dilata son cœur jusqu'à l'extrême

(1) Chrys. hom. 44 in Act. apost.

mesure : *Dilatamini*, et il le dilata encore jusqu'à ce qu'il l'eut assez élargi pour contenir tout le monde. Comme il y mit tout le monde il y mit de tout. Il contenait des provisions pour tous les besoins du corps et de l'âme, du pain pour toutes les bouches affamées, un magasin de vêtements pour toutes les épaules nues, un trésor d'instruction pour toutes les ignorances, d'ineffables dictames pour toutes les douleurs, des sueurs et des peines à dépenser pour tout le monde.

Un de nos grands littérateurs a dit : Le christianisme a placé la charité comme un puits d'abondance dans les déserts de la vie (1). Le cœur de saint Vincent de Paul fut ce puits, un puits banal appartenant à tout le monde, où tout le monde puisait à même son abondance.

Il fut ce puits miraculeux du village des pasteurs, devant lequel on arrête les pèlerins pour leur conter cette légende parfumée de grâce et de poésie :

La vierge Marie montait de la plaine à Bethléem dans le grand midi des étés d'Orient. Elle venait de rendre visite aux bergers de la nuit de Noël, et pour les récompenser de leur charité et de leur foi, elle leur avait porté l'Enfant, que ces humbles avaient pris dans leurs bras et promené dans le troupeau. Et la Vierge remontait la colline, enveloppant dans ses voiles l'enfantelet endormi. Lassée du poids, de la chaleur et de la route, la jeune mère eut soif. Comme elle arrivait au puits du village, un homme en partait.

(1) Chateaubriand, *Gén. du christ.*

Cet homme venait de charger sur sa tête son urne pleine jusqu'au bord, et, couronné de son amphore comme d'un diadème qui miroitait dans le soleil, l'homme gravissait lentement le sentier rocheux.

A boire, soupira doucement la voix plaintive de Marie. L'homme se retourna, et au sarreau de la Vierge devinant une Galiléenne, il la regarda d'un œil dur et chargé de mépris, et lui montrant d'un geste le puits où l'eau dormait profonde et inaccessible, il lui dit cruellement : Bois. La Vierge s'approcha du bord et regardait désespérée dans l'orifice noir, quand l'eau docile se mit à monter d'elle-même jusqu'à la margelle, pour couler de là doucement dans la bouche virginale.

S'il y a des durs qui sont cet homme, il y a des bons qui sont ce puits.

Ce puits de la légende, ce puits merveilleux et inépuisable qui verse son eau de lui-même, c'est le cœur de saint Vincent de Paul.

Le cœur de Vincent, pardonnez-moi la comparaison, était comme son fameux carrosse dont il est tant parlé dans sa vie et qui scandalisait ses ennemis ; car tout le monde en a, même quand on est le « bon Mr Vincent », peut-être surtout les saints comme lui ; Dieu fournit à leur charité l'occasion d'atteindre aux sublimités de l'héroïsme. Sans les ennemis pour lesquels, mourant, Jésus demanda le pardon, nous n'aurions pas de rédemption. Eh ! quoi, Mr Vincent, consulté de tout Paris, membre du Conseil de la reine, admis à la cour avant les ducs, déjà vieux et cassé, allait toujours péniblement à pied dans la boue et sur les pavés meurtrissants du Paris d'autrefois. La reine en était scandalisée et faisait entendre de toutes les façons au supérieur de Saint-Lazare qu'il était inconvenant de se présenter au conseil royal avec sa chaussure et sa soutane maculées de fange, et finalement elle imposait le carrosse. Mr Vincent fit la sourde oreille. La reine tint bon et tout le monde avec elle. Mr Vincent fut obligé d'accepter le carrosse; mais il eut vite trouvé le moyen de se le faire pardonner, il en fit une voiture publique.

La première fois qu'il roula dans les rues de Paris, il y fit monter une pauvre femme qui se traînait péniblement. Cette femme avait d'ailleurs, pour lui, un titre imprescriptible à une place près de lui, elle était couverte d'ulcères. Mr Vincent la conduisit à destination.

Le carrosse continua de faire ce service quotidien.

Une autre fois, c'était encore une femme étendue au bord de la chaussée, ne pouvant faire un mouvement. Lévites et gens du monde passaient sur ce chemin de Jéricho sans regarder cette misère. Le bon Samaritain descendit de voiture et fit placer la malheureuse dans ce carrosse, transformé par la charité en fourgon d'hôpital, et, bien que d'importantes affaires appelassent Mr Vincent dans un quartier très éloigné, il donna l'ordre de tourner bride et d'aller à l'Hôtel-Dieu. Après quelques tours de roue, sa cliente se trouve mal ; elle ne peut en son état défaillant supporter ce mouvement. Vincent fait arrêter, apporter du vin pour la fortifier, et quand elle est un peu remise, paie des porteurs et, avec le fardeau précieux, leur remet un billet de recommandation pour la supérieure de l'Hôtel-Dieu.

C'était l'emploi quotidien du fameux carrosse, le système ingénieux inventé par la charité pour désarmer l'humilité.

Il y avait dans le cœur de cet homme, comme dans son carrosse, une place pour tout le monde, mais une place très réelle, où l'on se trouvait à l'aise. C'est lui qui pénétra la largeur et la profondeur de ce petit mot : le prochain. Après Dieu, ce qu'il aimait le plus, c'était tout le monde. Il ne comprenait pas ce mot : c'est un étranger. Il disait comme saint Augustin : y a-t-il quelque chose plus proche de l'homme que l'homme : *quid homini homine propinquius ?* Est-ce qu'on est étranger quand on est de même nature : *nonne est ulla longinquitas generis, ubi est natura communis ?* Vincent trouvait que nous sommes tous très proches parents ; puisque, d'une commune naissance, nous sommes appelés au commun héritage : *omnes proximi sumus, conditione terrenæ nativitatis, etiam spe cœlestis hereditatis* (1). Il comprit que pour faire comme son Maître, qui avait aimé tout le monde comme un seul, jusqu'à donner son sang pour tout le monde comme pour un seul, les embrassant tous dans l'amoureux dessein de la Rédemption, il fallait aimer tout le monde comme on aime un frère par le sang, et il réalisa le difficile problème. Devant le commandement de l'amour, il répétait l'exclamation du royal prophète : *latum mandatum tuum nimis* (2):

(1) Aug. In psalm. xxv enarratio II. — (2) Ps. xviii, 96.

Seigneur, votre commandement est immense en étendue, immense; puisqu'il doit enserrer le genre humain
dans les bras enveloppants d'une parfaite charité. Et
Vincent dilata son cœur, dilata encore : *dilatamini,
dilatamini*; jusqu'à ce que tout le monde ait pu s'y
loger comme dans son carrosse; jusqu'à ce que la
plus petite demande, la plus mesquine, la plus indif-
férente y trouvât un écho fidèle, comme celle de ce
garçon tailleur qui avait travaillé à Saint-Lazare. Ce
tailleur lui écrivait de son pays pour le prier de lui
envoyer un cent d'aiguilles de Paris. Le saint, qui se
trouvait alors au milieu des occupations les plus
graves de la cour et de la ville, trouva cela fort naturel et envoya le cent d'aiguilles. En son carrosse
tout le monde avait une place : en son cœur toute
réquisition de la charité avait une réponse. *Latum
mandatum tuum nimis*.

Brûlé de cette grande passion, comme ces hardis qui
vont explorer le centre africain, il explora toutes les régions inconnues de la souffrance. Nulle infortune
n'échappa à son regard inquisiteur, et à côté de chacune il plaçait une garde. Il fondait ses confréries, sa
belle compagnie des Filles de la Charité, les Assemblées des Dames et des Seigneurs, l'Œuvre des forçats
de Barbarie, les hôpitaux des Enfants trouvés, du
Saint-Nom-de-Jésus, de Sainte-Reine, l'Hôpital général. Il ne prêchait guère d'autre doctrine et disait à
ses fils de la Congrégation de la Mission : « Messieurs,
nous sommes les ministres des pauvres, Dieu nous a
choisis pour eux, c'est notre capital. » Une autre fois :
« Messieurs, je suis quelquefois en peine pour ma

Compagnie ; mais elle ne me touche pas à l'égal des
pauvres. Mes chères filles, disait-il aux aïeules de
celles qui font aujourd'hui, autour de cette Eglise, une
guirlande de cornettes blanches, vous serez parfaites
quand vous pourrez dire avec saint Paul : nul ne
souffre, mais nul, que je ne souffre avec lui. *Quis
infirmatur et ego non infirmor ?* » (1).

La charité vous l'avez vue souvent représentée dans
la toile, dans le bronze ou dans le marbre. On lui
donne toujours la figure douce d'une mère féconde
allaitant des enfants étrangers. Avez-vous remarqué
qu'il ne vient à l'idée d'aucun artiste de représenter
celui qu'on appelait alors « le bon M. Vincent », sans
un enfant endormi dans ses bras, un saint Joseph
en étole sacerdotale portant un enfant Jésus ? Il est
resté dans l'âme de la France plus que le bon M. Vincent, mais la personnification de la charité : *Charitas
est*. Si on aime ses fils partout où ils passent, si on
salue la cornette blanche, comme on salue le drapeau,
c'est qu'elle est un drapeau, sur la blancheur duquel
éclate la devise du bon M. Vincent : Charité !

Je vous dis qu'en prononçant ce mot je viens de
raconter sa vie, toute sa vie. Lisez-la, vous n'en
saurez pas davantage que cela : charité ; un acte de
charité sans défaillance, et quand il croyait en découvrir une, il en demandait pardon comme d'un
crime.

Un jour, il passa devant de pauvres femmes qui lui
demandaient l'aumône à la porte de Saint-Lazare. Il

(1) II Corinth., ii, 29.

promit, comme toujours. Une fois entré, il fut circonvenu si bien par des affaires pressantes, qu'il en oublia les pauvresses ; les soucis de la charité lui firent oublier la charité. Le portier vient l'en avertir. Le supérieur de Saint-Lazare abandonne tout sur-le-champ, sort avec son aumône, et se jetant à genoux aux pieds des mendiantes, il leur demanda pardon de son oubli.

Charité sans défaillance, même devant le crime. Sa façon de faire emprisonner les voleurs, était de les garder à Saint-Lazare, sans leur réclamer ce qu'ils avaient pris, et quand, à force de bontés, il les avait amenés au repentir, il les renvoyait en liberté.

Est-elle exquise aussi, la manière qu'il avait inventée de leur reprocher leurs méfaits ! Il disait aux braconniers qui tiraient sur les pigeons de Saint-Lazare : « Pourquoi tuer les pères et les mères ? Si vous voulez des pigeons, venez donc demander les petits. »

Une fois pourtant, les suites furent plus graves. De pauvres femmes qu'il avait admises à glaner furent surprises par un frère à voler la moisson. L'une d'elles prend une pierre, atteint le frère au front et l'étend raide mort. M. Vincent, aussitôt averti, voit couler ce sang qui réclame vengeance ; mais le sang de Jésus le rappelle à la miséricorde ; il se souvient que la vengeance est à Dieu et que c'est Lui qui s'en charge : *Mea est ultio et ego retribuam* (1). Il mande le mari,

(1) Deut., xxxii, 35.

lui conseille de dérober sa femme aux recherches de la justice et paie lui même les frais du voyage.

Charité sans défaillance même devant ses ennemis, surtout devant ses ennemis. Quand on rend amour pour amour, dit saint Jean Chrysostome, nous n'avons plus rien à prétendre ; quand on aime sans espérance de retour, c'est Dieu alors qui se charge de la reconnaissance. Vincent regardait son ennemi comme un membre glacé qu'il faut réchauffer davantage, et il ne l'en aimait que mieux.

Quelquefois des misérables, poussés par la passion politique, le maltraitaient en punition de maux qu'il s'épuisait à soulager. Un jour qu'il sortait de Saint-Germain où la reine l'avait fait mander, des hommes de garde le firent descendre de cheval, le frappèrent avec violence et le mirent à deux doigts de la mort. Vincent, pour dérouter la justice, refusa de révéler l'heure du crime ; si bien qu'il fut impossible de découvrir ceux qui étaient de garde à ce moment.

A deux pas de Saint-Lazare un homme le souffleta un jour, la foule s'attroupait et l'homme criait : Voilà l'auteur des nouveaux impôts. Vincent se jeta aux genoux de ce misérable : Croyez, mon ami, lui disait-il, que les impositions ne sont pas de mon ressort et que je n'ai qu'y faire ; mais je suis un pécheur et je demande pardon à Dieu et à vous du sujet que je vous ai donné de me traiter ainsi.

Ce débonnaire, dont rien ne désarmait la douceur, avait pourtant des moments où sa voix s'élevait avec force et se faisait vibrante. Un seigneur avait outragé la reine qui l'avait puni de l'exil : Madame, lui dit

Vincent, je ne mettrai pas les pieds au Conseil tant que ce seigneur ne sera pas rentré dans vos bonnes grâces. Quand il parlait plus haut, c'était pour plaider la cause de la charité. Pourquoi se mettre à raconter, ce serait à ne plus finir, j'ai déjà dit vingt fois : il fut la charité : *charitas est.*

Regardez d'ailleurs ses filles : il revit en elles et leur a laissé son empreinte, et c'est l'empreinte de Jésus-Christ. Il eût pu leur dire comme Jésus : On connaîtra que vous êtes mes filles à la charité qui vous consumera : *In hoc cognoscent quia discipuli mei estis ;* et à cette marque on ne s'est jamais mépris. Elles portent aussi un nom qui raconte leur vie, elles sont bien « Filles de la charité ».

Vous les voyez souvent passer silencieuses et hâtives dans les rues de l'immense cité, dissimulant dans les plis de leur robe grise le pain et l'huile de l'aumône. Quand elles redescendent des sixièmes étages sans honneur, sans foi et sans Dieu, elles ne rapportent pas toujours le merci et la larme bénie de la reconnaissance qui rémunèrent si largement la charité de son labeur. Il leur arrive plus d'une fois, comme à M. Vincent, de panser les plaies d'insulteurs à gage qui recommenceront aussitôt sur pied. Que leur importe ? Elles les retrouveront à l'heure où la voix s'éteint pour le merci comme pour l'injure, et elles chanteront encore de joyeux *Alleluia ;* quand elles auront décidé leurs mains débiles à essayer un signe de croix et leurs lèvres blasphématrices à baiser un crucifix.

Vous les reconnaissez aux ailes blanches qui leur

4

font autour du front un nimbe flottant ; mais celui qui voit plus loin et plus profond, les reconnaît à la marque bénie dont il a empreint les vrais siens : *In hoc cognoscent omnes, quia discipuli mei estis, si dilectionem habueritis ad invicem,* et du haut de son ciel, c'est encore à cela que le bon M. Vincent les reconnaît toujours : *In hoc.* Aussi, voyez-vous, quand elles vous tendent la main pour les pauvres, vous êtes imprudents de fermer la vôtre ; car au jour du triage éternel, pour passer à droite avec les brebis, il faudra porter la marque de la maison, la marque du pasteur et du troupeau. *In hoc.* Or, sus, vous dirai-je comme le bon M. Vincent, sachez ouvrir facilement vos cœurs, vos mains et vos bourses, pour qu'au jour redoutable, le Maître vous reconnaisse du premier coup : *In hoc cognoscent omnes quia discipuli mei estis.*

III

Le long de la nef de Saint-Pierre, des sentinelles de marbre, debout dans leurs niches colossales, montent une garde séculaire, alignées devant le tombeau des apôtres. Nul Français n'a pénétré sous la grande voûte d'or, sans chercher du regard le doux héros du Christ qui est là le planton de la France ; et ce n'est pas sans un intime mouvement de patriotique fierté que l'œil s'arrête sur la douce figure de notre saint national, Vincent de Paul. Vincent de Paul ! Ah ! oui, fils de la France, il est bien la caractéristique de la France, la charité, et nous n'avons pas démérité encore. Notre compatriote est là pour proclamer aux nations qui passent que, plus que toutes les autres, nous portons haut le signe de reconnaissance que le Maître a donné aux siens : *In hoc cognoscent*. Vincent de Paul est là pour dire que son pays occupe parmi les nations la place qu'il occupe lui-même parmi les grands saints de la basilique vaticane : la France est le pays de la charité.

On dit pourtant que ce pays du bon M. Vincent n'est plus chrétien ? Oui, nous le sommes, parce que si de l'héritage du Christ nous avons beaucoup dissipé à travers les chemins du monde, il en est une part que nous avons bien gardée et qui ne fait que grandir, nous n'avons pas lâché le drapeau de la charité.

Oui, nous le sommes, et ceux-là même qui se défendent le plus de l'être ont subi l'influence assainissante du Christ. On ne peut respirer d'autre atmosphère que l'atmosphère ambiante, et celle qui a nourri et nourrit encore le poumon du corps social, c'est l'atmosphère de Jésus-Christ, l'air de la charité.

Oui, nous le sommes, sans pouvoir nous en défendre. Malgré les multiples et contraires opinions qui peuplent les cerveaux de notre génération ; quand nous nous croyons aux antipodes les uns des autres, nous nous rencontrons encore au même point de ralliement, la charité. Ah ! Messieurs, qui m'entendez, nous battons des chemins bien divers, nous ferraillons sous bien des drapeaux, nous-mêmes nous croyons quelquefois irréconciliables ennemis, et sur la tête du pauvre on se serre encore les mains, on se donne l'accolade fraternelle, coreligionnaires, malgré nous, d'une religion qui n'a pas encore d'hérétiques, la charité.

Messieurs, au nom de Jésus-Christ, de saint Vincent et de la France, merci.

Laissez-moi donc vous dire encore, avec une fierté bien permise que, si la charité est une plante chrétienne, nulle terre ne lui a été plus féconde que la terre de saint Vincent de Paul, la terre française. Si à chaque nation Dieu a assigné une mission en ce monde, comme à chacune des douze tribus d'Israël, la France est la tribu de la charité.

Il est des pessimistes pour nous faire entendre à brève échéance le *finis Galliæ* décourageant, l'agonie de la patrie. Tous ceux qui ont vécu par-delà nos frontières ont d'inébranlables confiances et se fient à la prodigieuse vitalité de la France. Pourquoi? Parce que nous restons la terre classique du dévouement, parce que le dévouement est un objet d'exportation dont nous avons presque le monopole et pour lequel nous n'avons pas besoin de traité de commerce. Nous sommes partout avec la charité de la France.

Il y a un petit vicaire de Bretagne, toujours vivant, qui abrite les derniers jours de près de cent mille vieillards, à la tête d'une famille de dix mille petites sœurs, pour dorloter et bercer encore cette armée de l'enfance en cheveux blancs, décrépite et abandonnée. Quand vous serez dans d'autres capitales, si vous ne savez pas la langue du pays; si vous rencontrez la voiture disloquée des Petites Sœurs des pauvres, demandez à celle qui est assise sur la banquette : c'est une Française.

Si vous contrepassez une de ces vierges à cornettes blanches, qui se pressent, les yeux baissés, un panier de provisions sous le bras, vers les portes basses de ces maisons délabrées et mangées de moisissure qu'habite la misère, saluez en passant : c'est une Française.

Quand vous serez dans les bazars du Caire, d'Alexandrie, de Beyrouth, de Smyrne, de Damas, d'Alep, de Bagdad, de tout l'Orient ; si à travers les fez et les tarbouchs des Orientaux vous apercevez le serre-tête d'une religieuse s'approvisionnant pour les pauvres ; allez, parlez la langue du pays : c'est une Française.

Allez plus loin encore, dans les glaces du nord, sous les feux des tropiques, vous y trouverez encore la France. Elle remplit son rôle national et séculaire, celui de la charité.

Il serait donc près de cesser de battre le cœur dont le fonctionnement est assez fort pour faire refluer jusqu'aux extrémités du monde le plus pur de son sang, ce cœur qui, par le ministère d'une très humble fille de Lyon, fondatrice de la Propagation de la foi, porte aux quatre horizons le double amour de Jésus-Christ et de la France ? Je dis double : encore est-ce nous qui l'avons dédoublé ; mais là-bas, sur la terre lointaine, il reste encore un, toujours un. Un consul me disait : chrétien, français, ici c'est une diphtongue.

Pèlerins de Terre Sainte, voyageurs qui faites le tour du grand lac méditerranéen, quand vous serez en vue des collines parfumées de la vieille Joppé, que votre regard s'arrêtera obstinément sur la blancheur étincelante du grand bâtiment européen qui aligne

ses grandes fenêtres au-dessus du chaos des maisons à
terrasse de l'Orient ; avant de fouler la terre sacrée,
saluez du large : cela, c'est la France, et la France de
la charité. Allez-y, puisque c'est la France et que
c'est un hospice. Il est peuplé de bédouins vieux ou
malades. Ils se demandent de quelle région voisine
du ciel leur arrivent ces anges de la consolation,
qui les endorment dans des lits moelleux qu'au désert ils n'ont jamais connus : elles viennent du pays
de France. Vous demanderez le nom du maître et
fondateur de cette maison de charité lointaine : c'est
un Français de France. Vous entrerez dans la chapelle
où un marbre funèbre vous dira le nom du prêtre
mort, qui s'est dévoué là, avec les ressources de ce
vivant que je viens de saluer : c'est toujours un enfant de la France.

Quelques jours après vous serez à Jérusalem. Elle
est stérile, la terre maudite qui a bu le sang du
Dieu de la charité. Le sol où naquit la plante
sacrée ne la produit plus de lui-même, et pourtant elle
y vit et s'y agite. C'est la charité voyageuse en-
voyée en avant-garde par la légion de la charité :
c'est la charité de France. Dans les ruelles noires et
sordides de la Jérusalem moderne, les grandes cornettes s'épanouissent : elles viennent de France. Là
aussi, comme à Jaffa, il y a un hospice florissant.
Allez-y encore, vous serez reçus à bras ouverts par celui
qui l'a bâti, un héros modeste qui habite là une simple cellule, comme le premier venu des bédouins qu'il
recueille. Serrez la main qu'il vous tendra : celui-là
aussi est un Français de France.

Un de mes plus chers souvenirs de Rome, c'est d'y avoir tenu le vestiaire de la Conférence de Saint-Vincent de Paul. Que d'illustres personnages nous avons vus s'asseoir à nos réunions hebdomadaires, et de toutes sortes de peuples et de toutes sortes de langues : *ex omni tribu et linguâ et natione* (1) ! Cette conférence n'était cosmopolite que pour nous, ses membres ; dans l'esprit public, c'était la conférence française ; elle tenait ses séances en terre française ; on y parlait la langue française. Puisqu'il s'agissait de charité, les représentants des douze tribus d'Israël se donnaient rendez-vous dans la tribu de la charité.

Nous visitions indistinctement les indigents de toutes les nations, tâchant de nous les partager de manière à ce que nos pauvres pussent, en recevant leurs bons de pain ou de viande, avoir le bonheur de parler avec leurs visiteurs la langue aimée de la patrie lointaine; mais de quelque nationalité qu'ils fussent, ils croyaient manger le pain de la France. C'est un plaisir mélangé de fierté que nous causait quelquefois l'étonnement de nos confrères étrangers, lorsque, chargés de demander dans les maisons hospitalières de leur quartier des renseignements sur quelque indigent qui, sollicitait les secours de la Conférence, ils nous revenaient en disant : mais, il n'y a donc que des Françaises pour porter une cornette, balayer une salle d'hôpital et faire un pansement? Eh bien, oui, nous pouvons le crier sans crainte qu'on nous dise : men-

(1) Apoc., v, 9.

teurs : à Rome même, en pleine ville sainte, la grande charité s'appelle la France. Nous en fournissons les capitales; nous la prêtons à Rome, comme nous la prêtons à Madrid, à Lisbonne, à Londres, à Vienne, à Constantinople. C'est notre rôle, il nous est permis de nous en vanter, rôle que les haines meurtrières de la guerre ne peuvent interrompre. La charité, nous la prêtons à Berlin.

Ceci n'est pas pour nous surprendre. Saint Paul avait tracé de la vierge du malheur un portrait sublime dont le dernier trait n'est pas que ressemblant, mais prophétique. Oh! qu'elle est belle! Elle est patiente, elle est bénigne : *patiens est, benigna est* (1)..... et le portrait se continue. Puis elle croit tout : *omnia credit;* crédulité naïve et féconde de la charité. Puis elle espère tout : *omnia sperat;* espérance aveugle et ferme de la charité. Puis elle supporte tout : *omnia suffert;* soldat qui avance toujours dans le champ de bataille des souffrances humaines, la charité. Enfin le dernier coup de pinceau de l'apôtre est ce mot vainqueur : *charitas non excidit,* la charité ne meurt pas. Non, la charité ne meurt pas, parce que la charité est le cœur de Jésus-Christ, que le cœur de Jésus-Christ « c'est l'amour », et que l'heure ne sonnera jamais où l'amour pourra ne pas aimer, où le jour sera la nuit, où la flamme sera glacée.

Je l'ai dit et le répète en finissant ; quand les apôtres se furent dit adieu, ils parcoururent le monde

(1) I Cor., xiii, 4 et seq.

avec ces deux filles du ciel : la Foi et la Charité. Notre
terre de France fut hospitalière à toutes les deux. Dans
la nation « fille aînée de l'Eglise », toutes les deux ont
grandi et produit des merveilles. On dit maintenant
que la foi y est bien malade. Hélas! il faut en pleurer. Mais nous sommes pris d'une grande espérance ;
dans le pays de saint Vincent de Paul, l'épidémie n'a
pas gagné la charité. La charité ne meurt pas : *non
excidit*, et la charité, puisque c'est son rôle, soignera
et guérira sa sœur, la foi.

LE BIENHEUREUX PERBOYRE

L'APPEL ET LE TRIOMPHE

Panégyrique prononcé dans la cathédrale de Grenoble,
pendant les fêtes célébrées à l'occasion de sa béatification.

LE BIENHEUREUX PERBOYRE

L'APPEL ET LE TRIOMPHE

In die illa, vinea meri cantabit ei.
En ce temps là, la vigne qui donne le vin pur
le chantera.

Isaïe, XXVII, 3.

'EST l'opinion de saint Anselme et de bien des docteurs que, lorsque le vieux prêtre, dans le parvis du temple, se mit à prophétiser le Golgotha, en enveloppant dans ses bras débiles le frêle nouveau-né, qui commençait son pèlerinage vers le Golgotha, il n'apprit rien de nouveau à la reine des prophètes, et que le *fiat* consommateur du Calvaire avait été contenu dans le *ecce ancilla* intime et mystérieux de la maison de Nazareth, au jour de l'Annonciation. *Ecce ancilla Domini.* Voilà la servante du Seigneur, aussi bien pour devenir mère que pour devenir victime.

Dès cette heure mystérieuse, la lumière du Dieu qui descendait en elle, projeta des lueurs sur la route ténébreuse de l'avenir, éclaira le point extrême de son horizon que fermait déjà le Calvaire. A la minute même où elle conçut son fils, il était crucifié dans son âme et elle se crucifiait elle-même. Trente-trois ans avant l'heure, elle vécut les sombres jours de sa passion ; trente-trois ans durant, comme gémit saint Bernard, elle mourut vivante : *Moriebatur vivens*.

Je viens vous parler du fils d'une mère à qui Dieu a demandé autant, et qui entendit du divin crucifié le *sequatur me* surhumain qui va jusqu'au bout dans la fidélité, jusqu'au *tollat crucem*, jusqu'au crucifiement pour tous les deux, pour la mère et pour le fils.

Dans un petit Nazareth perdu par les collines du Quercy, une femme nommée Marie eut un fils qui a été sur terre, à son tour, une vivante incarnation de Jésus. Sur huit enfants que Dieu avait donnés à cette femme, il en réclama six. Mais ce Dieu puissant dans ses exigences, fit le partage égal ; il prit à la mère trois fils et trois filles. Il mit sur le front de l'une la couronne de l'éternité, au moment où elle s'apprêtait à s'auréoler elle-même de la cornette blanche des filles de la Charité. Comme il avait sacré une fille pour la tombe, il sacra un des fils, mais lui laissa, cette fois, le temps d'accomplir son sacrifice. Lorsqu'il fut lazariste et prêtre ; lorsque du pont du navire qui l'emportait vers les héroïsmes lointains, il eut jeté à son pays et aux siens un éternel adieu, Dieu jugea que c'était assez et le prit en pleine mer.

Les deux autres filles sont entrées dans la route que la mort avait barrée à leur aînée, et ont occupé sa place sous la règle de saint Vincent de Paul.

Des deux fils, l'un, Jacques, prêtre et lazariste comme ce cher mort que le flot avait gardé, a été réservé pour être témoin du triomphe qui nous réunit aujourd'hui. Criblé d'années et de bonheur, il chante son *nunc dimittis* à Paris, au milieu de ses frères.

Jean-Gabriel devait rester à la maison.

Si le Dieu qui demandait celui-là quand même, eût dévoilé à Marie Rigal, sa mère, comme à Marie de Nazareth, la route héroïque de l'avenir, comme Marie de Nazareth elle eût pu pleurer sur le nouveau-né, et comme elle gémir : il est pour la croix.

Trouvant que c'était assez de lui demander ses fils, Dieu voila à la mère ces mystères de douleur, et quand vint pour elle l'heure attristée de donner Jean-Gabriel, elle put sans hésiter faire son sacrifice. Pourtant une voix autorisée, une voix qui pouvait passer pour celle de Dieu, fit entendre « qu'il fallait le laisser aux parents pour cultiver la vigne ». Le vigneron de 14 ans entendait une autre voix intime, puissante, impérieuse, qui lui disait : Oui, sois vigneron : *ite in vineam* (1); vigneron de la grande vigne de Dieu.

Vingt ans plus tard, le vigneron robuste écrivait de No-Han, en Chine : « Grâce à Dieu, le Père de famille a envoyé à sa vigne un assez bon nombre d'ouvriers. »

Il l'aima cette vigne, comme son Maître, comme saint Paul, jusqu'à la folie, jusqu'à donner son sang pour en féconder les racines.

Le prophète avait annoncé le jour où la vigne chanterait Dieu : *In die illâ, vinea meri cantabit ei*. Le voilà le jour annoncé, le voilà ! La grande vigne du Christ, qu'il a empourprée et engraissée de son mar-

(1) Math., IV, 7.

tyre, l'Eglise chante la gloire du bienheureux Jean-Gabriel Perboyre, prêtre de la congrégation de la Mission, martyrisé en Chine, le 11 septembre 1840.

Jésus, qui a comparé son Eglise à une vigne, l'a aussi comparée à une armée. Vigneron, comme son père le vigneron du Quercy, aussi bien que soldat du Christ, Gabriel Perboyre fut un héros. Fasse Dieu que je puisse dignement raconter son appel et son enrôlement, sa conquête et son triomphe.

I

Quand le Seigneur appelle, ce n'est pas toujours du premier coup qu'il dévoile aux âmes élues le terme final jusqu'où il veut les conduire. Il y a dans ce terme tant de gloire, et presque toujours tant de douleurs, que l'appelé, tout à la fois ébloui et effrayé, hésiterait à suivre.

Une fois qu'il cheminait sur les rives fleuries de son grand lac galiléen, il vit deux hommes, deux frères, Simon et André, qui jetaient péniblement le filet dans l'eau profonde. Jésus les appela. Les deux frères reconnurent le Maître, le Rabbi que Jean le Précurseur avait salué Messie. Jésus, depuis que Jean avait été livré, sachant que son heure n'était point venue, « avait quitté sa ville natale pour venir habiter Capharnaüm » (1), probablement une de ces huttes modestes cachées dans les lauriers-roses qui bordaient

(1) Math., IV, 13.

le lac, et le maître, sans préambule, dit aux deux hommes : Suivez-moi, *venite post me* (1).

Où voulait-il les conduire? Simon et André ne demandèrent rien, mais ils laissèrent leurs filets sur la plage : *relictis retibus* (2), et le suivirent. Où que ce fût, l'obéissance était facile. Il ne devait les mener qu'à de douces et grandes choses, cet homme au sourire suave, au regard caressant, à la parole puissante, aux œuvres surhumaines. A le suivre, il ne pouvait y avoir que gloire et profit.

Mais s'ils eussent demandé où, et que le Maître, leur dévoilant ses desseins tous à la fois, eût répondu à ces deux pauvres pêcheurs : Où ? Vous voulez savoir où ? A la persécution, aux fouets, aux égorgements, à la croix infâme sur laquelle, tous deux, vous serez cloués après moi ; il est probable que ces timides lui eussent dit : Non, Seigneur ; laissez-nous mourir doucement sur les bords de notre lac, sous nos vieux térébinthes, dans nos cabanes modestes, au milieu de nos fils. Jésus cachant les souffrances, ne leur montre que les gloires de la mission à laquelle il les convie ; il se réserve, quand l'heure aura sonné, de les former lentement au martyre qui doit payer cette gloire. Suivez-moi, dit-il, je vous ferai pêcheurs d'hommes (3) Pêcheurs d'hommes ! devenir prophète comme Jésus et thaumaturge comme lui, remuer les peuples, les éblouir, les terrasser, passer dans l'entraînement de leurs acclamations ; ils ne virent que ce sommet, et ils suivirent.

(1) Math., IV, 19. — (2) *Ibid.*, 20. — (3) Math., IV, 19.

Cependant, l'heure est venue où les pêcheurs d'hommes erraient par le monde en prêchant Jésus, non seulement Jésus du Thabor et de la procession triomphale, mais « Jésus de la croix », de la croix qui, au lieu de les effrayer, les embrase maintenant d'une céleste joie.

Cependant, malgré les incertitudes de la première heure, de l'heure de l'appel, où ils n'avaient entrevu que des gloires, ils ont répondu gaiement à leur vocation, jusqu'au bout, jusqu'à cette croix alors redoutée et maintenant désirée.

Cependant, tous deux l'ont prêchée plus éloquemment qu'avec leur bouche inspirée, plus éloquemment même qu'avec leurs miracles, tous deux ont prêché la croix en croix ; tous deux y ont été cloués pour y mourir ; et les deux crucifiés, avant de laisser tomber leur suprême goutte de sang, ont pu dire à leur Maître : Maître, vous rappelez-vous le jour où, jetant nos filets, là-bas, bien loin, dans le pays que nous n'avons plus revu, sur les confins de Zabulon et de Nephtali, vous nous avez dit : Suivez-moi. Regardez, Maître, vous avons-nous quitté d'un pas ? nous voici au terme final, en croix.

De qui viens je de résumér l'histoire ? De Pierre et André apôtres, ou de Jean-Gabriel Perboyre ?

Il avait quatorze ans à peine, lorsqu'il entendit l'appel du Christ, distinct, impérieux, irrésistible. Il venait d'écouter un sermon de mission dans l'église de son village, et son père et sa mère étonnés virent luire des flammes dans les yeux de cet enfant si doux. Sa voix résonna avec une autorité qu'on ne connaissait pas à ce timide. Le père se rappelait le jour où l'enfant épanchait auprès de lui son chagrin d'une voix indécise, parce qu'il avait entendu des manœuvres blasphémer dans la vigne, ce qui lui causait une souffrance intolérable. Dis-leur que je le défends sur ma terre, répliquait le père, et l'enfant murmurait tout bas : Je n'ose pas. Et cette fois il osait.

En franchissant le seuil de la vieille église de Mongesty, sa paroisse, avec un éclair dans le regard et une autorité dans la voix, il dit : Je veux être missionnaire.

On le regarda un instant surpris, et on n'y prit pas garde davantage. Qu'y avait-il autre chose dans la spontanéité de cet élan, que l'enthousiasme fugitif d'une imagination encore toute fraîche qu'une parole ardente venait de remuer jusqu'aux fibres. Eh ! oui, il y avait pourtant autre chose, il y avait Jésus qui venait de passer par là, et de rencontrer l'adolescent, comme il avait rencontré Pierre et André sur la plage de Bethsaïde, Jésus qui lui avait dit : Viens, *venite*, et il voulait aller.

Quelque temps après, du petit séminaire de Montauban, où il avait accompagné son frère Louis, il écrivait au vigneron du Puech : Père, j'ai consulté Dieu, et si vous voulez, je reste. Ce fut fait.

Comme le pêcheur du lac galiléen quitta les filets qu'il raccommodait le soir, suspendus aux arbres de la rive, pour s'en aller jeter les grands filets du Christ dans la masse profonde de l'humanité, Jean-Gabriel abandonna ses cépées épandues par les petites collines du Quercy, pour aller bêcher, émonder, ven-

danger la grande vigne de Dieu. Pêcheur d'hommes :
piscatores hominum, vendangeur de l'Eglise : *Ite in
vineam*, il sera ceci et cela; c'est tout un, il sera
apôtre.

Dans l'appel du Maître, Gabriel vit-il ce qu'il contenait? Vit-il que le Jésus qu'il voulait suivre allait le
conduire bien loin, aussi loin qu'il était allé lui-même
dans la route de l'ignominie et du triomphe, jusqu'à la
croix? L'enfant de 14 ans vit-il le martyre ou bien,
avec Pierre et André, subit-il la fascination juvénile du
piscatores hominum, le lointain et lumineux mirage
de l'inconnu, de l'apostolat glorieux, des foules sé-
duites et entraînées, des chrétientés jeunes, enthousiastes et ferventes, des masses converties?

A lire les lignes qui nous restent de lui à cet âge et
à travers lesquelles on voit luire, comme des étincelles,
ses ardeurs réfléchies vers la croix, on se prend à penser qu'il eut quelque vague intuition d'un Golgotha qui
se laissait soupçonner dans le nuage de l'avenir. Il en
parlait avec élan dans les compositions littéraires qui
lui valaient ses succès d'écolier, et un jour de distribution de prix, appelé à l'honneur de la lecture publique,
il lut cette phrase avec un tel frémissement dans la
voix, qu'on y sentit passer les secrets désirs de son
âme : « Qu'elle est belle, cette croix plantée au milieu
des terres infidèles, et rougie souvent du sang des
apôtres de Jésus-Christ ! » A cet âge où l'imagination
flambe, où elle fait défiler en des splendeurs d'apo-
théose des succès, des fortunes et des gloires, le grand
rêve de Gabriel Perboyre était le martyre.

C'est ainsi que, déjà héros au temps où l'on n'est

que conscrit, Gabriel s'enrôla dans la milice du Christ; ainsi qu'il endossa la tunique de soldat, cette soutane sacerdotale dont notre siècle ne veut plus, et à laquelle il s'accrochera des deux mains au jour de la tempête, en criant le *Salva nos* des pêcheurs de Galilée; car l'heure arrive où les générations putréfiées n'auront besoin que de surhumains héroïsmes et de sublimes dévouements, grandes choses qui bientôt ne palpiteront que sous les plis noirs de cette robe qu'on souille de boue.

C'est ainsi que, comme les vieux légionnaires qui prêtaient serment sur les aigles impériales, le jeune soldat fit ses vœux solennels dans la légion que commande Vincent de Paul, ainsi qu'il reçut la consécration sacerdotale, qu'il fut prêtre.

Prêtre! Ah! cette première messe de Gabriel Perboyre, je n'en ai rien lu dans sa vie, et ceux-là même qui, le 23 septembre 1825, le virent monter à l'autel dans la chapelle des Filles de la Charité, s'ils furent émus de ses larmes, de ses élans d'amour, de son attitude extatique de saint, ne purent rien soupçonner de ce qui s'agitait dans son âme embrasée.

Il tenait entre ses mains tremblantes l'Agneau immolé pour le salut du monde : O mon Maître, me voilà enfin un autre vous-même : *alter Christus*. Faites que je vous reproduise, jusqu'à ce qu'on puisse dans mon histoire lire la vôtre. Vous vous offrez aujourd'hui pour la première fois dans mes mains; qu'il soit convenu entre nous que je m'offre à jamais dans les vôtres. Au sacrifice de vous-même, laissez-moi joindre le sacrifice de moi, et qu'ainsi, je donne à mon sacerdoce la plénitude que vous lui voulez. Prêtre éternel, hostie publique de la réconciliation, vous avez offert et vous offrez encore par mes mains un immense sacrifice, auquel, pour sauver le monde, il ne manque rien de votre part, mais auquel il pourrait manquer quelque chose de la mienne, le sacrifice de moi ajouté au sacrifice de vous, pour remplir cette mesure du sacerdoce nouveau, que vous voulez pleine jusqu'à la surabondance : *adimpieo ea quæ desunt passionum Christi* (1). Je trouve, avec saint Augustin, que, devenu un « autre Christ », les deux sacrifices, le vôtre et le mien, sont inséparables, plus que cela, identifiés, comme le chef et les membres sont identifiés dans l'unité de la personne. Vous êtes victime, en qualité de chef; que je sois victime en qualité de membre : *tam ipsa per ipsum quam ipse per ipsam, debet offerri*. Combien de fois, à partir d'aujourd'hui, ô mon Maître, vais-je vous immoler pour moi ? Je n'en sais rien ; mais, puisque je n'ai qu'une fois à m'immoler pour vous, laissez-moi le temps de la trouver cette fois unique et rêvée. Votre sang que je vais boire va devenir le mien, c'est un sang qui est à vous et que je vous dois, donnez-moi des bourreaux pour le verser, une croix pour l'en rougir, une terre pour le boire : *idem sacerdos et victima*.

Descends de l'autel, prêtre victime, et sois en paix. Autre Christ, tu le seras si pleinement, que les siècles qui s'agenouilleront devant ton image vénéreront l'image d'un crucifié.

(1) Colos., I, 24.

Non, non, je ne fais pas que prêter au jeune prêtre
ce désir brûlant d'épancher son sang pour son Maître;
cette pensée ne fut-elle pas le premier mobile de sa
vocation et le grand attrait de sa vie? Il avait une passion dont il se défendait mal; c'était de parler d'un
autre enfant de saint Vincent qui le rendait jaloux,
de M. Clet, tombé martyr pour la foi, quinze ans au-
paravant. « Oh! la belle fin que celle de M. Clet, disait-il à un novice; mon enfant, priez bien Dieu que
je finisse comme lui. »

Une fois, saint Jean Bouche d'or célébrait la gloire
d'un martyr, dont les combats ressemblent à ceux
de Perboyre (1) : C'est assez, disait-il, de la renommée
d'un guerrier vaillant pour enflammer un autre; mais,
conduisez un jeune aspirant à la gloire sous la tente
d'un héros; ne lui dites rien, laissez parler le glaive
sanglant supendu au milieu des dépouilles conquises
qui lui font une auréole; laissez parler le bouclier
dont l'acier a fléchi sous les chocs ennemis; laissez
parler le casque étincelant que des lauriers vont couronner, toutes les pièces de l'armure, dont le métal
clair réfléchit encore des batailles, des victoires, des
conquêtes, des triomphes, laissez vibrer la muette et
victorieuse éloquence des armes au repos, et ce discours de l'acier embrasera l'adolescent plus que le
vôtre. Le tombeau d'un martyr, disait encore le docteur, c'est la tente d'un guerrier, regardez avec les
yeux de la foi, vous étudierez son armure.

Gabriel vit plus que le tombeau d'un martyr, il vit

(1) Hom. s. saint Barlaam.

et mania les armes de M. Clet, et ce trophée acheva
de l'enflammer pour jamais.

Les séminaristes dont il avait la charge, le virent
un jour entrer dans leur salle, ardent, embrasé, chargé
d'une corde et d'un vêtement ensanglanté : voilà, voilà,
dit-il, l'habit de M. Clet, voilà la corde qui l'étrangla.
Oh ! suprême bonheur, si nous pouvions avoir ce
sort. Au sortir de la réunion, il prit à part un novice
qui lui inspirait confiance, et il lui dit tout bas : Mon
ami, priez Dieu que ma santé se fortifie, que je puisse
aller en Chine, prêcher Jésus-Christ et y mourir.

Et comme le conseillait Chrysostome, il étudia l'armure spirituelle du martyr, et il vit qu'elle allait bien
à sa taille, et il l'endossa. Un jour viendra, qui n'est
pas loin, où les bourreaux qui assassineront ce débonnaire, diront, en le voyant expirer sur un gibet :
sa vie fut une folie : *vitam illorum æstimabamus insaniam ;* et sa mort est une honte : *finem illorum sine
honore* (1). Fous vous-mêmes, qui ne savez pas que
le Maître inconnu, en l'enrôlant sous ses enseignes,
l'avait armé des pieds à la tête pour la victoire décisive (2). Fous vous-mêmes, qui n'avez pas connu qu'il
était invulnérable, cet homme sans défense. L'heure
vient où vous regarderez son corps saignant sur la
croix, et ne lui verrez pour vêtement de guerre que le
lambeau dont vous l'aurez affublé, comme le Christ
au prétoire. Pourtant, sur sa poitrine tranquille, il
aura une cuirasse sans défaut, que vos chocs les plus
rudes n'auront pas fait céder ; la justice, l'invincible

(1) Sap., v, 4. — (2) *Ibid.,* v, 18.

justice, qui est à l'abri de la morsure des glaives : *induit pro thorace justitiam* (1).

Sur sa tête nue il aura un casque invisible, sur lequel vos coups de lance se seront brisés ; l'intelligence de la foi qui lui montre, par delà les étroites limites de la vie, l'immensité des triomphes éternels : *accipiet pro galeâ judicium certum* (2).

A son bras sera lié puissamment un bouclier insensible à tous les coups ; c'est la grandeur de sa cause dont l'issue est assurée : *sumet scutum inæstimabile, æquitatem* (3).

Ses pieds nus auront la chaussure de l'Evangile. C'est pour ces pieds que vous laisserez tomber en lambeaux putréfiés dans l'emprisonnement de vos carcans et de vos fers de supplice, c'est pour ces pieds que le prophète a chanté : *Quam pulchri pedes evangelizantium pacem, evangelizantium bona* (4).

Sa bouche glacée lancera encore la flèche aiguë de la parole : *sagittæ acutæ* (5), et cette flèche n'aura jamais vibré si fort que lorsque vous l'aurez brisée.

Voilà l'armure dont se ceignait Gabriel Perboyre. Il n'attendit plus que le moment d'entrer avec elle dans la bataille, aux extrémités du monde.

Pourtant, avant que de jeter un conscrit dans les mêlées, dans les hasards du combat, un général prudent le soumet à d'incessants exercices, aux marches forcées, au maniement des armes, aux simulacres de combat, à l'odeur de la poudre, pour lui donner comme l'habitude de la mort. Les supérieurs de Perboyre,

(1) Sap., v, 19. — (2) Id., *ibid.*— (3) *Ibid.*, 20.— (4) *Ibid.*, LII, 7. (5) Ps. XLIV, 6.

avant de le laisser courir dans le stade du martyre, où le précipitaient ses désirs, voulurent l'y préparer, en le faisant passer par tous les degrés de leur hiérarchie, par tous les emplois de leur légion. A peine, depuis quelques mois, professeur de petits enfants à la fleur de l'âge, on le fit supérieur de collège.

En ce temps mauvais, où la formation de l'enfant est une question aiguë qui nous passionne autant qu'elle nous divise, il est bon de montrer ce jeune supérieur expert, à l'âge où d'autres commencent l'apprentissage de l'enfant, à discipliner les intelligences et à façonner les caractères. Envoyé dans un collège qui n'avait plus guère que le nom et les murailles, où une poignée d'élèves s'agitaient dans le vide, il avait paru à peine, qu'il constituait une maison de premier ordre. Il nous dirait, s'il était là, comment sans l'autorité de l'âge, sans les longues expériences pédagogiques que l'on croit nécessaires à l'éducateur, sans la direction de ces programmes compliqués qu'organisent à grand peine les sommités intellectuelles de notre France, sans la puissance formidable d'une réglementation dont les articles s'engrènent comme les rouages d'une machine sans défaut, comment il trouvait, rien qu'en lui-même, en sa jeunesse et son inexpérience, de quoi suppléer à tous ces beaux programmes, de quoi faire plus et faire mieux; il nous révélerait un secret qui, sur l'enfant, nous en dirait plus long que toutes les discussions stériles et amères auxquelles nous assistons depuis vingt ans. La machine éducatrice manque d'un ressort nécessaire que Perboyre portait en lui, abrité sous sa soutane.

Vous vous êtes mépris, Messieurs les pédagogues
modernes; vous avez voulu prendre l'enfant dans un
engrenage, il fallait l'envelopper dans un amour ; vous
avez constitué un programme pour l'instruire, sans
songer à lui donner un cœur pour l'aimer ; vous lui
avez décrété un instituteur, il réclamait un père.

Vous n'avez pas compris que l'éducation de l'enfant
ne se fait pas comme cela, en masse, par le mouvement d'une meule habilement montée, qui broie indistinctement, invariablement, tous les grains soumis
à son action; qu'il ne suffit pas d'apporter à cette œuvre délicate les qualités d'un administrateur, même
habile, même probe, et je dirai, même croyant; mais
qu'il y faut surtout un cœur prêt à aimer ; qu'à tout
prendre, l'enfant peut se passer d'une savante organisation et ne peut se passer d'amour, comme la plante
qui n'a pas besoin, pour prospérer et vivre, des habi-
letés du botaniste, et ne peut se passer de soleil et
d'air.

Oui, en cette fin de siècle, vous avez travaillé
démesurément pour l'enfant. A la faveur de bâtiments
savamment ménagés, on les a distribués en groupes
réguliers, conformes à leur âge et à leurs besoins.
Tous les détails de la vie scolaire sont prévus avec un
soin minutieux. Les programmes ont une précision
chronométrique, et les maîtres chargés de les remplir
sont disciplinés, instruits, hiérarchisés admirablement. C'est vrai, au point de vue de l'organisation,
on a réalisé des prodiges. On a organisé l'enseignement, organisé les surveillances, organisé les récompenses, organisé les punitions. La machine ne peut

être plus précise. On n'a qu'à pousser un bouton et toute la population scolaire de France est à la même heure en récréation, à la même heure en étude ; pour un peu, elle serait à la même ligne de grammaire. Les engrenages ne frottent pas, le fonctionnement se fait sans tirage ; les enfants sont merveilleusement enrégimentés, casernés, surveillés, enseignés ; mais la machine n'a pas de cœur, et il n'y a que le cœur qui prenne les cœurs.

Vos engrenages et vos instruments de précision n'atteignent point le cœur de l'enfant, où les bons et les mauvais penchants commencent à se coudoyer, ni son caractère avec ses inégalités qu'il faut aplanir, ni sa piété, qui lui est naturelle et ne demande qu'à grandir. Vous administrez ; le cœur ne s'administre pas.

Le cœur, même celui d'un enfant, est une puissance intime, fragile en apparence, formidable en réalité. Il résiste aux règlements les mieux composés et aux rapports officiels les plus concluants, quand il ne résisterait pas à un sourire.

Votre machine fait des fonctionnaires estimables, mais ne fait pas des pères, et puisque l'enfant est un amour en herbe, c'est un axiome que l'amour ne s'emporte que par l'amour.

Pardonnez-moi cette digression qui n'est pas hors de propos, car elle en dit long sur les succès pédagogiques de Gabriel Perboyre, et explique une des belles pages de sa vie. Son secret, le voici : il était prêtre, et il était saint prêtre. Prêtre, il avait laissé descendre dans son cœur la douceur même et la bénignité du

Christ, et les enfants aimaient en lui Jésus personnifié sous des traits si doux. Il aimait, et faisait d'eux ce qu'il voulait : *Ama et fac quod vis;* et ce qu'il faisait était bien fait, et ce qu'il disait était bien dit, et ce qu'il ordonnait était accompli, parce qu'il aimait.

Son secret, c'est que le premier venu de ses élèves pouvait lui demander, comme le Christ, dont il était au milieu d'eux une incarnation charmante : « M'aimez-vous : *Amas me ?* et il pouvait répondre à tous : mon enfant, c'est pour toi que je porte cette robe qui me sépare de la vie et m'en interdit les joies : « Tu « vois bien que je t'aime : *Tu scis quia amo te* » (1).

Je m'attarde outre mesure sur une page charmante de sa vie où il ne voulut pas s'attarder lui-même; car elle éloignait l'heure du martyre qui ne venait toujours pas. Professeur de philosophie à Mondidier, de théologie à Saint-Flour, supérieur de collège, il avait trente-deux ans, et son héroïsme devenait impatient, et le sang qu'il voulait verser coulait toujours dans ses veines, et le signal du départ ne sonnait jamais.

Une fois, ses novices le virent sombre et attristé, lui dont le front était toujours limpide comme le ciel clair. Que se passait-il ? Un nouveau départ de missionnaires pour la Chine était annoncé, et il n'y était encore pas. Depuis six ans il demandait cette grâce, chaque matin, en élevant l'hostie; son maître ne voulait donc pas de lui ? Il n'y tint plus. A deux genoux devant son supérieur, le voilà, les mains jointes, les larmes plein les yeux, il supplie encore et encore. Le

(1) Joann., XXI, 17.

supérieur, ému, fléchit; mais, enfin, il faut consulter le conseil, et Perboyre se remet à attendre et à prier pour le oui désiré. Ce fut non. Son frère Louis était mort en mer; Gabriel, plus frêle encore, ne ferait même pas le voyage; ce fut non.

Désolé, pas désespéré, Gabriel va faire assaut à la sainte Vierge. On était à la veille de la Purification. Le lendemain, jour de la fête, ce fut oui.

Enfin! la voilà, la vraie bataille, la vraie mêlée, le grand stade du martyre ouvert; au bout de la carrière, le triomphe sous la forme d'une croix; et du ciel une voix souveraine descendait, l'entraînant dans l'arène. Cours, cours, Gabriel, pour toucher le terme triomphal, la croix : *Currite ut comprehendatis* (1). Regardons-le y courir, si bien et si vite, qu'il l'enleva comme le trophée de sa victoire.

II

Le roi conquérant qui descendait une fois de son empire du ciel, pour faire de la terre une province du ciel, est un roi insatiable de conquêtes. Il ne cessera de lancer ses généraux à tous les bouts du monde, pour distendre ses frontières et planter ses enseignes, que lorsque le soleil laissera tomber son dernier rayon éteint sur le monde résolu en fumée. Mais ce roi est un roi étrange dont les armes de combat guérissent les blessures au lieu de les ouvrir, et les ba-

(1) I Cor., IX, 24.

tailles que doivent livrer ses généraux consistent à prêcher la paix. Ce qui élève sa gloire au-dessus de toutes les gloires royales, c'est qu'il triomphe, non comme un prince de la guerre, mais comme le prince de la paix : *Princeps pacis : magnificatus est rex pacificus super omnes reges* (1).

La gloire des autres rois vient du dehors : de la loi qui contraint, de l'impôt qui pèse, des armes qui tuent, quelquefois même de la terreur.

Conquérir en homme, c'est puiser là-dedans le principe de sa force.

Conquérir en Dieu, c'est tirer rien que de soi le secret de sa puissance : *cujus principatus super humerum ejus* (2).

Conquérir en homme, c'est apporter des jougs imposés par la force.

Conquérir en Dieu, c'est apporter des jougs librement acceptés par la volonté.

Conquérir en homme, c'est terrasser des corps sous des bataillons d'acier.

Conquérir en Dieu, c'est terrasser des âmes avec la faiblesse, des riches avec la pauvreté, des sages avec la folie, des grands avec l'humiliation.

Conquérir en Dieu, c'est commander à des hommes qui se commandent à eux-mêmes d'obéir, et cette obéissance, toute libre qu'elle est, reste encore l'effet de la puissance de celui qui commande.

Conquérir en Dieu, c'est remplacer le trône d'or par une borne d'ignominie, la couronne d'or par la guir-

(1) III Reg., x, 23. — (2) Is., ix, 6.

lande d'épines, le sceptre d'or par le roseau fragile, le manteau d'or par le haillon de comédie, et se faire avec cela, des rois et des peuples, une nation de sujets courbant la tête dans l'amour.

Conquérir en Dieu, c'est briser à travers les nations les armes de la guerre : *dissipabitur arcus belli,* ne faire entendre d'autre fanfare guerrière que les douces paroles de la paix : *loquetur pacem gentibus* (1), et s'il faut du sang, ne jamais verser celui des vaincus, toujours celui des vainqueurs.

Pourtant, c'est ce Roi pacifique que le prophète royal a peint comme un invincible dans les batailles : *rex potens in prælio,* brandissant des flèches acérées qui ne manquent jamais le but.

C'est ce roi qui envoie Perboyre s'emparer pour lui du plus immense peuple qui soit sous le soleil. C'est ce roi qui ceint les reins de son général de sa propre armure : *accingere super femur tuum, potentissime* (2), ce roi qui suspend à son côté son carquois aux dards aigus : *sagittæ tuæ acutæ,* et quand Perboyre les fera vibrer, il pourra dire avec saint Paul : Je ne donne pas de coups en l'air : *sic pugno, non quasi aerem verberans* (3); chaque flèche que je décoche va se planter dans le but : *deducet te mirabiliter dextera tua* (4). Sous ses coups invincibles, les peuples sont tombés : *populi sub te cadent* (5). Il a conquis deux royaumes, un sur terre, l'autre au ciel.

Pourquoi le prince de la paix, *princeps pacis,* devient-

(1) Zach., IX, 10. — (2) Ps. XLIV, 4. — (3) I Cor., IX, 26.
(4) Ps. XLIV, 5. — (5) *Ibid.,* 6.

il tout à coup le prince de la guerre, *potens in prælio ?* Tranquillisez-vous ; les armes qu'il remet à Gabriel ne versent pas de sang. Les voici toutes les deux : la vérité, l'amour : *propter veritatem et mansuetudinem* (1). Avec ces armes débonnaires, nous allons assister à sa conquête et à son triomphe.

Sa conquête !

Il est dans l'Extrême-Orient un empire, le plus immense qui soit sur la terre, un empire dont notre France ne serait qu'une province.

Serré dans ses grandes murailles, cet empire dormait d'une léthargie, on ne sait combien de fois séculaire, enseveli dans des superstitions et des vices aussi immuables que son sommeil. Dieu qui voulait cet empire et le prépare peut-être pour quelque gigantesque dessein, le fit travailler silencieusement par ses ouvriers de l'évangile. Ce fut cette portion démesurée et stérile de la vigne immense qu'il donna à défricher au vigneron du Quercy, lui ordonnant en même temps de l'engraisser de son sang fécond. Ce fut le terrestre royaume qu'il dut enlever, et c'est vers cette conquête lointaine que le héros se précipita avec la certitude de vaincre.

En 1840, la Chine crucifiait Perboyre, et deux ans après, un coup de canon de la France, comme parle un illustre Chinois qui s'est fait une place à Paris dans les lettres françaises, éveilla la Chine de ses longs rêves saturniens, et déjà on peut, sans trop de présomption, soupçonner quelque chose des plans de Dieu.

(1) Ps., XLIV, 5.

6

Par la brèche pratiquée dans la muraille infinie, la Chine sort et l'Europe entre ; deux fleuves qui vont côte à côte, en sens inverse, séparés par une digue. Déjà la digue se rompt, les flots se mêlent par endroits, et l'heure vient où ils se mêleront si bien qu'on ne les discernera plus. Le flot européen, en entrant, pénètre la masse chinoise de ces cent éléments nouveaux que le dix-neuvième siècle a tirés de ses entrailles, de ses idées, de ses mœurs, de ses inventions, de son industrie, de sa législation. Le flot chinois, en pénétrant le flot européen, l'empoisonnerait peut-être de la masse de ses vices répugnants et de ses mœurs fangeuses, si le Christ, qui veille sur son Eglise, ne commençait à purifier ces vastes flots, avant de les laisser se déverser sur nous.

La vertigineuse rapidité de cette compénétration des peuples est un fait qui effraye déjà les observateurs et les déconcerte. Il semble que le temps lui-même voyage en chemin de fer et que les heures deviennent d'autant plus brèves qu'on rapproche plus les espaces. On franchit des siècles en quelques années, aussi bien que des centaines de lieues en quelques heures, à l'aide de ces éléments puissants dont nos ancêtres faisaient des dieux, des dieux que notre génie moderne a apprivoisés, attachés, liés sous le joug, conduits en laisse, comme des animaux soumis. Que sera le monde de nos petits-enfants, quand la foudre et la vapeur que nous avons domptées, attelées à notre char, que nous faisons écrire, que nous faisons parler, auront charrié nos idées et nos mœurs aux extrémités du monde ?

Or, comme rien n'est en dehors du plan divin, comme tout a un but providentiel, Dieu, qui a « abandonné le monde à nos recherches », ne voudra pas que ces inventions de notre génie ne soient que des véhicules rapides de matières premières et de produits indigènes. « Celui qui règne dans les cieux » n'y voit pas, comme nous, seulement des questions économiques. C'est peut-être, c'est probablement le merveilleux moyen dont il va se servir, à son heure, pour accomplir à la lettre l'oracle prophétique : Il n'y aura qu'un seul troupeau et qu'un seul pasteur.

Inconsciemment, en franchissant les murailles des Chinois pour les conquérir, nous en faisons des conquérants; notre présence est la révélation de nos secrets et du maniement de nos moyens d'action. Aussi, le même illustre mandarin écrivait, il y a quatre ans : « La Chine n'est déjà plus ce qu'elle était il y a cinq ans. Chaque rencontre avec l'Europe, en lui montrant sa faiblesse, lui découvre en même temps sa force. »

Sa force est dans le nombre. Ils étaient quatre cent millions il y a vingt ans, ils sont quatre cent cinquante millions aujourd'hui; combien seront-ils dans cinquante ans? Et quand cette masse formidable aura ce que nous avons et sera ce que nous sommes, que seront à leur tour ces minuscules nations de l'Europe qui auront éveillé le géant, pour l'armer de pied en cap?

La terreur de l'homme jaune commence à saisir ceux qui habitent les hautes sphères de l'économie sociale. La masse européenne parle de ce qu'on appelle « le péril chinois », comme d'un péril caché, encore

incertain dans les brumes de l'avenir. Nous, fils de
l'Europe, nous n'avons pas encore de question chinoise, nous sommes tourmentés de notre question,
la question sociale, qui nous absorbe et nous inquiète
à bon droit. Mais les deux Amériques, l'Australie, la
Californie, la Nouvelle-Zélande, le Queensland, le
Pays de Galles ont aussi une question de vie et de
mort, et c'est la question chinoise. Ceux-là ont le
monstre en face et ne savent comment s'en défendre.
Malgré les lois exclusives qu'ils jettent à la rencontre
de ces asiatiques, pour les empêcher de s'étendre, ils
entrevoient le jour où ils s'étaleront, comme une
nappe, couvrant tout de leur invasion armée ou pacifique.

Un célèbre diplomate voyageant à travers l'empire
britannique (1), fut tellement impressionné par les
incessants progrès de ces fils de Han, qu'il ne craint
pas d'avouer que sa sécurité pour les habitants du
vieux monde commence à être ébranlée. Notre civilisation leur a appris à vaincre la famine, et nos prêtres
à ne pas tuer leurs enfants qu'ils trouvent de trop, et
de ces deux progrès, leur population s'est accrue et
s'accroît en des proportions qui font trembler les éco-
nomistes.

De 1842 à 1882, une seule province, le Yunnan, a
augmenté de six millions. Le flot monte toujours, et
monte si bien, qu'il s'extravase déjà dans une proportion de soixante millions d'habitants. Six grandes
compagnies les charrient sur la surface du monde. La

(1) M. de Hubner.

politique des Etats-Unis, de l'Australie, de la Californie, de l'Angleterre pour ses possessions, organise
lois sur lois, invente moyens sur moyens pour enrayer
ce qu'on appelle couramment « la peste chinoise ».
On endigue l'inondation, elle passe par-dessus ; on
l'emprisonne, elle s'infiltre. L'Amérique libérale les
chasse comme des animaux malfaisants ; elle en a six
millions. L'empire britannique en est inondé. Singa-
pour, Penang et Malacca en ont deux cents mille.
Hong-Kong, sur deux cent mille habitants, a cent
cinquante mille Chinois. Ceux qui restent construisent
des railways, établissent des télégraphes, ramassent
toutes nos forces, les étudient et s'en servent. La
race jaune viendra-t-elle submerger la race blanche ?
Une agitation formidable antichinoise se répand de la
Californie aux îles Sandwich, de Sandwich en Australie, d'Australie aux Philippines ; tout un côté du
monde en est envahi. Nous qui avons ouvert la Chine
au nom de la civilisation, verrons-nous les fils de Han
se répandre sur nous par la brèche que nous avons
faite ? C'est le secret de Celui « de qui relèvent les
empires » ; mais en considérant d'un côté ce fait que
je viens d'énoncer et qui s'impose, de l'autre, ce petit
vigneron du Quercy qui pénètre cette vigne immense,
sa bêche sur l'épaule, et verse son sang régénérateur
dans ces vastes sillons, on entrevoit quelque chose
du plan de Dieu. Ce plan, Il l'a écrit de sa main
divine dans une histoire qui est notre histoire.

Il n'y a pas bien longtemps que la noble Touraine
faisait des fêtes splendides à celui que l'histoire a
appelé le « baptiseur » de la patrie. Sous la coupole

étincelante qui abrite sa tombe refleurie, un grand
nombre de nos évêques de France s'était donné rendez-vous; du haut de la chaire de la métropole de
Saint-Martin, j'exposais cette thèse historique à
laquelle le temps a donné son *confirmatur* infaillible :
S'il avait fallu en croire des prévisions humaines qui
semblaient des certitudes, jamais la sauvage Gaule ne
pouvait devenir la France du Christ.

Barbare qu'elle était, Rome lui apporta, pour la
civiliser, sa pourriture et ses dieux infâmes. Pour
achever sa décomposition, une autre barbarie, celle
du Nord, l'envahit encore, lui apportant une autre
idolâtrie et d'autres dieux. De ces deux corruptions
mélangées, la mort devait sortir; mais Dieu, qui voulait une France, envoya à son heure un homme qui
suffit à plonger la nation élue dans les eaux baptismales, et quand les envahisseurs passèrent le Rhin,
ce fut pour se tremper dans une société baptisée et
s'y baptiser eux-mêmes. Le géant qui fit cela, s'appelle
saint Martin.

L'histoire, qui est un éternel recommencement,
ramène les mêmes craintes et les mêmes espérances.

S'il est vrai, comme on le prétend, qu'il se prépare
pour nous, en Extrême Orient, une nouvelle invasion
de barbares, non, peut-être, l'invasion armée des
peuples qui se ruent à la conquête, mais l'invasion
lente des peuples trop pleins qui débordent et se
déversent silencieusement sur les autres; si le Christ
veut conserver ce vieux monde d'où la foi a jailli et
jaillit encore, où il a établi le siège de son vicaire, il
entre dans son plan de baptiser, non plus cette fois

les envahis qui sont le petit nombre, mais les envahisseurs qui sont la multitude infinie; pour qu'en
versant sur notre monde leurs flots humains, l'onde,
au lieu d'être vaseuse, corrompue et empoisonnée,
soit pure, limpide et féconde, et ne charrie avec elle
aucun principe de putréfaction et de mort.

Nous pouvons saluer déjà le plus illustre convertis-
seur de cette innombrable barbarie, Gabriel Perboyre.
L'eau baptismale qu'il a répandue sur cette terre jusqu'ici fermée, c'est son sang rédempteur, et il ne nous
reste plus qu'à assister à sa victoire et à son triomphe.

Mais, d'ores et déjà, on peut dire que la conquête
est faite et acclamer le triomphateur.

L'incrédulité peut rire de cette étrange façon de
conquérir les peuples, qui consiste à en devenir la ri-
sée, à se faire un instrument d'ignominie, le jouet
dont on s'amuse. Singulière façon de triompher, en
effet, que d'être traîné comme un scélérat de mandarin en mandarin, d'être vingt fois flagellé, de recevoir,
pour acclamations, des insultes, pour hommage, des
soufflets, pour pierres précieuses, des crachats, d'ago-
niser dans des basses-fosses, souillé de la promiscuité
journalière des scélérats de la pire espèce, avec des
carcans aux mains et aux pieds, le corps criblé de
blessures qui tombent en purulence! Singulière façon
de triompher, que d'avoir pour char triomphal un
gibet de malfaiteur, où on expire son dernier souffle
au milieu des hurlements d'une foule imbécile.

Ce n'est pas pour nous étonner, nous autres. Nous
savons que le Maître qui a vaincu le monde, l'a vaincu
de cette victoire-là.

· C'est avec son sceptre de roseau qu'il a courbé les nations ; un sceptre ignominieux, qu'on lui arrachait des mains pour le frapper à la face. Quand il a voulu, il a changé son sceptre de roseau en sceptre de fer, et le sceptre de fer des rois de ce monde en fragile roseau. Tout son vêtement royal fut un déguisement de comédie, et ses compagnons d'ignominie furent ceux de Perboyre, des voleurs. Et les peuples ont reconnu sa royauté sous ce triomphe humiliant, et ils se sont prosternés avec les bourreaux, pour dire avec eux : Salut, mon Roi : *Ave Rex.*

Ce roi qui envoie ses généraux aux mêmes batailles, leur assure le même triomphe, le sien : *Ubi ego sum, ibi et minister meus erit* (1). Avant de partir de ce monde, il fixa pour jamais tout le programme de la cérémonie triomphale, et le voici :

Passer comme des brebis au milieu des loups : *Sicut oves inter lupos* (2) ;

· Etre traînés en scélérats de l'abjecte populace par devant les conseils des hommes : *Tradent enim vos in consiliis* (3) ;

Etre flagellés au milieu des éclats de rire des synagogues assemblées, jusqu'à ne devenir plus qu'une plaie : *In synagogis flagellabunt vos* (4);

Comparaître en cet état devant les rois et les chefs de peuple : *Ad reges et præsides ducemini propter me* (5);

Devenir un objet d'horreur pour les nations : *In testimonium illis et gentibus* (6); mourir enfin honteuse-

(1) Joann. xiv, 26. — (2) Luc. x, 3. — (3) Math. x, 17.
(4) *Ibid.* id. — (5) *Ibid.* 18. — (6) *Ibid.* id.

ment au milieu des clameurs et des applaudissements des multitudes; arriver ainsi au point culminant de la honte, c'est le point culminant de la gloire.

C'est le triomphe qui hantait les rêves de Perboyre. Pour ce triomphe-là il eut une ambition débordante. Il le voulut complet dans chacune de ses parties; il l'eut, et avant de laisser tomber sur le seuil de sa conquête sa dernière goutte de sang, il put dire comme son maître : *Consummatum est*, c'est bien; pas un point du programme n'a été omis, et toute la gloire promise, je l'ai.

O Martyr, du pays de votre victoire, vous écriviez une fois au pays abandonné : « Quand cette masse énorme sera-t-elle pénétrée et conquise? C'est le secret de Dieu : *Non est vestrum nosse tempora et momenta* » (1).

Ce secret, votre mort l'a révélé, martyr. L'œuvre était faite, quand la première goutte de votre sang avec le premier lambeau de votre chair, jaillirent sous le fouet du tortionnaire; car, membre du Christ, votre sang c'est le sang du Christ. Quand le Christ le sème, ce n'est jamais pour rien; il faut qu'il germe, qu'il monte et s'épanouisse en moissons d'âmes.

Son triomphe! Mais les bourreaux le lui firent plus éclatant encore qu'il ne l'avait pu rêver.

Treize ou quatorze mois durant, on l'appelait à des barres, on le flagellait, on le renvoyait, on le rappelait, on le flagellait encore, ajoutant les tourments aux interrogations, et recommençant les interrogations

____

(1) Act. i, 6.

pour recommencer les tourments. Pendant un an,
comme le saint martyr Jullien, dont saint Jean Chrysostome a dit la gloire, on le promena de ville en
ville, blessé, malade, expirant. On croyait lui faire un
chemin d'ignominie et c'était une voie triomphale.
En charriant après eux ce cadavre vivant, ils ne savaient pas promener un drapeau conquis sur eux et
sur l'enfer, un héraut de l'éternelle patrie, un triomphateur.

Triomphateur, il le fut, jusque dans le supplice suprême.

Selon l'usage chinois, on le fit courir à perdre haleine, sur ses pieds déchirés, vers le bois du supplice
qui tendait vers lui ses bras, comme pour l'appeler.
Ils ne savaient pas, qu'en le traitant de cette façon
sauvage, ils résumaient admirablement sa vie héroïque qui fut un stade, une course à la croix. Au début
de la carrière, son Maître lui avait montré le terme en
lui disant : cours, pour l'embrasser, *currite ut comprehendatis.* Trente-huit ans durant, il avait couru à
perdre haleine, et le voilà enfin le terme si longtemps
et de si loin entrevu ! Comme dans l'ardeur de la
lutte, il avait pu dire avec saint Paul : toutes les flèches que je lance vont dans le but, *sic pugno non
quasi aerem verberans ;* à cette heure finale, il peut
dire aux bourreaux qui courent à ses côtés : je cours
comme vous, moi, mais je ne cours pas au hasard, je
sais où je vais; à la gloire : *sic curro non quasi in in-
certum* (1). Il peut enfin leur lancer à la face ce su-

(1) I Cor. ix, 26.

prême défi : vous et moi courons dans le même stade, mais un seul remporte le prix; celui-là, c'est moi, et le prix, c'est vous. *Nescitis quod ii qui in stadio currunt, omnes quidem currunt, sed unus accipit bravium* (1).

Triomphateur, il le fut jusque dans l'ignominie de sa mort.

Jamais l'apôtre ne fut plus fortement apôtre que lorsqu'il se tut pour jamais. Jamais sa bouche n'eut une éloquence plus formidable que lorsqu'elle fut glacée. Jamais sa tête ne fut plus victorieuse que lorsqu'elle pendit, froide et pâle, sur sa poitrine morte.

Regardez ce prédicateur qui prêche la croix, monté dans une chaire qui est la croix. O assassins, vous croyez lui avoir fait toucher le fond de la honte, vous l'avez hissé au sommet de la gloire. Vous pouvez détacher du gibet son cadavre raidi; mais quand il ne sera que poussière, vous le verrez encore luire au fond de tous vos horizons, tendant vers tous ses bras sanglants, et dans ces bras crucifiés vous finirez par vous jeter. *Expandi manus meas totâ die ad populum incredulum* (2).

Triomphateur, il le fut jusque dans la tombe obscure, jusque dans ses cendres inertes, jusque dans le lambeau souillé qui reste du héros, et que ne ramasserait pas un mendiant.

A leur attouchement, comme au temps du divin Maître, les aveugles ont vu, les malades ont été

(1) I Cor. IX, 24. — (2) Is. LXV, 2.

guéris. C'est à ces ossements arides que le prophète avait dit : j'introduirai en vous un esprit
de vie et vous vivrez. Ils furent le corps, la chair,
le sang du Christ, et nous les fermons dans les
reliquaires d'or, comme la chair du Christ dans l'os-
tensoir, et ils vivent et ils accomplissent des œuvres
surhumaines. *Exultate, ossa arida.*

O bienheureux, ô héros, ô martyr, pourquoi ne
puis-je rien dire du suprême triomphe, du plus
beau, de celui qu'on vous a fait là-haut, quand les
portes éternelles ont roulé devant vous sur leurs gonds
de saphir ?

La plus grande mesure que j'en pourrai donner, ô
triomphateur éternel, c'est l'impuissance où je suis de
le raconter.

Je ne puis que finir par où commençait un docteur,
dans l'éloge d'un martyr qui vous ressemblait (1).

Si nous, chétifs que nous sommes, nous vous faisons de pareilles fêtes, parce que vous avez combattu
sous les drapeaux du Christ, quelles fêtes vous fait
donc le Christ dont vous fûtes le héros ?

Si nous vous entourons de tant d'honneurs, nous
pour qui votre sang n'a pas coulé, que fait donc là-
haut dans le pays de l'éternelle lumière, Celui pour qui
vous avez donné votre vie ?

Si à nous, à qui Jésus ne doit rien, il promet le ciel,
comment vous a-t-il traité, vous qui êtes son créan-
cier de toute une vie et de toute une mort ?

Si à nous, à qui il devrait d'éternels supplices, il va

(1) Chrys. Hom. sur saint Jullien.

donner un royaume; qu'a-t-il donc réservé à vous dont
il est débiteur d'une éternelle félicité?

S'il se laissait crucifier pour des bourreaux qui le
crucifiaient; comment vous a-t-il donc payé, vous qui
vous êtes crucifié pour lui?

S'il a aimé les siens, jusqu'à mourir pour ceux
même qui l'abandonnaient; comment donc s'est-il
acquitté envers vous qui l'avez suivi jusque sur le
gibet où il expira?

S'il a interrompu le grand drame de la Passion,
pour dire à un homme mis en croix pour ses crimes :
aujourd'hui tu seras avec moi dans l'éternelle gloire;
que vous a-t-il donc dit à vous, mis en croix parce
que vous l'avez voulu comme lui : *quia ipse voluit*,
parce que vous l'avez aimé, et lui avez donné ce qu'il a
donné lui-même, cette suprême offrande dont il a dit,
« que nul ne peut aimer davantage. »

Non, non, Martyr, de votre triomphe je ne puis rien
dire, et je ne veux pas essayer d'entrevoir les lueurs
les plus lointaines des splendeurs inénarrables « que
l'œil de l'homme n'a pas vues ».

O Saint, sur terre aussi votre triomphe va durer,
votre nom va s'éterniser dans la bouche de l'Eglise qui
chantera pour vous l'hymne consacrée :

> *Invicte martyr, unicum*
> *Patris secutus filium,*
> *Victis triumphas hostibus,*
> *Victor fruens cœlestibus* (1).

O invincible martyr, qui avez suivi dans sa route

(1) Brev. Rom. ad com. un. mart. Hymn. Laud.

le Fils unique du Père, tu triomphes ici-bas de tes ennemis vaincus, et, vainqueur, tu triomphes là-haut
des triomphes du ciel.

Secutus filium! Oui, vous avez suivi le Fils, et vous
l'avez suivi si bien, que vous l'avez reproduit, que, dans
sa gloire immarcessible, il ne trouvera pas profana-
toire, que j'emprunte une hymne qu'on ne chante rien
qu'à lui, pour une fois ne la chanter qu'à vous, car
cette strophe est notre prière :

Souviens-toi, Martyr, que le sang que tu as versé
appartient à la France et qu'elle te le réclame. Fais de
ton sang et de tes blessures sacrées un dictame,
pour guérir les lèpres rongeuses qui dévorent la patrie.

> *Tu nostra terge vulnera*
> *Ex te fluente sanguine* (1).

Héros, dis à ton roi que le sol qui t'a germé, ne
peut devenir désert et infécond, et si tu aimes ton
pays, nous t'en supplions avec des larmes, rajeunis
de ton sang son sang qui se corrompt, et refais-le nouveau et fort.

> *Tu da novum cor omnibus*
> *Qui te gementes invocant* (2)
>
> *Amen.*

(1) Brev. Rom. off. SS. Cord. D. N. J. C. Hym. ad Vesp.
(2) *Ibid. id.*

SAINT PIERRE CLAVER

LE PRÊTRE ET LE SACRIFICE DE LA MISÉRICORDE

Prononcé au collège Saint-Michel,
à Saint-Etienne, pendant les fêtes célébrées à l'occasion
de la canonisation du saint.

SAINT PIERRE CLAVER

LE PRÊTRE ET LE SACRIFICE DE LA MISÉRICORDE

Dedit semetipsum.
Il s'est donné. (Ep. ad Tit. II, 14.)

Un jour, à la porterie du collège de Majorque, deux hommes se rencontrèrent, un jeune homme et un vieillard. Le vieillard était un obscur. Il avait vécu beaucoup d'années pour amasser beaucoup de vertus, et trouvé le moyen d'atteindre le point culminant de la sainteté, dans son rôle ignoré de frère coadjuteur de la compagnie de Jésus, portier du collège de Majorque.

Le jeune homme était dans la pleine vigueur de ses vingt-trois ans, à l'âge où ses camarades de la noblesse catalane allaient, brillants et la dague à la ceinture, recevoir dans les tournois et les cours d'amour les prix réservés aux vainqueurs ; mais il avait rêvé de batailler en des joutes plus belles, et le jeune Claver était un aspirant dans la légion héroïque dont le vieux Rodriguez était un modeste servant.

Le vieillard et le jeune homme ne s'étaient jamais vus sur terre et pourtant ils se reconnurent. Tous deux s'étaient rencontrés dans le cœur de Dieu. Claver y avait vu Rodriguez et il avait vu un saint ; Rodriguez

7

y avait vu Claver et il avait vu un saint; et la première fois qu'ils se trouvèrent en face l'un de l'autre,
tous les deux, sans ouvrir la bouche, s'agenouillèrent
l'un devant l'autre. Le jeune novice se jetait aux pieds
du vieux coadjuteur qui courbait devant le jeune novice ses vieux genoux fléchissants.

Cette scène ignorée du monde se passait entre les
quatre murailles muettes d'une loge de portier, et
voilà qu'à trois siècles de distance elle se reproduit
dans le resplendissement du ciel. Le même jour Claver
et Rodriguez se retrouvent tous les deux couronnés
de soleils, tous les deux, des palmes lumineuses en
main, tous les deux vêtus de la robe glorieuse de
l'immortalité, tous les deux escortés de légions séra-
phiques qui chantent, en leur faisant cortège, l'Hosannah éternel, tous les deux se retrouvent à genoux, l'un
près de l'autre, cette fois, devant le trône éblouissant
où le Roi immortel des siècles les sacre pour l'éternité.

Ah! qu'ils sont loin maintenant ces jours de la
vie où Claver, en sortant des leçons de la philosophie,
s'en allait dans la loge de Rodriguez recevoir les leçons de la sainteté, où Rodriguez, ravi de la perfection
du disciple, versait goutte à goutte son âme dans la
sienne!

Une fois, cette loge s'illumina des fulgurations du
Thabor. Le vieux portier, envolé dans l'extase, vit le
ciel, ses forêts de trônes de saphir dont Jean parle en
son Apocalypse, et son œil, surnaturellement fortifié
pour résister à tant de splendeur, vit un trône vide
dont l'éclat éblouissait: C'est pour Claver, ton disciple, lui dit l'ange qui conduisait son esprit dans le

pays de la lumière ; mais l'ange lui révéla encore à quel prix Claver le devait acheter. Il occupe maintenant le trône étincelant ; il l'a payé le prix convenu. Il devait se donner lui-même en échange ; il s'est donné : *Dedit semetipsum.*

Saint Paul a voulu raconter toute l'histoire de son maître dans ces deux mots : Il s'est donné ; et lui Paul a aussi du même coup raconté la sienne ; il s'est donné comme Jésus, et si bien donné à tout le monde, qu'on l'a appelé l'apôtre de tout le monde, des nations. Après Paul, homme sur terre s'est-il donné davantage que Pierre Claver ? Paul, apôtre des nations ; Claver apôtre des nègres : les deux vont ensemble. Ils se sont donnés : *Dedit semetipsum.*

Dans ses extases, Rodriguez avait vu Claver prêtre, non seulement prêtre de la Justice qui immole l'auguste victime, mais prêtre de la Miséricorde qui s'immole lui-même.

Prêtre de la Miséricorde, il a regardé Jésus son chef, et lui, le lieutenant, ne s'est rien moins proposé : se donner comme Lui, si bien tout entier, que de soi il ne reste rien : *exinanivit*, que tout l'être soit aux autres. Il a regardé son Roi se faisant esclave pour sauver le monde esclave : *formam servi accipiens* (1). Rien ne pouvait à ses yeux représenter l'humanité asservie par le péché, comme ces innombrables peuplades noires de la Guinée et du Congo, où les enfants de Dieu, vendus moins cher que les bœufs, y sont traités moins bien, marchent, à l'âge de la force, sous

(1) Ad Philip., II, 7.

le fouet toujours vibrant d'un maître, et meurent à l'heure des infirmités, comme des bêtes inutiles. En se donnant au monde esclave, Jésus a consommé l'œuvre de notre rachat ; en se donnant comme lui, le scolastique du collège de Majorque est devenu saint Pierre Claver.

Prêtre de la Miséricorde, il s'est donné : *Dedit semetipsum !*

I

Dedit semetipsum : Il s'est donné. Voilà le mot de l'histoire évangélique que l'infidélité n'a jamais pu comprendre. Elle admettait des mystères insondables, comme la Trinité, des miracles bouleversant la nature, comme la résurrection ; mais pas ce miracle-là, se donner. Lorsque, en fouillant le fond de notre nature égoïste et brutale, on ne trouve pas le courage de se donner soi-même, nous qui ne sommes rien, on ne peut concevoir que Dieu l'ait fait, Dieu qui est tout. Le plus incompréhensible mystère n'est-il pas que ce Tout se soit donné à ce rien ?

Alors Celse aiguisait sa plume sanglante, et bafouait les chrétiens orgueilleusement stupides qui s'estimaient à un tel prix, qu'ils en arrivaient à se persuader que Dieu ne pouvait se passer d'eux, que sans eux sa félicité n'eût pas été complète, son ciel eût été vide, que pour les avoir il s'était donné lui-même : *Dedit semetipsum.* Alors Origène prenait la sienne, et il lui répondait avec saint Jean, qui en reposant sa tête sur le cœur de son divin Maître en avait surpris

tous les amoureux secrets : Nous autres, nous savons, nous croyons qu'il s'est donné tout entier : *Et
nos cognovimus et credidimus charitati quam habet
Deus in nobis* (1).

L'infidélité trouvait indigne de la suprême majesté
des mots comme celui-là : *exinanivit*, il s'est réduit à
rien : *formam servi accipiens* (2), il s'est fait esclave,
comme si l'infini pouvait s'assimiler au néant, l'artiste s'incarner dans sa terre glaise, le Créateur devenir sa créature, le Créateur s'abaisser au-dessous de
sa créature. Elle pensait que nous devions avoir atteint
l'extrême limite de la folie orgueilleuse, pour nous
persuader que notre néant est un équivalent de Dieu,
un néant que Dieu estimait à un tel prix que, pour en
jouir, il s'y est ravalé ; et nous autres nous ne cessons
de confesser qu'il s'est donné, dans son berceau et
dans sa tombe, dans son repos et dans son travail,
dans les cités et dans le désert, sur le Thabor et sur
le Calvaire, le jour de l'Hosannah et le jour du *Crucifigatur*, vivant et mort il s'est donné : *Dedit semetipsum.* Et nous croyons encore que, retourné dans sa
gloire, il se donne toujours, que sa vie dans le ciel est
de s'occuper de son œuvre rédemptrice, de nous :
Semper vivens ad interpellandum pro nobis (3).

Et nous croyons encore que, resté sur terre, il se
donne du couchant à l'aurore, que l'Eucharistie n'est
qu'une merveilleuse invention du génie de se donner.

Et nous croyons que, s'il a voulu revivre sous ces

(1) I Joann., IV, 16. — (2) Philip., II, 7. — (3) Ep. ad
Hebr. VII, 25.

voiles humiliants, c'est pour se donner plus loin que
la terre étroite où il a voulu naître et mourir, mais à
tous et tout entier : *Dedit semetipsum.*

Il s'est donné. Il y a dans ce mot toutes nos croyances,
tous nos espoirs et tous nos amours. Enlevez-le, et du
christianisme sauveur des peuples, il ne reste rien,
plus rien, tout disparaît dans une imposture formidable et vingt fois séculaire, depuis le premier tabernacle où Jésus commença à se donner, le sein de
sa mère, en passant par le caravansérail de Bethléem
où il continuait à se donner, le désert et l'exil, Nazareth et Capharnaüm où il se donnait encore, jusqu'au
Golgotha où il se donna tout entier, jusqu'à l'Eucharistie où il se donne toujours, jusqu'à son Eglise qui
ne vit dans le monde que parce qu'il se donne à elle
jusqu'à la consommation des siècles.

Il s'est donné, et les apôtres, choisis pour continuer dans le monde des âmes son enseignement et
son œuvre, n'ont eu d'autre mission et d'autre res-
source que de faire comme lui : *Ita et vos faciatis*, se
donner. Ils l'ont fait jusqu'au martyre, et dans ce
sang libéralement donné nous avons germé et nous
avons grandi. En se donnant pour nous à la tyrannie,
ils nous ont acheté la liberté.

Les peuples civilisés ne vivent que parce que Jésus
s'est donné, et quand l'art en sera perdu, comme
l'Afrique sauvage, nous replongerons dans la barbarie. Les peuples barbares ne viennent à la civilisation
qu'en tombant à genoux aux pieds d'apôtres qui se
donnent. Ce qui terrasse ces âmes simples et rudes,
ce ne sont ni nos télégraphes, ni nos chemins de fer,

ni aucune des merveilles qui jaillissent de notre génie, mais l'incessante merveille de l'homme à la robe noire, mort à lui-même, et dont il semble que, l'œil ne luit, le cœur ne bat, la main n'agit, la bouche ne parle, l'être entier ne vibre que pour se donner aux autres. Enlevez de devant les yeux de ce héros la constante et lumineuse image de son Dieu qui se donne, et ce héros n'est plus qu'un insensé.

Saint Paul a raconté tous nos mystères dans ce mot : il s'est donné, et en le répétant après lui, j'ai mis à jour tous les secrets du cœur humain qui fut peut-être le plus dévoré de la passion de se donner. Vous voudriez que je vous raconte l'histoire de saint Pierre Claver, héroïque comme une épopée, prodigieuse comme une légende? La voilà toute, mais toute, et quoique j'en veuille, je n'en saurais dire davantage : il s'est donné : *Dedit semetipsum.*

Voyez-vous un homme qui passe une vie, toute une grande vie humaine, le cœur et les yeux immobilisés sur l'obsédante image d'un Dieu qui se donne? A force de les abreuver de plaies rédemptrices il en a été fasciné et il s'est épris lui-même de blessures, de purulences, de lèpres, de chancres, jusqu'à vivre toujours dans ce milieu infectieux, jusqu'à ne pouvoir s'en arracher, épris, (il faut bien le dire, puisque c'est son histoire) jusqu'à les baiser, jusqu'à les sucer.

Prêtre, il offrait chaque jour le sacrifice auguste avec des transports qui semblaient de quotidiennes extases, et quand l'hostie tremblait dans sa main, son cœur, dévoré du besoin d'être hostie à son tour, lui disait : Mon Dieu, mon Dieu, c'est vous toujours qui vous donnez; à l'autel encore vous êtes autant victime que prêtre; pour remplir cette double fonction, le Golgotha n'aurait donc pas suffi? O sacrificateur éternel, quand donc viendra mon tour d'être victime aussi! Moi aussi, je voudrais être immolé, immolé pour vous, et c'est vous qui vous immolez toujours. Je ne puis être prêtre de la justice, puisque votre immolation, l'immolation de la grande victime, l'a éternellement apaisée; mais laissez au moins à Pierre Claver, apôtre des nègres, le rôle modeste de prêtre de la miséricorde.

Connaissez-vous cette doctrine que le génie de Bossuet a si grandiosement exposée? Dieu a voulu être honoré par le sacrifice, et dans l'âme de l'humanité coupable il en a enraciné l'irrésistible besoin. Jusqu'à Jésus-Christ, les siècles dévorés d'inquiétude sont en quête d'un prêtre, d'une victime et d'un autel. A travers l'ancien Testament, vous rencontrerez à chaque page ce sacrifice qui donne la mort, mais à travers le nouveau, à chaque ligne vous en rencontrerez un autre, le sacrifice qui donne la vie.

Le premier, vous le connaissez assez; les échos de tous les âges ont répercuté les clameurs des victimes immolées; puisque cette terre pécheresse a été partout couverte d'autels ensanglantés. Mais le sacrifice qui fait vivre au lieu de tuer, le connaissez-vous? Le second sacrifice qui arrête, au flanc de la victime, le sang qu'a versé le premier, le sacrifice qui panse les plaies que le premier a ouvertes, qui ressuscite ce que le premier a tué, le sacrifice que le Jésus de l'amour demande, aussi impérieusement que demandait l'autre, le Jéhovah de la crainte, le connaissez-vous? Le Dieu qui le réclame va vous l'apprendre, et il nous veut tous prêtres de ce sacerdoce nouveau : *Qui facit misericordiam offert sacrificium* (1) : exercer la miséricorde, c'est offrir un sacrifice. Alors saint Paul, écrivant aux Hébreux sur ce sujet, après avoir rappelé le sacrifice sanglant, où l'éternelle victime s'immolait elle-même sur l'autel qui a renversé tous les autres, après les avoir exhortés à offrir sans relâche à la divine justice cette victime éternellement immolée, ajoutait : Mais n'oubliez pas le sacrifice de la miséricorde : *Beneficentiæ autem et communionis nolite oblivisci* (2), car c'est aussi avec de ces victimes-là que Dieu veut être servi : *talibus enim hostiis promeretur Deus* (3).

Hostiis? encore, toujours des victimes? Quel sacrifice faut-il de plus à ce Dieu « jaloux » et impitoyable dans ses exigences? Il voulait du sang pour apaiser sa justice, nous lui avons donné celui de nos fils, puis celui de l'Homme-Dieu, que lui faut-il encore ?

— Que vous arrêtiez maintenant ce sang, pour honorer sa bonté. La justice est satisfaite, mais l'amour ne l'est jamais. Le sacrifice de l'une est achevé, le sacrifice de l'autre durera tant que les siècles dureront, parce que l'amour ne meurt pas : *caritas... numquam excidit* (4).

Regardez faire l'humanité. Fractionnée au sortir de l'Eden, dispersée comme le pollen fécondant des

(1) Eccli., xxxv, 4. — (2) Ad Hebr., xiii, 16. — (3) *Ibid*.
(4) I Cor., xiii, 8.

plantes que les vents emportent sur leurs ailes; à des
points divers de son globe; en deçà et au delà de ses
mers, elle se divise en races et en peuples. Le temps
vint où une partie de l'humanité ignora l'existence de
l'autre, où, même entre ceux qui se connaissaient, il
n'y eut rien de commun, rien entre les Grecs et les
Barbares, entre les Juifs et les Gentils, et jusque dans
le même peuple, entre le citoyen et l'esclave. Cependant, de l'arbre de l'Eden leur point de départ, ils
avaient emporté un signe d'origine qui les stigmatisa
au front, leur entra dans le sang, les compénétra si
bien qu'il fit partie de leur nature, et qu'à travers
leurs lointaines migrations ils ne purent s'en dépouiller, le signe de la colère de Dieu. La chair du
fruit défendu infusa dans leurs veines un besoin indéracinable de pardon et de clémence qui les dévora
partout, et ce besoin commun à toutes les races, en
réunissait les fragments épars en un acte unique qui
les ramenait à l'unité : le sacrifice.

Regardez passer toutes ces caravanes humaines jusqu'à Jésus-Christ. A l'orient et à l'occident, l'homme
se sent criminel, brûlé du besoin d'expier une faute
lointaine dont il n'est pas personnellement coupable,
de venger sur lui-même un Dieu outragé, de se racheter par quelque substitution sacrée; et par delà les
montagnes, les plaines, les frontières, les océans, des
races inconnues s'appellent d'un bout du monde à
l'autre, se donnent rendez-vous devant un bloc de
granit fruste ou travaillé dont elles font un autel; et
dans l'égorgement d'une victime, dans le sang dont
elles s'empourprent, dans la chair qu'elles dévorent

pantelante ou brûlée, elles croient puiser le pardon d'une iniquité commune et la clémence de leurs dieux.

C'est un côté éclairant de l'histoire humaine que cette passion d'expier, qui domine le monde et va grandissant toujours, à mesure que les siècles pressent leur marche vers le Calvaire, en passant par ces tueries sauvages dont nos âmes de baptisés s'épouvantent maintenant.

Quel effrayant intervalle il y a entre l'oblation de la gerbe d'épis d'Abel et l'immolation de l'Homme-Dieu !

Sur les simples autels de l'humanité primitive, les prémices de ses fruits, les libations innocentes de son vin, le plus beau froment de sa moisson, furent les premiers sacrifices. Puis, un pressentiment sombre lui disait que son besoin de pardon n'était pas rassasié, que son Dieu n'était pas apaisé, que l'éternel Outragé réclamait des victimes ayant la vie, que l'autel et le sol doivent être rougis de sang, que le sang c'est la vie de l'être, que c'est au fond de l'être que s'est infiltré le péché, qu'en faisant jaillir la vie avec le sang rouge hors du corps de la victime, il arrachera aussi son péché, la cause indéracinable de l'éternelle colère, et que le Dieu vengeur se déclarera satisfait. Elle saisit ses animaux familiers, ceux dont elle mange la chair et le sang, qui semblent être quelque chose d'elle-même, puisqu'ils deviennent sa propre chair et son propre sang, leur impose les mains pour les pénétrer de sa propre vie, et par un fluide sacré, leur transfuse son péché dans les veines, et quand elle croit la substitution faite, l'animal devenu anathème, péché vivant, elle l'égorge, croyant égorger le péché.

Le péché ? Elle le sent encore circuler dans son être, et au fond de son ciel la vengeance divine ne désarme pas.

L'autel devient une boucherie, la victime, une hécatombe, le sacrifice un carnage, et Dieu ne désarme pas.

C'est le sang humain qui est le coupable, c'est lui qui doit couler, et il lui vient au cœur l'atroce désir d'immoler ses enfants. Elle le fit, et l'assassinat devient une œuvre sainte, pourvu qu'il soit accompagné de rites sacrés, que la victime tombe sous des mains sacerdotales et que le théâtre soit un autel, et Dieu ne désarme pas.

Ce besoin de sacrifice devient la fièvre de l'humanité, une tradition désespérée que les siècles se transmettent; le sang coule aux quatre horizons, et toujours Dieu ne désarme pas.

Toutes ces victimes que l'on dit pures sont souillées; impuissantes à expier pour elles-mêmes, comment peuvent-elles se substituer aux autres ?

Tout à coup, au milieu de ces vains holocaustes et de ces sacrifices inutiles, on vit un être surhumain qui entra pourtant dans l'humanité : *ingrediens mundum* (1); on entendit une voix qui criait au ciel : Père, vous n'avez point agréé les victimes et les sacrifices qui vous ont été offerts ; *dixit : Hostiam et oblationem noluisti* (2); mais en adaptant un corps à ma divinité ; *corpus autem aptasti mihi* (3), vous avez créé à Dieu la

(1) Ad Hebr., x, 5. — (2) *Ibid.* — (3) *Ibid.*

capacité de devenir victime, alors j'ai dit : Me voici :
Ecce venio (1).

Humanité, il te faut une hostie qui soit Dieu, pour
payer ta dette; me voici, je suis ton Dieu, qui soit
homme pour que le sang puisse couler; me voici, je
suis ton frère : *Ecce homo.*

Le monde étonné suspend ses oblations et regarde
le prêtre nouveau qui se donne lui-même en victime :
Dedit semetipsum. Le prêtre monte sur son autel, et
l'autel est une croix; il s'immole, son sang coule, le
sang des autres victimes s'arrête, les couteaux sacrés
tombent des mains sacerdotales, les autels s'écroulent,
tous les sacrifices cessent; il ne reste plus qu'un seul
prêtre, un seul sacrifice, une seule victime, c'est Jésus
et Jésus crucifié; *hunc crucifixum.* Du ciel ouvert une
grande paix descend sur le monde avec une voix qui
lui crie : C'est assez; les deux plateaux de la balance
font équilibre : *Statera facta corporis* (2), ma justice
est payée, tu ne me dois plus rien.

Plus rien à la Justice, mais, ô homme, oublierais-tu
que celui qui a payé l'Eternelle Justice s'appelle
l'Eternel Amour, que si tu es quitte envers la Justice,
tu ne le seras jamais envers l'Amour, que, finis les
horribles sacrifices à la Justice, l'heure est venue des
doux sacrifices à l'Amour, qu'un seul prêtre divin a
pu payer les dettes de la Justice, mais que nous sommes tous prêtres, pour payer les dettes de l'Amour?

L'expiation a été aussi grande que l'injure; voilà
ce que voulait la Justice; mais la Miséricorde qui

(1) Ad Hebr., x, 5. — (2) Off. Pass. Hymn. ad Vesp.

vivait derrière la Justice outragée, toujours douce et paternelle; la Miséricorde qui te voulait quand même, puisqu'elle t'a eu; la Miséricorde qui ne voulait voir périr personne, mais envelopper l'humanité dans son immense baiser; qui s'était offerte elle-même, pour apaiser sa sœur; qui s'est incarnée dans un sein de mortelle, a pris une enveloppe humaine, traîné un gibet le long d'une route sanglante et s'y est crucifiée; la Miséricorde qui a cheminé trente-trois ans par les chemins de la vie, s'arrêtant devant les tombes closes, pour en faire sortir les morts vivants, devant les aveugles, pour qu'ils puissent voir rayonner son sourire, devant les sourds, pour qu'ils puissent entendre la mélodie de sa voix, devant les muets, pour qu'ils puissent crier : Hosannah ! au fils de David, devant les paralytiques, pour qu'ils puissent marcher à ses côtés, devant ceux qui pleurent, pour sécher leurs larmes, devant les pécheurs, pour les pardonner; la Miséricorde qui s'appelle Eucharistie, restée vivante au milieu de nous, sous le modeste voile de l'aumône que l'on fait au pauvre, sous le voile d'un morceau de pain; la Miséricorde qui s'appelle la Grâce, accompagne nos pas dans la vie, éclaire nos ténèbres, écarte nos obstacles, guérit nos langueurs, apaise nos souffrances, console nos douleurs, affermit nos faiblesses, soutient nos courages; la Miséricorde aussi veut des sacrifices; elle aussi réclame des victimes, non point pour les détruire, mais pour les conserver, non point pour ouvrir des plaies béantes d'où s'échappe le sang, mais pour panser amoureusement les plaies déjà faites et étancher le sang qui déjà coulait.

Apparaissez, victimes, qui devez honorer la Miséricorde éternelle, montrez-vous, nous ne voulons plus vous attacher, mais vous délier, plus vous immoler, mais vous vivifier. Venez, affamés, nous voulons vous nourrir; dépouillés, nous voulons vous vêtir; malades, nous voulons vous soigner; prisonniers, nous voulons vous délivrer; venez, tout ce qui souffre et tout ce qui pleure, nous voulons vous secourir; venez, hosties de la divine clémence, nous voulons offrir le sacrifice de l'amour : *Qui facit eleemosynam offert sacrificium.* Venez, comme Jésus s'est donné; *dedit semetipsum,* nous nous donnerons.

II

Saluez, s'il vous plaît, un des plus grands héros du sacerdoce nouveau, saluez ce prêtre de la miséricorde, saluez ce jésuite qui passe, la tête émaciée et défaite sous le soleil de feu. Il va offrir le sacrifice de l'amour.

Il va sur le port chercher une cargaison de victimes, recevoir dans ses bras les nègres qu'on débarque pour l'esclavage; il va se donner : *Dedit semetipsum.* Il va offrir le sacrifice de l'amour.

Laissez-le descendre dans les cales empestées où il y en a qui meurent, nettoyer de ses mains aristocratiques les ordures fétides, panser les plaies purulentes, porter un peu de nourriture à ces bouches moribondes; il se donne : *Dedit semetipsum.* Il offre le sacrifice de l'amour.

Regardez-le passer le jour du débarquement; tirant

sur une charrette quelques noirs défaillant de maladie et de misère, que leurs jambes ne soutiennent plus; il se donne : *Dedit semetipsum.* Il offre le sacrifice de l'amour.

O prêtres antiques qui traversiez graves et splendides, enveloppés d'habits magnifiques, une foule saisie de crainte et de respect, pendant que les chants sacrés résonnaient en cadence, que les parfums brûlaient dans les urnes d'or, que la fumée enivrante mêlée aux prières du peuple montait ondoyante vers le ciel; prêtres antiques qui précédiez à l'autel vos victimes ornées de bandelettes et couronnées de fleurs nouvelles et de l'immolation sanguinaire faisiez une fête joyeuse; sortez de vos tombes inconnues et venez voir passer le prêtre nouveau, le prêtre de la miséricorde. Il traîne, haletant, ses victimes déjà immolées par l'infortune, sur le char de la pauvreté, et comme vous les conduit à l'autel; mais l'autel est un tabernacle où il va les embrasser, les aimer, les panser, les nourrir et les ressusciter. Regardez-le passer, plus beau dans sa détresse que vous ne le fûtes jamais dans vos robes sacerdotales; regardez rouler sur la route poudreuse ce char où s'entassent des pestiférés; c'est le char du triomphateur que les lions nubiens traînaient au Capitole, et jamais César revenant des Gaules, couronné de lauriers civiques, vêtu de la toge triomphale, monté sur le char couvert des dépouilles opimes, ne fut aussi beau que ce jésuite, vêtu de sa robe noire, traînant dans une rue de Carthagène une charretée de nègres empestés; il se donne : *Dedit semetipsum.* Il offre le sacrifice de l'amour.

Venez-le voir à l'œuvre l'Apôtre des nègres, debout au milieu des esclaves dont il s'est fait l'esclave, il charrie des ais, des nattes qu'il range autour de l'autel, doucement il y fait reposer son troupeau bien-aimé; quand il apercevait un de ses fils si affreusement ulcéré que son frère aurait pu en être incommodé, il allait à lui, l'embrassait et l'enveloppait de son manteau.

O manteau de Claver plus miraculeux que celui d'Elisée, manteau qui lui avez valu le manteau de l'immortalité, manteau sanctifié comme la robe de Jésus, à quelles fins héroïques ton maître te fit servir chaque jour : un instant, vêtement de pestiféré, un autre, siège pour les infirmes, ailleurs, lit pour les moribonds, tu retournais à ses épaules, souillé, infect, fétide, mais l'ardeur de sa charité purifiait tout, et tu lances maintenant d'éternels rayons.

Quand tout est prêt, il prend entre ses mains son bâton dont il a fait une croix, esclave il se met à genoux au milieu des esclaves, son front s'éclaire d'un rayon qui vient du ciel, il fait un signe de croix, un signe de croix céleste, thaumaturge, qui fendait le cœur de ces brutes et leur arrachait des torrents de larmes.

Le voilà maintenant qui part, laissant au bercail ses brebis en sûreté; il se souvient que Jésus aussi laissait les siennes pour courir, les pieds sanglants, à travers les montagnes et rapporter sur ses épaules la brebis perdue et meurtrie. Lui aussi s'en va à la recherche du nègre abandonné, pénétrant dans les cabanes désertes, dans des loges empestées, au fond des

8

écuries jugées indignes des bestiaux, où il découvrait
de temps à autre des malheureux délaissés, comme
des bêtes de charge incapables de servir, squelettes
animés encore, à qui la mort donnait un instant de
répit, et qui n'attendaient que la minute rédemptrice
de la venue du héros, pour être baptisés et mourir.

Faiseur de prodiges comme son Maître, comme
son Maître il guérissait et ressuscitait, mais ce n'était
pas là son plus grand miracle : le plus grand de tous
était celui de Jésus; il se donnait : *Dedit semetipsum.*
Il offrait le sacrifice de l'amour.

Une fois les disciples de Jean allèrent trouver Jésus,
pour lui demander les preuves authentiques de sa
mission : Retournez à votre maître, dit Jésus, et dites-
lui que les aveugles voient; et les disciples de Jean
regardaient, saisis de stupeur, le prophète nouveau.
Et Jésus énuméra les miracles qu'il semait sur son
chemin : dites encore à votre maître que les muets
parlent : dites-lui encore que les sourds entendent ;
que les paralytiques marchent, et si ce n'est pas assez,
pour qu'en moi vous reconnaissiez votre Dieu ;
dites-lui que les morts ressuscités marchent à mes
côtés pleins de vie. Il semble que Jésus ait tout dit;
il ressuscite, il fait jaillir la vie du cadavre; n'est-ce
point la preuve suprême, et que faut-il de plus pour
terrasser aux pieds du Messie les disciples du précurseur? Mais il est un miracle plus éclairant et plus
grand que la résurrection des morts, et Jésus le tient
en réserve pour la preuve décisive : Oui, dites que les
aveugles voient, les boiteux marchent, les morts res-
suscitent, mais, par-dessus tout, dites à votre maître

que les pauvres sont évangélisés : *Pauperes evangelizantur* (1), que je suis le Dieu des pauvres.

Oui, je l'ai dit, thaumaturge comme Jésus, Claver
a ressuscité des morts, comme Jésus ; mais le plus
grand de ses miracles, c'est qu'il ait pu vivre dans les
excès incessants de la charité, au milieu des maladies,
des fièvres, des typhus, des lèpres, des cancers, des
ulcères, des véroles, dans des prisons, dans des cales,
dans des trous sans air, dans des hospices encombrés,
sous un climat de braise qui tuait sur place; et il était
toujours debout, se donnant, se morcelant, et les ré-
duits empoisonnés étaient le jardin du Cantique, et
les ulcères purulents aux exhalaisons nauséabondes,
les fleurs embaumées dont le parfum l'enivrait. *Pauperes evangelizantur.*

Il faut qu'il aille, qu'il aille, qu'il se donne, qu'il se
dépense, qu'il s'immole tout entier, toujours : *impen-
dam et superimpendar* (2). Allez donc lui dire que
là-bas, dans sa terre luxuriante d'Espagne, dans son
beau royaume de Catalogne où il porte un nom res-
pecté, il trouverait à la cour de son pays les plus
illustres emplois; ah ! non, ne lui parlez même pas
d'être maître des novices ou père-ministre de sa résidence ; ce qu'il est, ce qu'il veut être toujours, laissez-
le lui donc signer avec du sang au bas de la formule
de ses vœux de profès : « Pierre Claver, esclave des
nègres, pour toujours. »

Dedit semetipsum : il s'est donné. Dans le monde
où vous serez appelés à vivre, mes chers enfants, vous

(1) I Luc, VII, 22. — (2) II Cor., XII, 15.

ne serez des hommes dignes des maîtres parmi lesquels le ciel a recruté P. Claver, qu'à cette condition,
que vous saurez vous donner comme eux et comme lui.

Le grand mal de notre triste temps n'est peut-être
pas celui que vous croyez et que vous dites ; c'est
qu'on ne sait plus se donner. L'égoïsme profond et
brutal est la caractéristique de notre génération, le
moi « haïssable » un dieu terme devant lequel chacun est à genoux, et ceux-là même qui peuvent le
mieux se dépenser pour les autres, enferment leur
existence dans ce mot glacé : cela ne me regarde pas,
chacun pour soi.

L'homme de ce siècle traverse l'existence, comme
s'il y était seul, sans s'apercevoir qu'il a des compagnons autour de lui, lesquels non plus ne s'aperçoivent
pas de leurs voisins, et les uns et les autres passent,
brûlés d'une seule passion, la revendication de leurs
droits. Comme les droits de l'un, quoi qu'on fasse, ne
sont pas les droits de l'autre, tout les divise, les
croyances comme la politique, la politique comme les
intérêts. Mettez ensemble deux hommes uniquement
préoccupés de droits qu'ils ont à défendre l'un contre
l'autre, ces deux hommes ne savent pas, ne peuvent
pas s'aimer, et par dessous tout et à plus forte raison
se dévouer, et à plus forte raison encore se sacrifier ;
or le dévouement de l'individu pour l'individu et de
tous pour la collectivité est la vie des sociétés, qui ne
tiennent debout, qu'en vertu des mutuels et incessants
sacrifices de ses membres les uns pour les autres.

Regardez les conséquences actuelles, qui ne sont
pas les décisives, mais seulement des prodromes ; ce

sont les mésintelligences profondes, les inimitiés fé-
roces d'un parti pour un autre, les interminables batailles où les personnes se heurtent encore plus que
les principes, et rien ne laisse prévoir la fin finale,
l'apaisement définitif.

Il viendra quand ceux qui gémissent sauront faire
autre chose que gémir ; le métier de gémisseur n'a
jamais passé pour très difficile, ni pour exiger beaucoup de sacrifices de celui qui l'exerce. La paix se
fera donc, quand ils sauront faire autre chose que
lever au ciel, devant un homme qui se noie, des bras
inutiles ; quand ils abjureront la théorie avilissante
que Dieu n'a besoin de personne pour soigner ses intérêts, la théorie des lâches qui n'osent pas se jeter ;
elle se fera quand ils sauront se donner.

P. Claver se donnait corps et âme à des nègres de
Guinée dont il n'avait rien à attendre, et il allait les
chercher avec l'ardeur consumante que d'autres mettent à la poursuite de la fortune et de la gloire. Ceux
pour qui il faudra vous dépenser, mes enfants, vous
ne les irez pas chercher si loin, ils vivront à votre
porte, et il suffira, pour que vous ayez ici-bas rempli
une mission rédemptrice, qu'au lieu de les traiter,
comme les négriers traitaient les nègres dont Claver
se faisait des frères, vous sachiez, pour eux, un
peu vous dépenser.

Dedit semetipsum, il s'est donné. O Rodriguez, là-
bas, à votre porte du collège de Majorque derrière
laquelle vous allez mourir obscur, êtes-vous content
de votre disciple ? Vous lui aviez dit : Pars, et il est
parti, et il a promené son regard sur la légion de misères

que l'humanité peut porter, et il a dit à chacune : Venez, vous êtes mes fiancées, et je suis à vous pour la vie.

Venez : mon Maître s'était fait esclave pour des esclaves ; esclaves, je me ferai le vôtre. Venez : pour nous assujettir mon Maître s'est lui-même assujetti, et nos misères avaient conquis Jésus avant que Jésus nous eût conquis ; venez à moi, les nègres ont conquis Claver avant que Claver ait conquis les nègres. Venez, je suis votre bien, votre chose, tout ce que je suis est à vous : *Omnia vestra sunt.*

Il se dépense et se surmène si bien, *superimpendar*, que le jour arrive où ces sauvages courbent la tête sous le joug aimable de Jésus-Christ.

Il est vrai que l'homme qui les prêche fait marcher les paralytiques et vivre les morts ; mais, non encore, ce n'est pas là le miracle qui les terrasse ; le miracle, le vrai miracle, c'est la charité de l'homme qui se donne. Il leur prêchait l'ineffable mystère d'un Dieu se donnant pour tout le monde ; mais Claver est une si vivante image de la Rédemption, qu'en lui ils adorent l'original.

Ils croient à l'infinité de l'amour d'un Dieu pour les hommes ; puisqu'ils touchent du doigt l'immensité de l'amour d'un homme pour des nègres.

Ils croient au mystère rédempteur, quand ils le voient se reproduire dans ce héros vêtu d'une robe noire, et ils aiment et ils adorent Jésus, dont ils voient le portrait palpiter au milieu d'eux : *Hoc enim sentite in vobis quod in Christo Jesu* (1), et quand cet

(1) Ad Philip., ii, 5.

homme ouvre ses bras ils s'y précipitent, lui demandant le baptême et le salut.

Etes-vous content, Rodriguez, est-ce bien là le héros entrevu dans les transports de vos extases ? Mourez en paix ; vous avez voulu qu'il se donnât, il s'est donné : *Dedit semetipsum*.

Vous pouvez garder là-haut, pour votre disciple, la place que l'ange vous fit voir en un jour de ravissement ; il ne tardera pas de s'y asseoir près de vous. Mais avant de partir, moribond, Claver eut une dernière félicité terrestre, celle de voir son maître aimé déjà vénéré comme un saint. Aux dernières heures de sa vie, un religieux lui apporta la première *Vie du F. Alphonse ;* c'était son général qui venait le couronner, au soir de la bataille. Le soldat eut un transport. Ce livre, il le prit entre ses mains débiles, le cœur gonflé d'émotion, et l'appuya avec passion sur sa tête, sur ses lèvres, sur son cœur. Il l'ouvrit. Ce qu'il vit à la première page lui causa l'ivresse finale, c'était le portrait, le visage aimé de son ami du ciel. Sa poitrine se souleva, de grosses larmes lui montèrent aux yeux et jaillirent à torrent, ses lèvres s'appuyèrent tremblantes sur l'image de son maître et ne s'en détachèrent pas ; ce fut son *Nunc dimittis*.

Tous deux s'embrassent maintenant dans la gloire commune, et leurs deux voix mariées chantent, devant le trône éternel, la devise de leur légion :

Ad majorem Dei gloriam.

SAINT JEAN BERKMANS

HÆC TRIA SUNT MIHI CARISSIMA

Prononcé au Collège Saint-Michel, à Saint-Etienne, pendant les fêtes célébrées à l'occasion de la canonisation du Saint.

SAINT JEAN BERKMANS

HÆC TRIA SUNT MIHI CARISSIMA

Quis putas puer iste erit ?
A votre avis, que sera cet enfant ?
Luc. i. 66.

UN jour, dans un village plantureux plié par les collines de Juda : *in montana*, à deux pas des gorges profondes et mysté-rieuses du Térébinthe, où David avait ramassé le cail-lou victorieux qui lui valut le sceptre de la royauté et la harpe du prophète, un enfant miraculeux naquit. Son berceau inattendu fut entouré de tant de pro-diges que, dans tous les hameaux perchés par les col-lines d'alentour, on était dans la stupeur (1), et les villageois éparpillés dans les vallées et les coteaux : *super omnia montana* (2), demandaient à ceux d'Aïn-Karim : Que pensez-vous que cet enfant deviendra : *Quis putas puer iste erit ?*

Qui était-il ? Tout le monde vous l'aurait dit dans le pays. Son père était un prêtre, un Aaronide du nom de Zacharie : *Sacerdos quidam nomine Zacha-rias* (3). Sa femme, de race sacerdotale aussi, se nom-

(1) Luc, i, 65. — (2) Id. — (3) Id. 5.

mait Elisabeth : *et nomen ejus Elisabeth* (1). Tous les
deux étaient justes : *erant autem justi ambo* (2), et
tous les deux ayant fourni déjà une longue route dans
la vie : *et ambo processissent in diebus suis* (3), pressaient leurs derniers pas vers la tombe, après avoir
vainement espéré revivre dans un fils qui n'était pas
venu, lorsque, contre toute espérance, sur la parole
d'un ange, en leur vieillesse résignée, celui-ci naquit.

Son père, muet depuis le jour où l'ange lui avait
annoncé la nouvelle inespérée, recouvra subitement la
parole, à l'heure où il fallut donner à son fils un nom
étranger à sa famille, et l'Esprit de Dieu projetant un
de ses rayons sur la route obscure de l'avenir, le muet
devenu un Voyant se mit à prophétiser : *Repletus Spiritu sancto,* **prophetavit** (4).

Il dit les jours prochains du soleil sans ombres (5),
l'illumination de la nuit (6), la victoire sur la mort et
sur l'enfer (7), l'éternelle paix (8), et la foule émerveil-
lée demandait toujours : Que sera donc cet enfant dont
la naissance fait son père Voyant d'Israël ?

Serait-ce un ange du Seigneur ? Oui : *Ecce ego mitto
angelum meum* (9).

Serait-ce un chargé d'affaires de Dieu ? Oui : *Fuit
homo missus a Deo* (10).

Serait-ce un prophète ? Oui, le plus grand de tous :
Propheta Altissimi vocaberis (11).

Va-t-il prendre le premier rang dans l'armée des martyrs ? Oui : *Herodes decollavit Joannem in carcere* (12).

(1) Luc. 1, 5. — (2) Id. 6. — (3) Id. 7. — (4). Id. 67. — (5). Id. 78.
(6) Id. 79. — (7) Id. 74. — (8) Id. 79. — (9) Math. 11, 10.
(10) Joan. 1, 6. — (11) Luc. 1, 76. — (12) Math. xiv, 10.

Va-t-il devenir le prince des anachorètes ? Oui : *Erat in desertis* (1).

Va-t-il commander la phalange des vierges ? Oui : *nesciens labem nivei pudoris* (2).

Mais, je n'ai pas encore nommé cet enfant de miracle ; il s'appelait Jean : *cui nomen erat Joannes* (3). Jean le Baptiste ou Jean Berkmans ?

Mes enfants, celui que vous voudrez. Le vôtre, enfants, votre glorieux camarade du ciel, lui aussi eut une mère qui s'appelait Elisabeth : *nomen ejus Elisabeth.*

Lui aussi eut un père visité de l'Esprit-Saint qui devint prêtre à son heure : *sacerdos quidam repletus Spiritu sancto.*

Lui aussi était le fils de deux justes : *erant autem justi ambo.*

Lui aussi fut un ange : *mitto angelum meum.* A neuf ans, on lui avait donné ce surnom, emprunté au ciel, et ses concitoyens de là-haut se demandent maintenant, si cet esprit qui leur ressemble fut jamais enveloppé d'un corps mortel.

Lui aussi fut un apôtre : *missus a Deo*, doux apôtre de collège qui avait conquis plus d'âmes à vingt ans que bien des vétérans de l'apostolat.

Lui aussi fut un anachorète; son collège de Malines et son scolasticat furent un désert où il cueillit les austérités de ceux de Juda.

Lui aussi fut vierge : fleur de neige, il a clos ses pétales au soleil sans qu'une goutte salissante en ait

(1) Luc. I, 80. — (2) Offic. S. J. Bapt. Hymn. — (3) Joan. I, 6.

terni aucun, vierge, jusque dans cette chose insai-
sissable et fuyante comme le vent, qui s'appelle la
pensée.

Qui putas puer iste erit ? que pensez-vous donc que
fut cet enfant? Je vais vous le dire.

Le premier, Jean le Baptiste, fut sanctifié dès le sein
de sa mère, et ce qui le sanctifia, ce fut le contact, la
société, la compagnie de Jésus qui dormait encore
dans le sein de la sienne, et la compagnie de Jésus le
fit tressaillir : *Exultavit infans in utero ejus* (1), et puis
ce fut encore l'honneur immense de la visite de Marie :
Unde hoc mihi ut veniat mater Domini mei ad me (2);
car à l'heure même où la voix de la visiteuse royale
s'éleva sous le portique de la maison hospitalière,
l'enfant exulta d'allégresse : *Ut facta est vox saluta-
tionis tuæ in auribus meis, exultavit in gaudio in
fans* (3).

Voilà l'histoire de cet enfant. Jean Berkmans chante
maintenant les cantiques dont ses frères les anges
rythment les éternels mouvements, avec Jean, « le
plus grand des enfants des hommes, » parce que,
comme lui de la compagnie de Jésus, comme lui il tres-
saillit sous le contact du même Dieu, non plus caché
dans l'ombre virginale du tabernacle de Marie, mais
voilé, dans l'ombre mystérieuse du tabernacle de l'autel ; parce que, comme lui encore, il se mit sous
l'influence de cette Vierge dont l'amour régla sa vie
et embauma son cœur.

Demandez à tous les deux qui les a sanctifiés. Jean

(1) I Luc, 1, 41. — (2) *Ibid.*, 43. — (3) *Ibid.*, 44.

le Baptiste répond : Jésus, Marie; Jean Berckmans répond : l'Eucharistie, le rosaire; et il ajoute : ma règle : *Tria mihi carissima.*

I

A l'heure matinale de l'existence où franchissant, pour ne plus y revenir, le seuil de votre collège, votre œil, tout chargé d'espérances, jettera sur la vie un regard plus assuré et y marquera la place où vous voulez faire une figure et briller; à cette heure où nulle illusion encore ne sera tombée de vos fronts, où la route semble belle, toute bordée de plaisirs sans dégoût et d'ambitions sans obstacles, à l'heure des roses parfumées, des coupes pleines et des grands rêves, Jean Berkmans, mourant dans sa cellule de novice, serrait entre ses mains défaillantes son crucifix, son rosaire et le livre de sa règle; épanoui de bonheur, saluant de son regard enflammé les premières aurores d'une patrie plus belle, il baisait avec transports les trois grands amours de sa vie, et partait en disant : Avec ces trois viatiques bien-aimés, je meurs volontiers : *Hæc tria sunt mihi carissima, cum his libenter moriar.*

Elle fut courte, sa vie, et il semble ne l'avoir tant raccourcie que pour que ses vertus y fussent plus pressées. Peut-être en avait-il entrevu le terme si proche, lorsque jeune humaniste de seize ans, il écrivait ces distiques qui nous sont restés de lui; car, il faut vous le dire en passant, ses interminables prières

et son ardente piété ne l'empêchaient pas d'être le
premier de sa classe :

> « Avec quelle rapidité la vie fournit sa course,
> « Comment soudain la fleur tombe et s'effeuille, dis,
>   « Désires-tu l'apprendre ? »

Peut-être que déjà il se sentait mourir, quand il
terminait par ce distique final :

> — « *Nascendo morimur, moriendo nascimur, ortum*
>   « *Exitus æternum, corporis hujus habet :*
>
>   « *Naître c'est mourir, mourir c'est naître.*
> « *L'âme sortie de ce corps, passe dans une vie qui ne finit plus.* »

Que sert donc, disait-il, d'être grand, de porter un
sceptre, de trôner dans un palais ? Pourtant ces brillantes choses qu'il méprisait comme des hochets d'enfant, il les a maintenant, il a le sceptre, le trône, le
palais éternel, l'immarcessible royauté des élus, et
une seule chose vous importe, mes enfants, c'est de
savoir comment il a fait sa conquête. Celui que ses
camarades appelaient l'Ange, est allé reprendre là-
haut une place qu'il semblait n'avoir qu'un instant
désertée, et les armes de sa victoire reposent encore
entre ses mains refroidies, son crucifix, son rosaire,
le livre de sa règle : *Hæc sunt arma mea.*

Le crucifix et le rosaire, Jésus et Marie ! Ces deux
noms le font palpiter, à l'heure où il va dire adieu à
la vie, comme ils faisaient tressaillir Jean-Baptiste, à
l'heure où il allait y entrer. *Hæc sunt mihi carissima,*
disait-il. Regardez-les, voilà les deux limites entre
lesquelles s'est mue sa pleine et courte vie. Regardez-

les et connaissez le secret de sa juvénile sainteté, l'hostie qui reposait tout à l'heure sur sa langue embrasée, et ce rosaire que ses doigts pressaient encore avant de se raidir, pendant que sa bouche expirante murmurait : « Ne me trompez pas, Marie, vous qui ne m'avez jamais trompé : *O Maria, ne me fallas, quæ me nunquam fefellisti.* »

Si vous voulez savoir l'histoire de cette vie, je vous répéterai encore : Regardez cette mort entre Jésus et Marie, entre la communion et le chapelet.

Lorsque dans la radieuse beauté de ses dix-sept ans, il brisa tout derrière lui, pour franchir le seuil rêvé de la compagnie de Jésus, il l'entrevit comme le jardin fermé du cantique où, s'épanouissaient puissantes et aromatiques, les branches de l'arbre chargé de fruits et la corolle neigeuse de la fleur aimée. Son âme soupirait avec la fiancée du Cantique : Comme l'arbre aux branches lourdes de fruits entre les bois arides de la forêt, ainsi celui que j'aime entre les fils des hommes : *Sicut malus inter ligna silvarum, sic dilectus meus inter filios* (1). Comme le lis, dont la tige monte inviolée dans les épines meurtrissantes, dont la corolle s'étale, sans se blesser, dans l'épaisseur des ronces, ainsi celle qui m'est chère entre les filles de Sion : *Sicut lilium inter spinas, sic amica mea inter filias* (2). Je lis dans un de ses opuscules que lui-même se considérait comme une branchette de cet arbre divin dont les racines sont dans l'autel, et il fut le lis

(1) Cant., ii, 3. — (2) *Ibid.*, 2.

9

sans tache dont les lointains aromes nous arrivent et nous parfument encore.

Sa vie, mes enfants, elle fut radieuse et limpide ; parce qu'aux extrêmes limites de son horizon il avait planté ces deux bornes parfumées, le lis et l'arbre, Jésus et Marie. Son œil, son cœur et sa pensée se mouvaient entre ces deux termes, allaient alternativement de l'arbre au lis et du lis à l'arbre et jamais ne les franchit. De Marie à l'Eucharistie, de l'Eucharistie à Marie, de la communion au chapelet, voilà sa vie. S'enivrer du parfum du lis le plus pur, savourer le fruit de l'arbre le plus doux, vivre et mourir entre le lis et l'arbre, il ne demanda rien autre à la terre, ni au ciel.

O bel adolescent, le monde avait aussi des fleurs dont il t'aurait couvert, des fruits dont il t'aurait rassasié ; car tu étais jeune et tu étais beau, et tu avais encore les séductions de l'esprit qui subjuguent et celles du cœur qui captivent, et tu redoutas de mettre ta lèvre à ses fruits amers, d'imprégner ton haleine de l'haleine de ses fleurs capiteuses, et tu aimas mieux les fruits et les fleurs du Cantique, qui nourrissent et parfument pour l'éternité.

Il fit une fois à un de ses compagnons de classe cet aveu dont la naïveté est séduisante, qu'il ne savait pas ce qu'était une malsaine pensée. Le secret, tout le secret de cette inimaginable innocence est là-dedans, serrer sa vie entre ces deux termes infranchissables, l'arbre et le lis, communier et dire son rosaire. Son âme facile fut une lyre bicorde, et sous le souffle caressant de ces deux amours, les deux cordes vibraient toujours.

L'arbre ! Il y a un grand miracle dans la vie de l'ange terrestre qu'on vous offre pour modèle. Il fut à ce point absorbé dans l'amour de l'Eucharistie qu'en lui la vie surnaturelle semblait palpiter toute seule, ne laissant point de place à l'autre. Ange, il partit donc, sans avoir connu la rébellion de la chair contre l'esprit, et sa pureté ne fut que la permanence de Jésus en lui. Quand il se levait de la sainte Table, son visage était une lumière, et il suffisait de le regarder pour se sentir embrasé comme lui. C'est un cri de son cœur que ce mot trouvé dans ses notes : « Seigneur, sur terre, y a-t-il une autre félicité que la communion ? » *A te quid volui super terram ?* (1). Il n'en soupçonna pas d'autre, et rien, rien au monde ne le séduisit.

Mes chers enfants, il est triste d'être obligé de vous le dire : le monde vous offrira des fruits que vous croirez plus savoureux que celui de l'autel, et la loi de notre cœur vicié est de les désirer avec ardeur, et la loi du salut est de n'y toucher jamais.

Quelle terrible loi du monde de la chute ! Si jeune que vous soyez, votre sang est vicié. Il l'était déjà dans le sein maternel ; non seulement vicié, mais révolté et révolté contre l'âme. C'est le plus inexplicable phénomène de notre nature déchue, l'âme et le corps faits pour s'entendre, puisqu'ils ne sont qu'un, se font une guerre sans merci. L'ordre est renversé. C'est la nature corrompue qui s'ébranle la première, le sang du péché qui bouillonne et se précipite au mal, malgré l'âme et contre l'âme. Le péché n'aurait-il

(1) Ps. LXXII, 25.

point avarié notre nature à sa racine, qu'autour de nous rôde le tentateur éternel à qui Dieu a laissé son horrible puissance. Il nous refait, en la même langue, les vieilles promesses et nous vante toujours les troublantes douceurs du fruit défendu. Malgré les expériences tant de fois séculaires de ses mensonges, nous l'écoutons encore et quand même.

O adolescent, dont la joue, l'œil et le front ont encore la limpidité et la fraîcheur des quinze ans, lève-toi, si tu ne connais point ce combat; lève-toi, si tu ne fais pas le mal par nature et le bien par effort; lève-toi, si tu ne t'es jamais surpris prêtant une oreille complaisante à la voix du tentateur; lève-toi, si tu n'as jamais jeté des yeux brûlants de convoitise sur le fruit du plaisir et de la mort; lève-toi; mais le cœur que la tentation n'a pas mordu, comme celui qui n'a jamais souffert, n'a pas encore battu. Abandonné à toi-même, chasse donc le je ne sais quoi qui te brûle la moelle des os et te fait bouillonner le sang. Va, je vois venir le jour, où lassé peut-être d'être le valet de tes passions, tu ramasseras tes forces épuisées pour essayer de les faire esclaves à leur tour, et quand tu les croiras enchaînées, terribles, elles secoueront la tête, briseront la chaîne et désespéreront le Maître. Tu voudras leur jeter la pâture une fois encore, pensant ainsi les rassasier à jamais, et quand les neiges de la vieillesse commenceront à blanchir ton front, et quand tu sentiras ton pied devenu malhabile glisser au cercueil; comme le ver de l'Ecriture, elles te crieront : Encore, j'ai toujours faim. Alors épuisé tu t'abandonneras à leurs révoltants caprices, tu jetteras à leur gueule affamée tout ce qu'elles te demanderont ; elles te feront, avant l'âge, un corps débile et flétri, et abreuveront tes vieux jours impuissants de remords et d'ennuis.

O prophétie lamentable ! nous sommes là nombreux au pied de ce tabernacle, et il n'est pas un de ces cœurs qui n'ait des heures où il palpite pour le péché, pas un de ces fronts sous lequel le tentateur n'ait une place inexpugnable, qu'il ne remplisse de ses obsessions, et, inévitable infortune, aujourd'hui, c'est comme hier, demain, ce sera comme aujourd'hui ; le jour où nous sentirons la mort embrumer nos yeux, notre cœur précipiter ses battements derniers, il sera encore là, toujours là, implacable, et il faudra courir les mêmes chances et soutenir les mêmes combats.

Pourtant, si nous voulons la couronne, il faut des victoires. Où trouver des forces pour ne pas défaillir dans une lutte qui n'a pas de trêve, contre un ennemi infatigable qui ne signe jamais d'armistice ? En nous-mêmes ? Hélas ! le péché nous a faits infirmes par seconde nature, infirmes, et la vertu est un sommet radieux, mais inaccessible, que nos regards contemplent ravis, et que nous ne touchons jamais.

J'ai vu à Scutari, au pied du Boulgourlou, un vieillard, un paralytique, que des esclaves déposèrent doucement sur l'herbe. Le malheureux levait des yeux ardents vers la montagne dont la cime, arrondie comme un dôme, dessinait sa ligne molle dans un ciel immaculé. Il la montrait de son doigt tendu en avant, cette cime rêvée, et il la voulait gravir, voir de là-haut le Bosphore royal bordé de villas et de bourgades qui se

mirent dans ses ondes, la Corne d'or sillonnée de navires et de chalands, avec sa guirlande de palais et de
mosquées, Constantinople la superbe, s'étalant sur
ses collines, avec ses forêts de minarets luisant dans
le ciel, comme des lances, ses coupoles de soleil, ses
forêts funèbres verdoyant dans la lumière. Il voulait
voir, et il était paralytique, et on lui disait qu'aller
plus loin était une folie, et l'homme voulait toujours,
jusqu'à ce que, désespérés, les esclaves le chargèrent
sur leurs épaules, et je les vis commencer la périlleuse ascension. Je le retrouvai à la cime ; mais sans
le secours de ces bras vigoureux, il serait resté immobile au pied de la montagne dans son impuissante
infirmité. Nous voilà! mes enfants, nous sommes les
paralytiques du péché.

Nous sommes de grands oiseaux blessés. Etendus à
terre et regardant le ciel, nous essayons vers lui de
grands battements d'ailes, frémissements impuissants
qui frappent le sol insensible, sans nous en détacher.
Faibles par seconde nature, nous ne pouvons nous
métamorphoser en forts. O arbre, ô fruit savoureux,
ô Eucharistie de Berkmans, ô céleste aliment des forts,
ici, c'est encore vous que je regarde, je vous mange-
rai, et votre force divine venant se mélanger à ma
faiblesse, le paralytique retrouvera sa vigueur, et l'aigle,
ses ailes.

Car enfin, quel est notre mal ? C'est bien cette chair
que la concupiscence énerve toujours. Qui peut mieux
en contenir les émeutes, que cette autre chair immaculée de Jésus, qui jamais ne connut le péché ?

Notre mal encore? C'est la loi implacable qui pousse

nos membres contre l'esprit. Qui peut mieux les asservir que Celui qui avait les siens asservis à la Divinité ?

Notre mal ? C'est notre sang gâté dont nous sentons les déshonorantes ardeurs. Comment le purifier mieux qu'en le mêlant avec le sang très pur, dont une goutte aurait suffi pour laver les crimes du monde ?

Quel est enfin notre mal, ou plutôt notre ennemi ? Toujours le même. Il était sous l'arbre du Paradis, et depuis, jamais lassé de son horrible mission, il n'a point pris de repos. Qui peut mieux le terrasser que celui qui l'a créé, a permis ses révoltes, en a pleinement triomphé, a renversé son empire ? Allez, mes enfants, allez vous asseoir à la table où vous trouverez Berkmans pour commensal, à la table royale dont le prophète a dit, qu'elle est toujours chargée contre ceux qui nous assiègent : *Parasti in conspectu meo mensam adversus eos qui tribulant me* (1). Vous vous lèverez du festin, dit S. J. Chrysostome, comme des lions pleins de feu, redoutables à Lucifer lui-même, qui tremblera en vous voyant.

Allez sous l'arbre du Cantique, comme Adam allait sous l'arbre du péché. Des branches de l'un descendait la ruine ; des branches de l'autre descend le salut. Le fruit de l'Eden contenait le venin qui empoisonne la vie ; le fruit de l'autel contient l'antidote préservateur qui annihile ses dangers, selon l'expression du concile de Trente : *Antidotum quo a peccatis præservamur.*

(1) Ps. xxii, 5.

N'en connaissez-vous point ici, entre les quatre murs de votre collège, au milieu même des enchantements du monde, des Berkmans aux oreilles de qui on jette vainement les amorces de la volupté et des plaisirs ? N'en connaissez-vous pas dont les lèvres ont à demeure la chasteté du sourire et de la parole ; les yeux, la limpidité de l'innocence ; le cœur, des battements qu'on peut avouer tout haut ; l'âme et le corps, cette indomptable énergie qui leur fait repousser tout ce qui n'est pas le devoir ? Quel dictame virginal circule dans leurs veines ? Ils t'ont mangé, froment des élus, vin des vierges, ils t'ont bu et te boivent à longs traits, et le jour est venu où, d'un mot, d'un regard, terrassant les passions qui s'ameutent au fond de leur âme, ils les tiennent rugissantes, mais inertes, sous leurs pieds vainqueurs et célèbrent leur victoire, le doigt tendu vers le tabernacle, en disant avec l'Apocalypse : Qui est fort comme Dieu ? *Quis ut Deus ?* ou avec Jean Berkmans : Voilà mon armure : *Hæc sunt arma.*

Lorsque le grand été de Rome arrivait, que le soleil semblait dormir dans la campagne brûlée, que les scolastiques du collège Romain émigraient à Frascati, chercher un peu de fraîcheur et de repos, Jean Berkmans s'en allait avec ses frères par les collines ombreuses, escaladait les sentiers des monts Albains, admirant cette nature à surprise que son âme si fraîche et si belle devait si bien comprendre. Il entraînait ses compagnons de promenade saluer en passant la madone de Grotta-Ferrata ; car tout plaisir pris sans elle lui semblait une tristesse ; puis il gravissait un des flancs du Monte-Cavo, pour se trouver brusquement dans le petit Eden enchanteur qui s'appelle Némi. Némi, un petit coin de nature calme et reposante d'où l'on ne voudrait jamais partir, Némi avec son lac transparent et calme comme ses yeux de séraphin, Némi, le miroir sans défaut, où les étoiles viennent se regarder le soir, Némi, la plus belle image de son âme limpide où les anges venaient se pencher pour se voir. O mes enfants, votre âme aussi est peut-être un lac transparent qui miroite sous l'œil de Dieu ; à votre âge, on n'a peut-être pas connu encore les tourmentes aiguës qui bouleversent les flots, les lancent les uns sur les autres et changent la plaine berçante et ensommeillée en une bataille de montagnes ; oui, à votre âge, peut-être est-on pur encore ; mais ne sentez-vous pas, dans le tréfonds, la puissance mystérieuse et révolutionnante contre laquelle je vous mets en garde, qui remue la vase de fond et la fait monter à la surface ; car le bas de notre nature est vaseux comme le lit d'un étang. Quand la vague se trouble, quand elle se fait rageuse, quand elle siffle des tempêtes et déferle avec des hurlements, qui l'apaisera ? Ecoutez. On dit que les ancêtres de Romulus ont entendu là des bouillonnements de lave et des tumultes de volcan, puis un jour, un siècle, car un siècle n'est pas un jour de Dieu, Dieu dit à ces colères souterraines, comme Jésus aux ondes révoltées de Génézareth : *Tace*, taisez-vous : *obmutesce*, flots, soyez muets : *et facta est tranquillitas magna*, et la tranquillité s'est faite (1), et dans le cratère refroidi, le lac est venu s'endormir, si

(1) Math., VIII, 26.

bleu qu'on dirait un éclat de firmament tombé là par
hasard, si paisible, qu'il ne connaît pas le froissement
léger de la brise qui passe en caressant, et ses pentes
ont verdi, et les oiseaux sont venus joyeux bâtir des
nids, là même où il leur fallait passer à tire d'ailes, en
poussant des cris d'effroi, et sur les rebords du cratère le village riant est venu se poser, comme une
des colombes du Capitole qui, perchée sur les bords
d'une coupe de jaspe se mire dans l'eau claire, et la
gueule embrasée du monstre est devenue le plus charmant sourire de la nature, le volcan s'est fait Némi :
facta est tranquillitas magna.

Enfant, ton âme est déjà un volcan. Au fond du
cratère, la lave des passions bouillonne, brûlant tes
entrailles, en attendant l'heure d'en jaillir, incendiaire
et ravageuse. Si tu voulais, elle serait l'âme de Berkmans, ton âme, le lac de Némi, azurée comme le
ciel, cristalline comme une source, paisible comme la
nuit ; il suffirait, comme Berkmans, d'y établir Jésus
en permanence, et là où est Jésus, là est la paix, car
c'est lui qui commande aux flammes qui nous dévorent : *Tace, obmutesce,* silence ! *et facta est tranquillitas magna,* et les laves en fusion deviennent une onde
qui s'endort.

Voilà l'arbre, mais le lis? Ah ! comme il l'aimait
le lis virginal de Marie ! Comme, à l'âge où les sensations s'éveillent indécises, ce parfum déjà l'enivrait.

Il avait six ans, et déjà son cœur avait pénétré le
fond du cœur de sa mère du ciel. Au retour de son
école, il allait frapper à la porte modeste de la maison

familiale, et quelquefois la porte close ne s'ouvrait
pas. Le père et la mère étaient au travail, peinant
pour le pain quotidien, et l'enfant n'insistait pas. Il
avait de quoi attendre gaîment. Les cris joyeux des camarades qui emplissaient la rue, comme des nichées
de passereaux, l'appelaient aux jeux de son âge; mais
lui, faute de pouvoir embrasser sa douce mère de la
terre, entrait à l'église, s'allait mettre à genoux devant
l'autel de son autre mère, et il disait son chapelet.

Regardez-le donc, l'enfantelet de six ans, à cette
heure silencieuse où le soleil mourait dans les vitraux,
avec son attitude séraphique et ses yeux inspirés; ne
le trouvez-vous pas aussi beau, avec son chapelet dans
les doigts, que David avec sa harpe de prophète ?

A neuf ans, dans son pensionnat Notre-Dame, en
secret, il lui sacrifiait son déjeuner.

A dix ans, prosterné devant N.-D. de Montaigu,
il lui vouait sa virginité, et plus tard, quand il sera à
Rome, au terme désiré, scolastique de la Compagnie
de Jésus, chaque soir son cœur s'inclinera vers la
Notre-Dame de ses collines du Brabant.

On l'aimait, cet aimable adolescent, avec entraînement. Qui donc n'aimerait pas un ange? Mais lui
avouait naïvement que son cœur glissait, comme
l'onde, vers ceux qui savaient aimer Marie.

Le jour n'est pas venu encore que, par les nuits
glaciales, l'enfant, à genoux sur les dalles, les mains
jointes devant sa reine, récitait de mémoire, en son
honneur, l'office de saint Bonaventure.

Mais, si je racontais tous les détails et toutes les
manifestations de son amour pour sa mère, il me fau-

drait dire toute son histoire. Avec ses amis, il organisait des joutes de cantiques à sa gloire, et, quand il avait commencé, son enthousiasme enflammé ne savait plus finir.

Le soir de certaines journées lui apportait des ennuis; c'est lorsqu'il s'était trouvé dans l'impossibilité de parler de sa mère; alors, tristement, il refaisait pour son usage le mot de Titus : J'ai perdu ma journée. Non, non, beau chevalier de la Madone, vous ne l'avez pas perdue; c'est à côté de son trône que votre reine a bâti le vôtre, n'êtes-vous pas le plus beau des pages qui composent sa cour éternelle?

Petit écolier du Brabant, jeune scolastique du Collège romain, vous êtes saint Jean Berkmans.

Saint Jean Berkmans, priez pour nous.

Mes enfants, vous entrerez de plain pied dans la vie, à l'heure même où Jean Berkmans lui faisait joyeusement ses adieux, pour entrer dans l'éternité, et ce n'est pas sans anxiété que vos maîtres et vos mères se demandent, avec les compatriotes de Jean le Baptiste : *Quis putas puer iste erit*, que deviendra mon enfant?

Quand même vous atteindriez le point culminant de vos rêves, le jour où la mort viendra vous sacrer pour le cercueil, vous pourrez répéter le distique de Berkmans :

« J'ai vécu, et de toutes les gloires péniblement amassées
« Il ne reste qu'un peu de vile poussière :

« *Viximus, et multo quondam resplenduit ætas*
« *Ornatu, et turpis nil nisi pulvis inest.*

Cette vie si pleine et si vide ne serait que cela : *nil nisi pulvis,* si vous n'appreniez pas de lui le moyen de la garder lumineuse et pure, et ce moyen, il vient de vous l'enseigner : l'arbre et le lis, Jésus et Marie.

Du jour où vous ne communierez plus, nous aurons pour vous perdu beaucoup d'espérances, et du jour où votre lèvre profanée ne saura plus dire un *Ave Maria,* nous n'en garderons peut-être plus.

Saint Jean Berkmans, priez pour eux.

II

Hæc tria sunt arma mea.

De ces trois armures, mes enfants, l'une n'est pas à toutes les tailles. Dieu n'en cuirasse que les poitrines choisies de ceux qu'il engage, comme Berkmans, dans la légion héroïque, où, de conscrit qu'il était dans les combats de la terre, il est devenu triomphateur dans les triomphes du ciel.

Quis putas puer iste erit ? Mes enfants, que deviendrez-vous? Nul ne le sait; mais béni soit d'avance celui que, dans son triage des âmes, Dieu a déjà marqué pour son soldat d'élite. Celui-là trouvera des maîtres, frères d'armes de ceux de Berkmans, pour lui enseigner l'amour de sa règle à l'égal de l'Eucharistie, à l'égal de Marie.

On a pu dire de ce saint de vingt ans, que sa sainteté ne fut que l'expression palpitante de sa règle.

« Il en fut la copie animée », disait un novice qui l'avait bien connu. Quand il passait, on disait : « C'est la règle qui passe ». Passionné pour elle, il écrivait dans ses notes : « Je veux haïr comme la peste une dispense à ma règle » ; ailleurs : « Plutôt mourir que de violer ma règle, pour ma santé » ; ailleurs encore : « Je veux être mis en pièces, *disrumpar*, plutôt que de transgresser pour elle la plus petite des règles. »

La santé ! Une chose qu'il trouvait de rien, qui se compromet dans les grandes occasions, tandis qu'il est des choses qu'on ne compromet jamais, Dieu et sa règle.

Le soir, quand cet ange égaré sur terre s'endormait sous la garde de ses frères du ciel, son chapelet passé autour du cou, il mettait sous son oreiller le livre de ses règles, il dormait en paix, la tête sur son amour, et son amour était sa défense.

Son dernier sommeil ressembla à tous les autres. Sa lèvre déjà blémie trouva une dernière énergie pour baiser le livre de ses règles, et sa voix expirante un dernier murmure, avant de s'éteindre, pour dire encore : Avec lui je meurs content : *Cum his libenter moriar*.

Encore une fois, que serez-vous ? *Quis putas puer iste erit ?* Je n'en sais rien ; mais quand vous ne seriez ni prêtres, ni jésuites, ce que je sais bien, c'est que vous ne serez rien, si le mot d'ordre de votre vie n'est pas le mot d'ordre de Jean Berkmans. Vous le lirez aux premières pages de l'Evangile, car ce fut celui de Marie qui venait d'enfanter, et de Jésus qui venait de naître : *Scriptum est in lege* (1) : Il faut obéir.

_____

(1) Luc., ii, 23.

L'obéissance est la vertu du monde aussi bien que du jésuite.

Un chrétien, devant ce mot : c'est la loi, doit tressaillir comme Berkmans devant celui-ci : c'est la règle, comme un soldat devant cet autre : c'est le drapeau, une chose qui ne se discute jamais et pour laquelle on meurt.

Mettez seulement ce mot en vedette à votre vie : *Scriptum est in lege*, et le ciel est à vous.

Honte au lâche qui invente de futiles prétextes pour déserter le drapeau! Honte à vous qui, au sortir du collège, en inventerez de plus futiles encore, pour déserter la loi de Dieu! fausses raisons que vous trouverez par milliers, pour pallier votre apostasie, que l'amour-propre inspire, que le respect humain invente ou que la sensualité caresse. Berkmans dans sa cellule, Jésus entre les bras du vieillard Siméon, Marie sous le parvis du temple, vous répètent cette loi de la vie : *Scriptum est in lege*, obéissez.

L'obéissance est la soumission de la volonté à une volonté supérieure. Renoncement difficile, mais de tous le plus beau, car de tous les biens auxquels nous rivons notre vie, la volonté propre est le plus cher et le dernier qu'on sacrifie. Vous êtes, mes enfants, de la classe de ceux que Jésus appelle « les riches »; les coups imprévus de la fortune peuvent vider vos coffres, la maladie et les cheveux blancs refroidir la chaleur de passions qui brûle le sang plus jeune, et vous pourrez prendre votre parti de la détresse, de la maladie et de la caducité ; mais la volonté propre survit à tout, car il ne suffit pas, pour la sacrifier, qu'elle renonce à ceci ou à cela, à quoi que ce soit, mais qu'elle se renonce elle-même. Les autres sacrifices sont des victimes quelconques immolées sur l'autel du Seigneur, l'obéissance est l'immolation de soi. Voilà pourquoi celui-là est le plus grand de tous : *Melior est obedientia quam victimæ* (1).

La plus difficile des vertus est donc du même coup la plus grande.

Il a dit une absurdité, celui qui prétend qu'obéir avilit, et il a dit une sublime vérité, celui qui a dit que l'homme n'est jamais plus grand qu'à genoux.

A genoux, il est près de Dieu ; debout, il est près de la terre.

Il est profond de réalité, cet aphorisme de saint Thomas, qui semble un paradoxe : Toute chose est élevée par sa soumission à celle qui lui est supérieure : *quælibet res elevatur per hoc quod subjicitur suo superiori.* Diriez-vous que l'air est humilié, parce qu'il est sous la dépendance de la lumière qui le pénètre malgré lui ? Enlevez la lumière, et ce sera la nuit insondable, profonde et glaciale ; la nuit est-elle plus noble que le jour ?

La fleur est-elle humiliée, parce qu'elle est soumise au soleil qui broie ses couleurs dans sa corolle ? Décolorée, blême et sans arôme, sera-t-elle plus noble ?

Le corps est-il avili, mon bras est-il humilié, parce qu'il obéit à l'âme, parce qu'il ne se meut que sous son ordre, parce qu'il en est l'esclave ? Coupez ce

(1) Eccle., IV, 17.

bras pour le laisser son maître ; inerte, mais soustrait aux ordres de l'âme, sera-t-il plus noble qu'attaché aux épaules ?

Cadavre, le corps sera donc plus noble que vivant, parce qu'il ne sera plus soumis aux caprices de sa reine ?

Mais, si ce pauvre corps, de limon pétri, a quelque grandeur, c'est parce que l'âme, souffle de Dieu, le pénètre, et l'anime, et le commande. Elle partie, ce n'est pas la liberté qu'il conquiert, mais l'inertie et la corruption.

Ainsi, mon Dieu, vous êtes l'âme de notre âme, et si la gloire du corps est dans sa soumission à l'âme, la gloire de l'âme est dans sa soumission à Dieu.

Eh ! mes enfants, si l'obéissance est la condition *sine qua non* de la dignité et de la grandeur humaines, elle est en même temps la condition de l'ordre, de la paix, de la grandeur dans les familles et dans les sociétés. Supprimez-la, et, en place, vous verrez régner le caprice, la fantaisie qui enfante la tyrannie ou l'anarchie, plus terribles que la loi. C'est quand les fils secouent les jougs des pères, les rois et les peuples, le joug des lois, tous les hommes, le joug de Dieu, que toute société, familiale ou humaine, devient impossible. Quel siècle l'expérimente mieux que le nôtre, enfiévré d'indépendance, entraîné dans un souffle de révolte qui balaie en passant l'autorité du père, comme celle de l'Etat, comme celle de Dieu !

Scriptum est in lege : C'est la loi. Sortez du collège armé de cette devise de la Vierge, et qu'en toute occasion, votre âme dise comme elle : *Ecce ancilla.*

Acheminez-vous vers la mort, comme Marie vers le temple, sans autre considération que celle-ci : obéir.

Mes enfants, empruntez à J. Berkmans l'obéissance noble, qui sait remonter jusqu'au principe souverain de la loi, Dieu ; car il n'y a pas plus de déshonneur à obéir à Dieu, que pour la terre molle à se laisser pétrir sous les doigts de Michel-Ange ;

l'obéissance humble, qui n'oppose pas de jugements superbes et vains à l'autorité qui commande ;

l'obéissance sincère, qui ne se déguise pas sous des feintes plus outrageantes que la révolte ;

l'obéissance généreuse, qui ne fait pas de triage dans les ordres ;

l'obéissance prompte, qui ignore les délais ;

l'obéissance joyeuse, chantante, qui fait de la mort de Berkmans un sourire, et lui fait dire : Je meurs volontiers : *Libenter moriar*.

Encore une fois, mes enfants, retournons à Diest, entrons dans la modeste maison de cette petite ville du Brabant où un enfant vient de naître, courbez-vous sur ce berceau, pour baiser au front votre petit frère endormi. Que deviendra cet enfant : *Quis putas puer iste erit ?* Venez à Rome et vous l'apprendrez.

Le voilà ! son berceau s'est allongé en cercueil.

A genoux, à genoux, aux pieds de ce beau cadavre de 20 ans, qui dort souriant aux anges et que la foule entoure en pleurant. C'est un saint. Son rosaire, son crucifix et son livre de règles reposent sur sa poitrine immobile, et sa bouche muette semble pourtant murmurer encore : *Hæc tria sunt arma mea.*

Quis putas puer iste erit? C'est saint Jean Berkmans. Couronné d'immortalité et de soleils, il chante les hymnes de la patrie, et semble interrompre aujourd'hui ses strophes triomphales, pour dire un mot à ses camarades, leur montrer Jésus, Marie, sa règle et répéter : *Hæc tria sunt arma mea. Amen.*

SAINT ALPHONSE RODRIGUEZ

LA SAINTETÉ S'ACQUIERT DANS TOUTES LES CONDITIONS

Prononcé au collège Saint-Michel, à Saint-Étienne, pendant les fêtes célébrées à l'occasion de la canonisation du saint.

SAINT ALPHONSE RODRIGUEZ

LA SAINTETÉ S'ACQUIERT DANS TOUTES LES CONDITIONS

Servus vocatus es ? non sit tibi curæ ; sed et si potes fieri liber, magis utere.

Si vous avez été appelé étant serviteur, portez votre état sans peine, et quand même vous pourriez vous affranchir, profitez de votre servitude. (I. Corinth., VII, 21.)

EST la mort qui ne respecte rien, en fermant prématurément un illustre cercueil, qui m'impose le redoutable honneur de gravir cette chaire. J'ai pris à la hâte la vie du saint que j'ai la mission inopinée de célébrer devant vous, et son volume m'a effrayé. Il m'a semblé que le dernier feuillet ne serait pas tourné, quand sonnerait l'heure de monter ces degrés, et je me suis arrêté au titre qui prêche seul la grande leçon de cette vie : *Histoire de saint Alphonse Rodriguez, frère coadjuteur temporel de la Compagnie de Jésus.*

Celui que nous allons célébrer ensemble, ne fut donc pas un de ces grands noms qui luisent dans l'histoire, comme des astres dans la nuit ; il ne fut pas un de ceux qui ont laissé une page lumineuse, et terrassé d'admiration jusqu'au monde frivole qui fait peu de cas de la sainteté.

Il ne fut pas un conquérant évangélique. Il ne fut pas un illustre pontife. Il ne fut pas un anachorète admirable. Il ne fut pas un docteur éclatant.

De tous ces titres resplendissants, elle était fournie la grande phalange dont il fut un humble soldat. Elle a des chevaliers sans peur, comme Ignace de Loyola, des héros de la foi comme Pierre Claver, un héroïsme qui grandit sous le même toit que la sainteté de Rodriguez et de son action fécondante, des héros de l'innocence comme Berkmans, aujourd'hui son compagnon de gloire, des docteurs profonds comme Suarez, des orateurs qui remuent les trônes et les peuples, comme Bourdaloue. Cependant, il fut chevaleresque comme Loyola, dévoré de charité comme Claver, son disciple, innocent comme Berkmans, docteur comme Suarez, éloquent comme Bourdaloue; mais il était portier du collège de Majorque.

Ce portier médita dans sa loge le mot de saint Paul : *Unusquisque in qua vocatione vocatus est permaneat apud Deum* (1). Que chacun se sanctifie où Dieu l'a mis, et cet autre, que l'apôtre semblait avoir écrit pour lui : Es-tu serviteur ? n'en aie point de souci; *servus vocatus es ? Non sit tibi curæ ;* et cet autre encore, qui fut la cause initiale de sa gloire présente, *sed magis utere :* serviteur, reste serviteur, on ne se sauve que mieux.

Ce portier de Majorque, il fut un extatique, il fut un prophète, il fut un thaumaturge, je vous dis qu'il fut

(1) I Cor., vII, 24.

un docteur plus que Suarez, puisqu'il devint consommé dans la suprême science, la science unique dont l'Homme-Dieu était venu, dans la vie, dévoiler les mystères, la science des saints.

Qu'était-il besoin que l'Homme-Dieu parcourut, trois ans durant, les âpres chemins de la Judée et de la Galilée, amassant autour de lui des peuples émerveillés par sa parole autant que par ses prodiges? Descendu des hauteurs des cieux, pour offrir à la justice divine outragée le sacrifice universel qui devait nous sauver, qu'était-il besoin qu'il fît précéder ce grand drame du Calvaire d'une longue préface de trois ans, toute remplie de doctrine, de leçons et de paraboles?

La réponse est toute dans ce mot de saint Mathieu : *Docebat eos ;* il les enseignait (1).

Qu'enseignait donc ce « Dieu des sciences? » Le puissant semeur qui a jeté dans le champ de l'immensité sa poignée de mondes, dévoilait-il les secrets de leurs révolutions magnifiques dans les infinis espaces ?

Celui qui a arrondi la terre et clos des fécondités dans ses entrailles, disait-il les mystérieuses énergies qui la travaillent et transforment la boue en manteau de mousse dont elle s'habille, en arbres géants dont elle se pare, en fleurs embaumées dont elle se parfume, en fruits savoureux qu'elle nous donne ?

Enseignait-il encore les mystères cachés des

(1) Math., xiii, 54.

sciences humaines qui enivrent notre raison mesquine, quand elle a pu soulever légèrement un
coin du voile formidable, les puissances de l'air,
de l'eau et du feu, les arcanes de la philosophie,
les inspirations de la poésie, l'essence et le jeu de
l'âme invisible?

Rien de tout cela, et pourtant il enseignait : *Docebal,*
mais quoi donc?

Demandez-le à cet humble, qui chante aujourd'hui
les hymnes mystiques au pied du trône de l'Agneau.
Ce portier apprit de lui la suprême science, la science
de la sainteté. Il est devenu un incomparable docteur
dans cette science-là, et voilà pourquoi l'obscur portier du collège de Majorque est couronné maintenant
d'honneur, de félicité et de soleil, et son regard fortifié de la lumière de Dieu se joue, comme un rayon,
dans l'inextricable fouillis des sciences humaines,
où nous sommes si fiers de faire la plus petite
éclaircie.

Il enseignait la science la seule nécessaire et la seule
inconnue, une science qu'il cachait aux sages pour la
révéler à Rodriguez : *revelasti ea parvulis* (1), il enseignait la science du salut, la science des saints.

Et le portier de Majorque, devenu docteur après son
Maître, se lève aujourd'hui pour nous transmettre ce
qu'il a appris, qu'on devient un saint dans toutes les
conditions et que les plus humbles sont les meil-
leures : *servus vocatus es, non sit tibi curæ, sed etsi
potes fieri liber, magis utere.*

(1) Math., xi, 25.

I

Le merci que Rodriguez nous adresse du ciel, pour faire écho à nos cantiques de la terre, est ce mot sauveur : Soyez des saints, *sancti estote;* et avec son Maître, il peut encore ajouter celui-ci : comme j'ai été saint moi-même, *sicut et ego sanctus sum.*

Soyez saints, *sancti estote.* Puissant, ne t'excuse pas sur les sollicitudes du pouvoir; car moi, l'humble frère coadjuteur, j'ai des compagnons de gloire qui furent des rois, pour te condamner ; financier, sur les soucis de la spéculation ; soldat, sur les incessants hasards de la guerre ; femme du monde, sur tes obligations mondaires ; laboureur, sur les exigences de la terre ; ouvrier, sur les sollicitudes de ton métier et de ta famille ; serviteur, sur l'encombrant labeur de ton service, car tout le ciel avec moi se lèverait pour vous condamner.

Il n'en est pas de cette vocation comme des vocations humaines, qui se partagent selon vos tempéraments, vos goûts, vos naissances, vos noms et vos fortunes. La science du ciel n'est pas, comme celles de la terre, l'apanage de quelques rares élus : c'est la science de tout le monde.

La porte du ciel n'est point une porte gardée par une consigne exclusive, et dont l'entrée n'est permise qu'à une caste privilégiée ; elle est comme la mienne que j'ouvre à tous ceux qui frappent ; vous y êtes tous appelés avec moi, le grand coudoyant le petit; il suffit de connaître le mot de passe qui n'est pas un secret ; puisque Jésus le crie au monde entier : *Estote sancti*, soyez saints.

Eh ! quoi, où avez-vous pris que l'accomplissement de tel devoir nécessaire au salut est incompatible avec telle condition nécessaire à la société ? Il est donc impossible de fixer le prix que coûte le ciel ? Le ciel dépend donc de conditions insaisissables et ondoyantes que nul ne peut catégoriser ? Dites plutôt que tel état, pour s'adjuger le droit de se débarrasser de tel devoir, conclut à leur incompatibilité. Dans les multiples et diverses conditions qui composent notre monde, que deviennent la doctrine et les commandements du Maître ? Quel réformateur composera pour chacun sa religion et sa morale à son usage exclusif ?

Lorsque le grand Apôtre faisait entendre sa voix éloquente dans les Agora et les Forum des cités païennes, toutes les conditions se coudoyaient autour de la motte de terre ou du degré de marbre qui lui servait de chaire ; l'esclave qui passait venait se ranger silencieux à côté du noble patricien ; toutes ces âmes ne faisaient qu'un flot qu'agitait la même houle de l'apôtre, qu'une seule lyre qui vibrait sous les mêmes doigts, et la puissante parole de Paul, soutenue par la grâce de son maître, arrachait ces âmes d'esclaves et d'hommes libres, de patriciens et de plébéiens comme lui, aux impurs mystères du paganisme et les jetait à Jésus-Christ.

Mais Paul ne demandait pas à l'affranchi de retourner à la servitude, à l'esclave de prendre la place du maître, au maître de prendre la place de l'esclave, il ne demandait à personne de quitter ni son rang, ni ses qualités, ni ses emplois ; il ne dépouillait pas celui-ci pour combler celui-là ; il ne venait pas rompre la diversité des conditions de laquelle naît justement l'unité et l'harmonie.

Soyez saints, disait-il. Il n'y a qu'un moyen de l'être, mais le moyen est à la portée de tous les états. Soyez saints à la place où Dieu vous trouve, car s'il vous y trouve, c'est qu'il vous y a mis : *Unusquisque in qua vocatione vocatus est permaneat apud Deum.*

C'est dans le cœur que la conversion s'opère : *corde creditur.* Dieu ne regarde pas à l'habit, son œil va plus au dedans, dans l'invisible tréfonds d'où sortent les bonnes et mauvaises pensées, les vices et les vertus : *intuetur cor* (1). Peu lui importe qu'on soit vêtu du sarreau ou de la toge, « la beauté de l'âme qu'il épouse est toute en dedans » (2), et la seule robe qui lui plaise est celle de la grâce. Convertissez-vous, tout est là. Après votre conversion, faites dans le monde la même figure qu'avant. Dieu, en vous réclamant pour lui, ne veut pas détruire le monde, mais le perfectionner. Soyez pour Dieu ce que vous avez été uniquement pour le monde. Il vous trouve dans un état : *in qua vocatione vocatus est*, restez-y : *permaneat*, et soyez des saints.

Le plan de Jésus n'est pas de sortir Alphonse Rodriguez de sa loge de portier, sinon il l'en aurait sorti : *servus vocatus es, non sit tibi curæ.* Le plan de Jésus est de l'y laisser ; mais de le grandir en cette

(1) I Reg., xvi, 7. — (2) Psalm. xliv, 14.

obscurité jusqu'aux plus lumineux sommets, de descendre lui-même en cet humble réduit, pour parler seul à seul avec son serviteur, de l'y faire thaumaturge et prophète, de l'y faire saint Alphonse.

Si l'arbre est en bonne place, si le sol est fécond, si les racines sont profondes, si la frondaison est puissante, pourquoi l'arracher, pour le planter ailleurs : *permaneat*. Mais les fruits empoisonnent! Eh bien, sur l'arbre nous ferons une incision profonde où nous insérerons une greffe de sainteté. Au dehors il restera le même, il projettera la même ombre et offrira le même abri au voyageur; mais au lieu de lui offrir des fruits de mort, il le rassasiera de fruits de vie.

Ainsi, mon frère, sur votre condition entez la foi, et vous l'accorderez avec la sainteté. Vous serez saint, vous avec la grandeur, et vous, Rodriguez, avec la simplicité; vous avec l'opulence, et vous, Rodriguez, avec la pauvreté, vous avec la science humaine, et vous, Rodriguez, avec l'ignorance. Le ciel est un édifice mystique dont les pierres sont de toutes les origines, de toutes les tailles, de toutes les couleurs, mais toutes belles et richement ouvragées. Il y a des saints de toutes les façons, mais il n'y a que des saints.

O la puérile excuse, nous crie de son ciel le glorieux portier de Majorque, que d'expliquer vos oublis et vos fautes, de l'impossibilité d'accorder votre condition avec la sainteté! Vous ne voyez donc pas qu'accuser votre condition, c'est accuser Dieu, Dieu qui vous l'a choisie, comme l'instrument même de votre salut, sa main qui vous y a conduit amoureusement, comme au chemin le plus court et le plus facile qui conduise à la sainteté?

C'est Lui qui allait chercher sur les penchants des collines de Bethléem le petit berger David, pour troquer sa bergerie contre un royaume, et c'est Lui encore qui mettait aux mains de l'homme dont il voulut faire son père terrestre les nobles outils de l'artisan.

C'est Lui qui armait Judas Machabée du glaive qui défend la patrie d'en bas, et c'est Lui encore qui armait François Xavier de la croix qui défend la patrie d'en haut.

C'est Lui qui mit sous le front de Grégoire de Nazianze la science du docteur, et dans sa bouche la parole ardente qui remue et entraîne les foules, et c'est Lui encore qui confia à son frère Césaire la trousse du médecin.

C'est Lui qui jeta Marie-Clotilde de France en pleine séduction de la cour et du monde, et c'est Lui encore qui courbait Isidore le laboureur sur un sillon et chargeait Labre d'une besace de mendiant.

C'est Lui qui de Rodriguez fit un portier obscur, et c'est Lui encore qui se servit de ce portier, pour faire de Claver un apôtre géant.

Roi, berger, soldat, laboureur, prêtre, femme du monde, femme du peuple, duchesse, lavandière, riche, pauvre, maître, serviteur, où vous êtes, Dieu vous a mis; ce que vous êtes, Dieu vous a faits.

Ce n'est pas malgré, mais avec votre condition qu'il faut remplir la journée de la vie.

Vous travaillez tous à la même vigne avec des outils différents. Les uns bêchent, d'autres taillent; les

uns émondent, d'autres vendangent ; tous ont droit
au salaire final, qu'il ait été gagné avec une serpe ou
avec une bêche. C'est avec l'une et avec l'autre, et
non pas malgré l'une et malgré l'autre, qu'il a été
gagné.

C'est le sceptre qui sauve le roi, le glaive qui sauve
le soldat, l'autel qui sauve le prêtre, la charrue qui
sauve le laboureur, l'outil qui sauve l'ouvrier, l'or
qui sauve le riche, l'indigence qui sauve le pauvre.

Saint Alphonse Rodriguez connut tous les hasards
et toutes les tristesses de la vie, avant de rencontrer
le coin de terre, le lieu secret où sa sainteté devait
s'épanouir. Dieu en fit un portier, il aurait pu en faire
un empereur ; mais en ouvrant la porte de son collège
il força celles du ciel qu'il a franchies en conquérant.

Vous êtes, nous sommes où Dieu veut que nous
soyons, et c'est Lui, en imputant à votre condition
les désordres de votre vie, Lui que vous rendez res-
ponsable des périls que vous courez et des chutes
que vous faites. Au lieu de vous frapper la poitrine,
votre main tendue montre le ciel, et vous dites : C'est
là-haut qu'est le coupable. Eh ! bien, c'est aujourd'hui
le jour que le Dieu que vous accusez a choisi, pour
vous répondre. La réponse, c'est l'immense et victorieuse clameur de l'Hosannah que l'éternité répercute,
c'est le formidable et lumineux cortège de la cour
éternelle, dans lequel passent mêlés tous les noms et
tous les titres, toutes les conditions et tous les rangs :
ex omni tribu et lingua, et genere et natione.

Si l'Esprit de Dieu venait nous enlever, comme
saint Paul, nous membres de cette Eglise qu'on

appelle militante, c'est-à-dire où il faut encore combattre et souffrir, pour nous jeter dans les masses
profondes de cette Eglise triomphante, où la victoire
remplace le combat, et la félicité le labeur, dans cette
cour toute faite de splendeurs, où Rodriguez, de serviteur obscur qu'il était dans les ombres de la vie, est
devenu prince éternel, et que notre œil fût surnaturellement fortifié pour résister à tant de gloire, ô Dieu,
quelle merveilleuse unité nous verrions dans le
triomphe, mais quelle variété dans les conditions !

Passez, légions immortelles qui faites cortège au
Roi éternel des siècles, vêtues et couronnées de
soleils, et parlez, en passant, à vos frères laissés encore
quelques jours rapides dans l'arrière-garde de la
terre.

Parlez, phalanges de martyrs, qui portez en main
les palmes radieuses, armées de confesseurs dont la
foi n'a jamais faibli, guirlandes de vierges, fleuries de
lis qui jamais ne se flétrirent, saints et saintes dont
les extatiques félicités n'ont ni matin ni soir, vous tous
qui vivez, astres vous-mêmes, dans l'éternelle lueur
de l'éternel Soleil, parlez. Je vois ce que vous êtes,
dites-nous ce que vous étiez.

Parlez, rois, qui au milieu des éclats du trône, des
adulations des cours, des prestiges de la grandeur,
des sollicitudes des peuples, avez fait épanouir des
vertus héroïques, là où elles semblaient impuissantes
à germer, rois qui avez réalisé ces impossibités d'être
humbles dans les grandeurs, pauvres dans les richesses, austères dans les plaisirs, vierges dans la licence,
et avez ainsi remplacé votre couronne caduque par

11

cette autre qui ne peut plus glisser de vos fronts immortels.

Parlez, soldats, dont la cuirasse abritait des cœurs
de vierges aussi bien que de héros, soldats qui avez
été des anges sous les armes, soldats qui, en pleine
licence des camps, dans les incessants tumultes des
milices de la terre, avez gardé, peut-être agrandi, peut-
être conquis la sainteté.

Parlez, femmes du monde, qui, en remplissant
fidèlement jusqu'à ces obligations puériles qu'impose
la tyrannie mondaine, teniez votre cœur hors du
monde, planiez à de surnaturelles hauteurs et avez été
consommées dans la sainteté qui se cache et qui se
tait.

Parlez, laboureurs, qui ne dérobiez pas un instant
aux dures exigences d'une terre avare et impérieuse, et
ne dérobiez pas un instant aux exigences du ciel ;
laboureurs, dont la vie s'en allait, inaperçue des foules,
qui ne vous voyaient faire que ces œuvres communes,
labourer, semer, récolter, sans se douter que vous
labouriez, semiez, récoltiez pour le grenier éternel.

Parlez, ouvriers, qui, dans votre silencieux labeur,
avez gagné deux salaires à la fois, celui du maître de
la terre et celui du Maître du ciel.

Parlez, Rodriguez, dont la vie uniforme et sans
éclat ne laisse place ni aux sublimes pensées ni aux
héroïques actions ; Rodriguez, qui vous leviez avec le
soleil, pour recommencer chaque jour cette action
commune, servile, obscure, d'ouvrir et de fermer une
porte de collège. Dans votre loge modeste, sans interrompre votre monotone labeur, vous disiez à Claver

les secrets des sublimes héroïsmes, dites-nous que tout ce que vous avez fait serviteur, nous pouvons le faire, où que nous soyons et qui que nous soyons. Rodriguez, encore une fois, je sais ce que vous êtes, dites-nous ce que vous étiez.

Mon fils, nous répond-il aujourd'hui, qui que tu sois, j'ai été ce que tu es. J'ai pérégriné dans le même exil que toi, j'ai rempli le même rôle que toi, j'étais lié par les mêmes engagements que toi, je devais surmonter les mêmes difficultés que toi, verser les mêmes larmes que toi, combattre les mêmes tentations, éviter les mêmes écueils, remporter les mêmes victoires. Pour avoir vécu dans les routinières et basses occupations d'une vie sans grandeur et sans accident, je n'en avais pas moins que toi un cœur qui vibrait sous ma poitrine et sentait vers le mal d'irrésistibles entraînements. Le sang qui coulait dans mes veines était chaud comme le tien et les mêmes passions le faisaient bouillonner. La porte que j'ouvrais à tout venant donnait accès sur un monde qui étalait à mes yeux des séductions faciles, et approchait de mes lèvres des coupes enchantées. Dans les courts et fréquents trajets que je refaisais chaque jour et vingt fois par jour, de ma loge à ma porte, à mon église, à ma cellule, j'étais accompagné comme toi d'un ange ténébreux qui, lorsque je regardais le ciel, me harcelait et me tirait en bas, me montrait la terre, y étalait ses voluptés en me disant : Que tu es fou de t'en passer, de sevrer ta lèvre de la liqueur joyeuse qui ne demande qu'à t'enivrer !

Ces appels et ces reproches que tu entends, que tu dis irrésistibles, je les ai entendus, mais j'ai mieux

raisonné. A quoi bon chercher des excuses ? le mal est
en nous ; la faute première l'a infusé dans le sang et
nous le portons partout. Ma loge silencieuse fut aussi
bruyante que ta vie mondaine, la tempête y faisait
éclat aussi fort qu'en ton existence tumultueuse ; mais
j'ai trouvé le calme dans le tumulte, le port dans la
tempête, la sainteté où personne ne va la chercher.

Tu cours les mêmes dangers, combats les mêmes
ennemis ; mais, comme moi, tu as des guides, et
comme moi des armes.

Quelles chances de succès portais-je avec moi que
tu n'aies à ton tour ? Comme moi tu fus apporté, au
premier matin de ta vie, dans un temple où le même
baptême te fit saint comme moi.

Comme moi, lorsque le péché a souillé cette robe
première, tu as une source salutaire, constante et limpide, où tu la peux laver et la rendre pure encore.

Comme moi, quand tu te sens défaillir sur ta route
de pèlerin, tu peux faire en sécurité des haltes quotidiennes, pour manger le pain divin qui réconforte et
te nourrit comme moi.

Comme moi, tu as à tes côtés un céleste compagnon
de voyage, un ange fidèle qui te mène par la main
dans des sentiers sûrs, que tu peux suivre comme
moi.

Comme moi, tu as un Dieu qui ne te manque pas
plus qu'à moi, te prodigue les mêmes grâces et t'enveloppe du même amour.

Non, non, il n'y a pas d'inégalité dans le partage ; ce
que tu es, je l'ai été. Non, tu ne peux rejeter sur ton
état et sur Dieu les responsabilités de tes fautes, tu es

ce que Dieu a voulu que tu sois et ce que j'ai fait tu peux le faire.

Tu es le fils des saints, *filii sanctorum;* laissé dans la même lutte, tu as les mêmes armes, et voici la même palme victorieuse.

Si ta race dégénère, si ton sang s'appauvrit, la faute est à toi. C'est le sang des saints qui coule dans tes veines, tu peux lui rendre sa vieille vigueur. Courage, ce que les pères ont fait, les fils le feront bien : *filii sanctorum sumus.*

Etonnez-vous, après cela, que la sainteté ait fleuri en des terres qui vous semblent impropres à sa culture, en des états qui vous semblent incompatibles avec l'exercice des devoirs d'une religion austère et uniforme dans ses exigences, quand tous les citoyens du ciel sont là pour vous répondre que, toutes se valent par le labeur et le salaire, et qu'ils se sont servis de leur religion même, pour sanctifier leur condition. Ils ont si bien enté l'un sur l'autre, mêlé l'un dans l'autre, compénétré les devoirs de l'une des devoirs de l'autre, si bien introduit leur religion dans les menus détails de leur vie, qu'on ne distinguait plus leur religion de leur état, que l'exercice de leur état était l'exercice de leur religion, que la religion travaillait avec eux, commandait avec eux, obéissait avec eux, jugeait avec eux, faisait tout avec eux, que Rodriguez achetait le ciel aussi bien en ouvrant la porte qu'en priant, car c'était la religion même qui accomplissait avec lui ce vulgaire devoir.

Ouvrir et prier étaient deux actes dont Dieu ne distinguait pas le mérite, car, de ces deux actes, sa religion n'en avait fait qu'un seul.

Voilà ce que faisaient les saints. Si à chaque condition humaine sont attachés des périls dont la religion nous garde, des tentations qu'elle apaise, des abus qu'elle contient, des désordres qu'elle réprime, à chacune aussi tiennent des vertus que les saints ont élevées jusqu'aux sublimités de l'héroïsme. Grands, ils se faisaient petits par leur humilité ; petits, ils devenaient grands par leur dignité. Nobles, ils l'étaient sans orgueil ; roturiers, ils l'étaient sans envie. Puissants, ils l'étaient sans violence ; faibles, ils l'étaient sans révolte. Riches, ils l'étaient sans dureté ; pauvres, ils l'étaient sans jalousie.

Quoi donc ! vous croyez irréalisables les prodiges de la sainteté dans une âme noyée en plein étincellement et licence des cours? Elle vous répond que c'est la cour elle-même qui l'a sauvée, c'est la cour qui lui a appris la sainteté. Attachée aux marches du trône par sa naissance et sa condition, elle a trouvé monstrueux de faire pour une fragile royauté qui se brise contre un cercueil, plus que pour le Roi immuable de l'éternité.

Vous vous étonnez qu'il y ait eu des saints dans la profession des armes, dans les bruits des camps et les entraînements des batailles? Ils vous répondent que c'est la vie de soldat qui les a sanctifiés, qu'ils ont eu honte d'être héros pour la patrie d'en bas, lâches pour la patrie d'en haut, de braver la mort pour une bande de terre ou un chiffon, et de la redouter pour Dieu.

Vous vous étonnez qu'il y ait eu des saints dans les rudes et implacables labeurs de l'atelier? Ouvriers, ils vous répondent que c'est l'atelier qui les a sauvés. Ils se sont dit qu'il serait bien fou, de souffrir tant de tracas, de verser tant de sueurs pour un misérable salaire et de faire si peu pour le salaire éternel.

Louis IX est saint Louis parce qu'il a réprimé l'impiété, dompté l'hérésie, établi de saintes lois, laissé au peuple l'impérissable souvenir de sa justice et à Dieu d'impérissables monuments de sa foi. Tout cela, il ne l'eût pas fait, s'il n'eût pas été roi.

Vincent de Paul est saint Vincent, parce qu'il fut le père des pauvres, le consolateur des souffrants, le fondateur des Enfants trouvés, le héros de la charité. Tout cela, les cornettes blanches le disent aussi éloquemment que, l'aiguille de la sainte Chapelle dit la foi de saint Louis ; mais tout cela, il ne l'eût pas été s'il n'eût pas été prêtre.

Enlevez Rodriguez à sa porterie du collège de Majorque, et vous enlevez saint Alphonse, peut-être aussi saint Pierre Claver. Cette loge fut le jardin fermé où sa sainteté devait germer, grandir, et produire ce fruit merveilleux, saint Pierre Claver.

Tu es serviteur, disait-il : *servus vocatus es ?* Use à outrance de ton état pour acheter le ciel : *magis utere.* On se sauve dans une loge aussi bien que sur un trône.

Mais ne faut-il pas dire qu'on ne s'y sauve que mieux, et que, lorsqu'il s'agit du salut, les plus humbles conditions sont les plus faciles ?

II

L'histoire de Dieu, dans ses rapports avec l'humanité, soit avant la venue du Verbe Incarné, soit dans la personne même du Verbe, pourrait se résumer dans ces simples mots : *Humilibus dat gratiam* (1), c'est aux petits qu'il donne la grâce, à eux qu'il se manifeste, avec eux qu'il correspond, eux qu'il délègue pour ses œuvres du dehors.

Quand Dieu prend un homme dans la foule, où le roi est aussi bien noyé que le berger, pour le grandir par degrés jusqu'aux sublimités de la vie divine, pour reposer sur le front de cet homme un rayon de sa lumière et l'en pénétrer, pour le rendre participant de sa puissance à qui tout est possible, pour le faire son interlocuteur sur terre, confident de sa pensée, réflecteur de sa gloire, intermédiaire entre le ciel et le monde; quand Dieu fait cela, Lui « qui fait les cœurs » (2) à sa guise, il repétrit ces cœurs choisis, les refond dans un autre moule à la mesure de leur grande mission; mais ces élus sont des petits, Abraham, Jacob, Joseph, Moïse, Saül, David, des bergers : *humilibus dat gratiam*.

Quand c'est un roi qu'il veut, c'est encore un berger qu'il prend, Saül, et quand il réprouve celui-ci et en veut un autre, il s'en va au-dessus du champ de Booz, sous les oliviers de Jessé, chercher toujours un berger

(1) I Petr., v, 5. — (2) Psalm. xxxii, 15.

chétif : *ne respicias vultum neque altitudinem staturæ* (1). Il lui donne un sceptre et une harpe, le fait du même coup roi et prophète, c'est David.

Lorsque c'est Lui-même qui descend, vivre de notre vie, respirer notre air, souffrir nos misères, endosser toute notre misérable humanité, c'est à cette race davidique qu'il emprunte le sang qui circulera dans les veines divines; mais pour être fidèle à son plan, il attendra l'heure où la famille déchue des hauteurs du trône, vivra oubliée et perdue dans des conditions plus basses encore, qu'à l'heure où il la choisit pour régner sur son peuple. Sa mère sera fille du peuple et son père apparent, un charpentier.

Le voilà qui cherche des interprètes pour ses desseins, des Pontifes pour son Eglise, des hérauts pour sa parole, des continuateurs de son œuvre, d'autres lui-même, le monde est à lui et il a de quoi choisir à l'aise.

Il y a des rois puissants sur des trônes, des généraux victorieux dans les camps, des philosophes sublimes dans les académies, des rhéteurs éloquents dans les chaires de la parole.

Des foules enthousiasmées suivent ses pas, et lui-même semble entraîné dans le souffle impétueux de leurs acclamations. Dans ces foules, il y a des nobles, comme Joseph de Ramatha, *nobilis decurio* (2) : Joseph a des terres dans la plaine de Saron, maison de campagne à Ramatha, maison de ville au sommet de Sion; il y a des roturiers comme Pierre, qui pêchait

(1) I Reg., XVI, 7. — (2) Marc., XV, 13.

à Bethsaïda des poissons qu'il s'en allait vendre par les villages : *erant piscatores* (1) ; mais le monde courbe la tête devant la noblesse et regarde à peine le roturier, il choisit le roturier.

Il y a des riches comme Zachée, comme l'adolescent qui lui demandait le chemin de la vie éternelle : *dives valde* (2), riche, *valde :* de l'or, plein ses coffres, des troupeaux plein les champs, des oliviers plein les collines; il y a des pauvres comme Jacques et Jean qui raccommodent de vieux filets rompus sur les bords du lac natal : *reficientes retia* (3); mais le monde adule le riche et passe méprisant devant le pauvre, il choisit le pauvre.

Il y a des savants comme Nicodème, un flambeau du Sanhédrin, un maître en Israël : *magister in Israel* (4) et des ignorants comme André qui ne sait pas lire, mais le monde fait grand cas des savants et méprise les ignorants, il choisit André.

Dieu aime le rien, parce que c'est dans le rien qu'on le connaît, que sa puissance éclate, que la création jaillit, et c'est parce que les humbles tendent vers le rien que Dieu se déverse aux humbles : *humilibus dat gratiam.*

Voilà un humble. Il essaye à peine ses premiers pas dans la vie, il a quatre ans, et la reine du ciel, déléguée par le Roi immortel, vient visiter cet enfant de quatre ans. Dieu a l'œil sur cet humble, le mène par la main, le fait époux, le fait père, augustes sacerdoces

(1) Math., IV, 18. — (2) Luc., XVIII, 23. — (3) Math., IV, 21. (4) Joan., III, 10.

qu'il remplira dans la dignité et la grandeur, et le même Dieu qui avait formé ces doux liens, les brise. Il demande à cet homme, qu'il trouve pourtant dans l'ornière banale où passent les inconnus, plus qu'il ne demandait à Abraham, dont il faisait un chef de race. Dieu veut l'épouse; il la donne, puis la fille; il la donne; puis le fils, un ange de trois ans qui souriait à la vie; il le donne encore.

C'est la préparation douloureuse à l'immense mission dont il va l'investir. Immense! oui, il faut bien qu'elle le soit, pour que tout l'enfer s'en émeuve, qu'il vienne barrer le chemin à cet homme et lui tendre des pièges incessants afin qu'elle échoue, pour que Jésus-Christ lui-même descende et défende cet homme contre les assauts de l'enfer.

Que va-t-il donc en faire? un Moïse, un David, un sauveur de peuples, un remueur d'idées, d'hommes, de nations? Non, il le veut placer à la porte d'un collège naissant. Il ne l'a si longuement préparé, si douloureusement pétri, que pour en faire un portier.

Mais ce portier reçoit dans sa loge la visite de Jésus-Christ; mais ce portier, d'un mot : *Tace*, dompte un ouragan déchaîné; mais la reine des anges vient elle-même, de sa main céleste, essuyer la sueur qui coule du front de ce portier; mais ce portier pénètre d'un regard lumineux les mystères de la théologie et des consciences; mais ce portier suscite des héroïsmes comme Pierre Claver; mais ce portier convertit des pécheurs endurcis dans le crime; mais ce portier guérit de son attouchement les malades et les pestiférés; mais ce portier prophétise quand il parle; mais ce

portier, du fond de la terre, pénètre le ciel de son regard et y compte les élus; mais ce portier s'éteint dans
son obscurité et les peuples se prosternent devant son
cercueil; mais, cadavre, ce portier prophétise encore,
et ses ossements stériles rendent la santé et la vie.

C'était un portier, et celui qui garde les clefs qui ouvrent et ferment l'éternel royaume, crie aux portes
immenses : Ouvrez-vous et laissez passer l'élu de
Dieu : *attollite portas*, et pour ce portier, le ciel entonne l'hymne victorieuse, et la terre, avec ses pontifes
et ses rois, se mettra à deux genoux devant ce portier.

Oui, c'était un portier, un petit. Il n'y eut pas grand
éclat autour de sa vie silencieuse.

Son horizon fut modeste et étroit. Il l'eût voulu plus
étroit. Il l'eût voulu plus resserré encore.

Les hommes sur lesquels son cœur s'apitoyait le
plus n'étaient pas ceux qui portaient de lourds fardeaux de douleurs, mais les fardeaux plus lourds des
honneurs et de l'or.

Même lorsque à leurs titres ils ajoutaient la sainteté,
il déplorait leur bonheur, leur situation, leurs honneurs qui l'effrayaient plus que la peste.

Cet invincible effroi d'être connu, aimé, honoré
s'exhalait en des cris comme celui-ci : « Malheur à
ceux qui sont honorés et à qui tout réussit, quand
même ils seraient des saints ! »

La plus grande des infortunes mondaines lui semblait justement être la félicité.

Il avait peur du bonheur et davantage encore de la
gloire, à cause de leur compagnon de route, l'orgueil.

La pensée que l'orgueil pourrait, par une invisible fissure ouverte en lui dans une situation plus en vue, se glisser dans quelque cachette de son âme, lui causait de réelles terreurs : « Je tremble, disait-il, lorsque je pense avec quelle subtilité l'orgueil pénètre dans le cœur de l'homme. »

S'il eut une félicité dans sa vie, ce fut de n'en avoir aucune et de rester inconnu.

Ainsi, il ne connut pas les mille petits sentiers de traverse qui conduisent aux places ambitionnées. Il ne sut pas faire avec sa conscience ces habiles compromis qui consistent, à troquer des convictions contre des faveurs populaires, ni monter à l'assaut des honneurs bruyants. Il n'eut pas ces succès chétifs de mondains, après lesquels on se précipite aujourd'hui et qui tiennent lieu des réels à tant d'esprits et de cœurs vides. Il ne sut ni tromper avec aisance, ni mener habilement une spéculation, ni découvrir les secrets des fortunes rapides et des triomphes éphémères. Mettez-le dans notre monde factice et gâté, il se cacherait à tous les yeux, et on ne le rencontrerait qu'à l'église et dans quelques assemblées d'œuvres chrétiennes où il ferait le bien sans bruit. Les plus charitables penseraient qu'il est insignifiant, et la masse hausserait légèrement les épaules et ferait une moue dédaigneuse pour dire que c'est un faible d'esprit. Faible d'esprit tant que vous voudrez, il se sauve pendant qu'autour de lui on se perd; pendant qu'on s'agite tapageusement dans les œuvres mesquines de la vie, qu'on traîne sur la terre, en croyant s'élever bien haut, cet humble monte silencieu-

sement, mais sûrement, jusqu'aux régions sereines
de Dieu.

Un jour que j'errais au sommet du Palatin, à travers les débris des palais des Césars, de ces salles impériales qui ont vu les destinées du monde se jouer au
milieu des orgies, je m'acheminais négligemment vers
la loge de cirque de Septime Sévère, dont l'abside, encore debout, domine de toute la hauteur de la colline
cette vallée maintenant couverte de pampres verts
qui fut autrefois le cirque Maxime. Le spectacle que
l'on voit de là est grandiose, et je m'accoudais contre
les antiques parois de la loge mangée de siècles, pour
en jouir davantage. Ce mouvement fit détaler un de
ces petits lézards gris, ternes, comme les vieux murs
qu'ils habitent, et il me vint à l'idée que ce petit animal chétif et méprisé montait établir sa demeure en
des régions plus hautes que quelques-uns des oiseaux que j'apercevais, du haut de la colline impériale,
voleter à mes pieds. Puis l'idée me vint encore que
le Sage y avait pensé avant moi, et que, c'est par sa
bouche que le Saint-Esprit nous avait dit : *Stellio
manibus nititur, in domibus regum habitat* (1). Le lézard, en se servant de ses petites mains, va se faire une
demeure au sommet des palais royaux.

Oui, il y a en bas des oiseaux à large envergure.
Leurs ailes puissantes pourraient les emporter dans le
soleil. Ils pourraient, comme l'aigle, bâtir un nid
inexpugnable au sommet d'une falaise inaccessible,
éternellement flagellée de tempêtes; mais leurs ailes

(1) Prov., xxx, 28.

fermées ne se déploient jamais ; ils n'ont jamais pris
d'essor, pour voir la terre de haut et en planant. La
terre, ils l'aiment trop pour la quitter, et ils s'y cram-
ponnent, et ils y font des nids exposés à mille dangers,
à ras sol, dans une broussaille ou une fente de ro-
cher, et ce petit lézard qui n'a pas d'ailes, lui, mais
de petites mains qui s'agriffent au flanc des roches,
avec ses petites mains escalade les substructions du
Palatin et va faire sa demeure dans une loge impériale :
Stellio manibus nititur, in domibus regum habitat.

Celui que tout à l'heure vous appeliez faible d'esprit est peut-être ce lézard obscur, et je veux bien que
vous soyez l'oiseau. On dit que vous avez l'esprit, la
science, le talent, le courage, l'éloquence, la fortune,
la beauté, même le génie ; vous avez de l'envergure de
bonnes et grandes ailes ; ah ! Dieu, quels essors vous
pourriez prendre ! quelles envolées on vous verrait,
quelles ascensions vers l'azur, à quelles hauteurs célestes vous pourriez aller planer ! Plus hardi que le
Prométhée de la fable, qui monta jusqu'aux sommets
inaccessibles qu'habitent les dieux et y déroba le feu
du ciel, vous pourriez monter jusqu'à Dieu même et
dérober la couronne de l'éternité ; mais, vous aussi,
vous tenez vos ailes ployées, vous aussi vous aimez
mieux la terre que le pays de la lumière : on y amasse
de petites réserves que le moindre insecte dévore au
disperse en passant, et que vous appelez des fortunes ;
on y bâtit des nids où l'on habite un jour, qu'un coup
de vent emporte et que vous appelez des palais ou des
villas ; on y cueille, rien qu'en se baissant, des vices
charmants et des hontes séductrices qui émaillent le

sol, et c'est dans ces broussailles que vous voulez nicher, ne rêvant jamais de monter.

Ah! laissez-moi revenir à mon portier du collège de Majorque, à cet humble que vous regardez en pitié, à ce faible esprit qui, dites-vous, ne peut sortir de son ornière ; quand c'est vous qui rampez dans l'ornière et quand c'est lui qui plane.

Il n'a peut-être pas votre esprit, ni votre science, ni votre talent, sûrement pas votre fortune. Il est convenu que vous êtes l'oiseau et lui le lézard. Il n'a pas d'ailes comme vous ; mais il a des mains, de la volonté, la grâce pour l'aider, et il monte, et il escalade le ciel, et il en force les portes, et il en fait la conquête, et il se bâtit un trône au pied du trône de Dieu, et il règne : *Stellio manibus nititur, in domibus regum habitat.*

Il fut le lézard, il fut un petit, un inconnu ; au dehors rien ne le distinguait ; mais tous les actes obscurs de sa vie effacée, ses démarches les plus indifférentes, ses regards les plus légers, étaient dirigés par les sentiments les plus hauts, impulsés par un ressort divin, marqués de la bonne marque du ciel.

Ce petit portait Dieu en lui.

Il ressemblait à ces fameux silènes dont parle Platon. C'étaient de petites statues grossièrement taillées dans une matière de vil prix. C'est ainsi qu'ils apparaissaient à la multitude. Quelques rares privilégiés avaient le secret de les ouvrir, et leur sein renfermait d'admirables beautés, des représentations de choses sacrées étincelantes de pierreries et d'or.

C'était un saint, au dehors rien ne le distinguait de tout le monde ; il faisait comme tout le monde, les actions de tout le monde. Dieu qui « voit le dedans » le trouvait, comme le sein des silènes, radieux de splendeurs. Il y découvrait des intentions toujours pures, des motifs toujours surnaturels, une conscience toujours limpide, et les actions de son humble ministère divinisées et agrandies.

Soyez l'oiseau, si vous y tenez et si Dieu l'a voulu, et ne soyez pas un saint; vous pourrez avoir un nom bruyant, faire dans le monde une grande figure, occuper des charges considérables, donner le ton autour de vous, attirer les regards des foules, luire par votre beauté, votre esprit ou votre science, être le pôle vers lequel on s'oriente, le personnage dont les plus grands ambitionnent la protection ou l'amitié; ah! que vous voilà loin du portier de Majorque! Vous ressemblez, comme le disait le Père Aveugle, à ces temples fameux de Memphis, construits de matériaux somptueux, des merveilles de l'art, couverts d'hiéroglyphes d'or, avec des architraves de marbre reposant sur la tête de statues de grand prix, et dont le sanctuaire magnifique ne renfermait qu'un chat ou un serpent, à qui ces pauvres esprits, qui se croyaient forts, comme vous, élevaient des autels et immolaient des victimes.

Non, Rodriguez n'avait peut-être pas vos ailes; mais, comme le lézard du Palatin, il avait des mains, et c'est avec les mains qu'un grand prophète qui fut un grand roi, cherchait Dieu : *Deum exquisivi, manibus meis* (1).

(1) Ps. LXXVI, 3.

Vous vous demandez avec saint Augustin, comment on peut chercher avec les mains cet Esprit souverainement incorporel qui remplit tout de sa présence, sans occuper la plus minime portion de l'espace. Vous comprenez qu'on cherche Dieu avec son intelligence et surtout avec son cœur; et cependant David a dit : « Je l'ai cherché avec les mains...»

Les mains sont les nobles outils que Dieu a donnés à tous pour pratiquer le difficile métier de vivre. Ce sont les mains qui tiennent le glaive, la plume, la bêche et la charrue.

Les mains sont les armes données à tous, pour conquérir le pain et la vie; par-dessus tout les mains sont les armes des humbles. Si vous demandez à un humble de quoi il vit, il vous montre ses deux mains robustes, et ce symbolique langage vous répond mieux qu'un discours.

Ce ne sont pas les mains qui spéculent, mais qui agissent.

Il faut chercher Dieu avec les mains, escalader le ciel avec les mains, comme le lézard du Palatin escaladait la loge de l'empereur, se sauver en travaillant à se sauver.

Dieu, dit Eusèbe Emilien, en commentant ce texte, Dieu n'est pas le prodigue insouciant qui sème à tout propos ses biens et ses faveurs; il les donne pourtant libéralement; mais au travailleur avide qui sait peiner et souffrir pour les gagner.

Dieu veut bien payer, quand se couchera le soleil de la vie, un salaire qui vaudra mille et mille fois la journée, l'éternelle gloire contre un labeur d'un instant; encore celui-là seul recevra-t-il le payement promis qu'on aura vu à la vigne, l'outil à la main, le front inondé, l'épaule courbée sur la glèbe, portant vaillamment le poids du soleil et du jour.

Le portier que je célèbre voulait être un saint, il y travailla, il le devint.

Lorsque, dans l'infirmerie de son collège, il vit décliner le jour de sa vie, un voile se poser sur ses yeux, son cœur ralentir ses mouvements, ses mains se raidir sur sa couchette, il ne put pas dire comme tant d'autres : Quelle grande vie j'ai vécu! J'ai amoncelé l'or, ébloui mes contemporains, escaladé les honneurs, épuisé les plaisirs, étonné le monde, étonné la gloire; mais j'ai fait mieux, j'ai cherché Dieu avec les mains, dans l'obscurité, dans une loge de portier, *Deum exquisivi manibus meis*, et dans ce réduit je l'ai trouvé, il m'a parlé, et il me parle, et je l'entends dans le palais céleste où je suis son hôte éternel.

SAINT CHARLES BORROMÉE

LES MARQUES DE LA CHARITÉ

Prononcé le jour de la fête de saint Charles Borromée, 4 no-
vembre 1890, en l'église Saint-Charles, à Saint-Etienne.

SAINT CHARLES BORROMÉE

LES MARQUES DE LA CHARITÉ

*Ante omnia autem, mutuam in vobisme-
tipsis, caritatem continuam habentes.*
Avant toutes choses, ayez les uns pour les
autres la charité, et qu'elle soit persévérante.
(I. Ep. de saint Pierre. IV, 8.)

ORSQUE, après avoir franchi les défilés des
Alpes suisses en suivant les méandres de
la route fameuse du Simplon, on descend
vers les campagnes riantes de la Lombardie, l'œil est
à peine reposé de la vue de ces grandeurs alpestres,
qu'en arrivant à Arona, il s'arrête ébloui sur un co-
losse de bronze dont l'admirable harmonie des parties fait oublier le gigantesque des proportions.

C'est un homme debout, regardant la vaste plaine,
avec une main levée pour commander ou pour bénir.

Quel fut ce géant de la vie, auquel les peuples re-
connaissants ont élevé ce géant d'airain ?

Un prince fameux dont le nom fut retentissant et
les alliances célèbres?

Oui! son père, sénateur de Milan, compagnon de
Charles-Quint, touchait aux empereurs ; sa mère, une
Médicis, touchait aux reines; son oncle, le pape

Pie IV, occupait le premier trône du monde, après celui du ciel.

Mais, ce n'est pas le prince qu'avec vous je viens saluer aujourd'hui.

Que fut-il donc encore? cardinal à vingt-deux ans, chef de la consulte romaine, signataire des mémoriaux, grand pénitencier de la sainte Eglise de Dieu.

Mais, ce n'est ni le pontife ni sa pourpre, qu'avec vous je viens saluer aujourd'hui.

Que fut-il donc encore? flambeau d'Israël, père de l'Eglise dans les temps modernes, auteur d'œuvres qui méritent d'être placées à côté de celles de son illustre devancier, saint Ambroise; ses *Acta Ecclesiæ Mediolanensis*, sont l'inépuisable arsenal où se trouvent rangés tous les principes nécessaires au gouvernement de l'Eglise.

Mais ce n'est pas le docteur qu'avec vous je viens saluer aujourd'hui.

Que fut-il donc encore? un réformateur de son temps, un entraîneur de siècles, un de ces cerveaux puissants dont les contemporains sont les satellites, un de ceux qui tiennent dans leurs vastes mains les hommes et les volontés.

Ce qu'il a fait en son temps, je le lis au quarante-sixième chapitre de l'*Ecclésiastique :* Israël était l'opprobre des nations, ses mœurs empoisonnées, sa loi avilie, son culte oublié, ses prêtres souillés, ses solennités lugubres, ses prophètes sans voix. L'arche sans oracles, errait à l'aventure par les chemins de Judée, après avoir paru dans le temple de Dagon; quand Dieu envoya un fort pour soutenir la lutte : *fortis in bello* (1), un prophète de la race de Moise, de la race des sauveurs de nations : *successor Moysi in prophetis* (2), un grand par le nom qu'il portait : *magnus secundum nomen suum* (3), plus grand encore par ses œuvres, un sauveur des élus de Dieu : *maximus in salutem electorum Dei* (4), un renverseur des ennemis soulevés contre lui : *expugnare insurgentes hostes* (5), un conquérant de la terre qui était l'héritage violé de la véritable Israël : *ut consequeretur hereditatem Israel* (6).

Cet homme eut deux armes, la prière et l'action ; mais qu'il fut fort en maniant l'une et l'autre ! Quels triomphes il s'est acquis en tenant ses mains levées vers le ciel : *Quam gloriam adeptus est in tollendo manus suas* (7), et quels triomphes il s'est acquis en lançant ses dards contre les ennemis de Dieu : *et jactando contra civitates rompheas !* (8) De ses ennemis, nul ne resta debout. Dieu lui-même les mettait sous sa main (9).

Il traversa son siècle comme l'ouragan de Dieu (10), qui brise sur son passage en se précipitant dans les abîmes (11). Il fut un fort que Dieu suscita, pour qu'en le regardant passer on vît passer, la puissance de Dieu ; pour qu'on sût bien que, combattre contre Lui, c'est perdre sa peine (12).

Il pénétra de son action les peuples et les princes, réunit et présida les conciles d'Israël, prononça

---

(1) Ecclesiasticus, xLVI, 1. — (2) Id., *ibid.* — (3) Id., *ibid.*
(4) Id., *ibid.* — (5) Id., *ibid.* — (6) Id., *ibid.*
(7) Ecclesiasticus, xLVI, 3. — (8) *Ibid.* — (9) Id., 4.
(10) Id., 7. — (11) Id., *ibid.* — (12) Id., 8.

selon la loi du Seigneur et fut acclamé par les siècles comme un prophète de Dieu (1). Vieillard, le Seigneur lui garda la vigueur de la jeunesse (2), et il trône maintenant sur un sommet de la terre promise aux élus (3), d'où il nous appelle près de lui.

C'est donc cet homme formidable dans ses œuvres que nous allons chanter aujourd'hui?

Non, encore. Ce n'est pas dans ces sublimités qu'il nous peut servir de modèle. Prince, pontife, docteur, réformateur, conquérant, c'est grand, mais c'est trop grand pour nous. Géant, il n'est pas à nos tailles. Ce ne sont pas d'ailleurs ces signes retentissants que le Maître a donnés pour reconnaître les siens. Le doux Maître en a indiqué un moins sonore, plus rapproché de nous, à la portée des petits, la charité : *In hoc cognoscent* (4). De tous ces titres brillants à la gloire, je n'en veux garder qu'un seul : Il fit la charité : *Misericordiam fecit ipse* (5).

Ce prince de l'Eglise présidant un concile est trop loin de moi. Ce prince de l'Eglise coupant des morceaux de pain aux pauvres est en contact avec mes misères.

Jésus-Christ a donné à ses disciples ce signe de race ; la charité, mais laquelle ? Saint Pierre, son premier apôtre, nous a enseigné les marques mêmes de la charité véritable : *mutuam*, elle s'adresse à tout le monde, *continuam :* elle dure quand même et toujours, et si quelqu'un lui a imprimé ces caractères, visibles

(1) Ecclesiasticus, 17, 18. — (2) Id., 11. — (3) Id., 11.
(4) Joan., XIII, 35. — (5) Ecclesiasticus, XLVI, 9.

entre tous, c'est saint Charles Borromée, cardinal archevêque de Milan, patron de cette église.

I

C'est une affirmation qui ne laisse pas de nous étonner, que la charité soit une invention nouvelle qui ne date que de Jésus-Christ : *mandatum novum*.

Les cœurs antiques n'étaient donc pas coulés dans le moule de ceux d'aujourd'hui? Le besoin d'aimer ne faisait donc pas, comme maintenant, partie intégrante de leur essence? Les poètes n'ont donc pas célébré des noms qui sonnent encore à travers nos siècles chrétiens, et restent quand même, comme la personnification de l'héroïsme dans l'amitié?

Est-ce qu'il n'y a pas dans l'homme, comme le dit M. de Maistre, un sentiment humain avant tout qui le penche vers ses semblables? Est-ce que la compassion ne lui est pas aussi naturelle que la respiration? Son cœur aime, comme il bat, comme il propulse le sang dans les veines, comme il palpite, comme l'œil voit, comme le pouls vibre.

Et cependant, nous affirmons encore, avec l'Eglise, que les cœurs antiques sont aux cœurs chrétiens, ce que les dieux antiques sont à Jésus-Christ. La compassion qui vient de la nature est à la charité qui vient de Dieu, ce que l'Olympe est au ciel, ce que la lyre de Sapho est à la harpe de David, ce que la philosophie d'Epictète est à la doctrine de Jésus.

L'antiquité connut, il est vrai, une charité, celle

qui est ou intérêt ou passion, celle qui découle du
cœur comme l'eau de la source, celle qui jaillit de la
nature ; mais les actes de la nature ne font pas une
vertu ; car ce qui est de la nature vient à même la nature, et ce qui vient de la vertu est le prix de l'effort,
de la peine, de la lutte contre cette nature même.
L'antiquité connut la charité passion naturelle, elle
ne connut pas la charité vertu héroïque, et c'est celle-
là que Jésus, inventa et dont il revendique à travers
les siècles l'exclusive propriété : *præceptum meum*,
celle qu'on acquiert après lui, dans la violence et le
travail, secondés de sa grâce.

Oui, Rome païenne connut ce que c'est qu'aimer ;
la louve de son Capitole ne l'ignorait pas non plus.
Mais Rome païenne ne connut jamais, ce que c'est
qu'aimer tout le monde : *mutuam caritatem habentes*,
et ce qu'elle connut encore moins, c'est aimer tout
le monde, toujours ; et surtout, ce qu'elle ne put
même vaguement soupçonner, c'est aimer tout le
monde, quand même : *continuam habentes caritatem.*

Cette marque de la divinité d'origine, les apolo-
gistes l'étalaient à la face des tortionnaires, et Tertullien, défendant sa foi avec sa rude langue d'acier,
défiait ses juges, en leur jetant ce *continuam caritatem,* comme le caractère divin de la morale qu'il prêchait. Vous aimez vos amis, dites-vous, et de quoi
vous vantez-vous ? les barbares en font autant : *Ami-
cos diligere, omnium est* (1). Qui aime jusqu'à ses

(1) Tertull. ad Scap., II.

ennemis? Cherchez à travers l'empire, à travers les académies, à travers les philosophies, quel sage l'a enseigné, quelle secte l'a pratiqué, hormis celle que je viens défendre à vos barres et que vous égorgez dans vos amphithéâtres. Quand il s'agit de la nature, vous êtes avec la nature, c'est-à-dire avec tout le monde : *omnium est;* quand il s'agit de la vertu, de l'héroïsme dans l'amour, dans l'amour qui garde la force d'aimer jusqu'à ceux qui nous haïssent, jusqu'à nos juges, jusqu'à nos bourreaux, nous restons seuls, tout seuls : *inimicos autem, solorum christianorum* (1).

Celui-ci aime parce qu'il est aimé, dit saint J. Chrysostome : ce n'est pas difficile : *Alius amat quia redamatur* (2).

Celui-là, parce qu'on l'honore : ce n'est pas difficile non plus : *Alius quia honore afficitur* (3).

Cet autre, parce qu'il en espère quelque bénéfice : ce n'est pas difficile encore : *Alius quia utilitati sibi esse aut fore hominem putat* (4).

Amour sans valeur que la nature produit, vénal souvent, corrompu plus souvent encore ; mais qui donc aime parce qu'il faut aimer, comme il faut aimer ? *difficile quemquam invenies qui amicum ut oportet diligat* (5).

Les cœurs sont enlacés dans des liens qui sont de la terre : *Omnes fere sæcularium vinculorum nexu vinciuntur* (6), et les liens de la terre sont fragiles, comme ces fils de la Vierge qui ne résistent pas à la

---

(1) Id., *ibid.* c. 1. — (2) Chrys. Hom. 61, in Math. — (3) Id., *ibid.*
(4) Id., *ibid.* — (5) Id., *ibid.* — (6) Id., *ibid.*

première haleine de l'aurore ; un rien, un regard les distend, un mot suffit souvent à les briser, l'absence remplace l'amour par l'oubli. Et quand une invincible aversion élève une muraille entre deux âmes ?

Et quand une jalousie féroce mord le cœur sans lâcher prise ?

Et quand on garde à un autre cœur de justes et inextinguibles ressentiments ?

Et quand la réponse à l'amour, aux bienfaits, au don de soi, est cette horrible chose que l'homme connaît pourtant, plus que les fauves, l'ingratitude ?

— Alors, la même nature qui noue les liens de la charité, les brise. — Voici la nature !

Et voilà Jésus qui vient demander à cette nature impuissante une charité plus forte que cette nature même, qui vient s'adresser à ce cœur si étroit dans ses dimensions, si borné dans sa capacité d'aimer, que le plus souvent il n'aime personne que lui-même, que, lorsqu'il aime, il n'aime qu'un seul, ou dans son extrême largeur un petit cercle d'intimes, pour lui demander de se dilater sans mesure, d'étendre ses frontières jusqu'à l'extrémité du monde et de contenir plus qu'un ami, qu'un époux, qu'une famille ; mais de contenir tout le monde : *mutuam habentes caritatem* ; pour lui demander de ne congédier personne de cet universel asile, d'y garder de vive force ceux-là même qui veulent en être exclus, ceux-là même qui le saccagent, ceux-là même qui le violent ; de resserrer d'autant plus fort les liens de la charité, qu'on fait plus de violence pour les briser : *continuam habentes caritatem*. Voilà Jésus qui vient demander à la charité des dimensions inaccessibles à la chétive humanité, l'universalité dans l'étendue, la constance dans la durée, et qui produit des héros réalisant ces impossibilités, des hommes qui ne sont que des hommes et portent dans leur étroite poitrine des cœurs larges comme le ciel : *cœlo latiorem,* des hommes qui ne sont que des hommes, mais s'appellent : Charles Borromée.

Dans le cœur de cet homme dont les battements semblaient les contre-coups du Cœur de Jésus, la charité s'implanta d'elle-même, et il inaugurait ce grand ministère du Christ à cet âge que l'on dit « sans pitié », à cet âge insouciant où d'autres qui habitent des palais comme lui, ne savent pas encore qu'on peut être pauvre et qu'on peut avoir faim.

A 12 ans, il avait déjà hérité de son oncle une immense abbaye et tous ses revenus, et l'enfant en demandait la libre disposition. Certes, voilà une présomptueuse réclamation qui devait faire sourire les siens.

Charles ne savait pas encore ce que c'est que gouverner des hommes ; mais il savait déjà les secourir dans leur détresse ; il comprenait à 12 ans que les biens de l'Eglise sont le trésor des pauvres, et il réclamait de son père la disposition de ses revenus, pour les faire retourner à leurs légitimes usufruitiers.

A 12 ans, il se regardait comme l'administrateur et le gérant des intérêts de la misère.

A 12 ans, il était père, père de cette universelle paternité, qui a pour enfants légitimes tous les nus et tous les affamés : *mutuam habentes caritatem.*

Laissez grandir l'enfant, et vous verrez ce cœur, déjà

si vaste, grandir en proportion et s'étendre jusqu'aux dimensions infinies du cœur de son maître.

Regardez maintenant; c'est le même qui passe dans cette robe de pourpre, avec sa noble et grande figure, sur laquelle on voit étinceler la noblesse de la naissance, l'ascendant d'une irrésistible volonté, la lueur de la puissance, l'éclair du génie. Prince de la terre, Prince de l'Eglise, le voilà au point culminant de la fortune et de la grandeur, un oncle sur le trône pontifical, un peuple sous la main, des revenus royaux. Oui bien, cet homme a des titres personnels proportionnés à ces hautes destinées ; avec la naissance, il a la science, plus encore, le génie, plus encore, la vertu ; mais il porte en lui une chose plus éclatante que sa pourpre, plus haute que sa science, plus lumineuse que son génie, il porte en lui la charité. De tous ses titres à la gloire, enlevez celui-là, et le Maître ne l'aurait pas reconnu pour un des siens, et le ciel ne lui chanterait pas les strophes éternelles, et son nom serait entré diminué dans l'histoire ou effacé dans la nuit, et quoi qu'il eût dit et quoi qu'il eût fait, ce n'est pas pour lui aujourd'hui que les cloches auraient sonné ; si infirme que soit ma voix, ce n'est pas lui qu'elle célébrerait, et cette foule qui s'écrase dans l'enceinte trop étroite, débordant sur les marches de cette chaire et sur les marches de l'autel, entendrait des louanges et chanterait des cantiques qui ne seraient pas à saint Charles Borromée.

Voulez-vous le voir gérer son immense fortune ? Un détail vous fixera sur son mode d'administration.

Il tenait de tout un compte exact, ne plaçait son argent qu'à bon escient, à intérêts plus qu'usuraires, sur la tête des pauvres, dans le cœur de Jésus-Christ.

Il remit au pape douze abbayes. Il appliqua les pensions dont il jouissait aux établissements de charité. Il vendit sa principauté d'Oria soixante mille écus ; le soir de la vente, les soixante mille écus étaient entre les mains des pauvres honteux. En mourant, Virginie de la Rovère, veuve de son frère Frédéric, lui léguait vingt mille écus ; le même jour les vingt mille écus prirent le même chemin que ceux de sa principauté. Quant à sa vaisselle d'or et d'argent, ses meubles de grand style, ses tapisseries de haute lice, tout avait été fondu, troqué, vendu, transformé en pain pour les bouches affamées, en vêtements pour les épaules nues, tout s'était engouffré dans l'abîme béant de la charité.

Comme le riche de l'Evangile, il avait un intendant auquel il demandait aussi « les comptes de son administration », un intendant dont la charge n'était pas de rapporter au maître les revenus, mais d'augmenter les dépenses, autant que faire se pouvait, un intendant dont l'unique fonction était de faire avec lui la chasse au pauvre, la chasse bénigne de la charité.

Dans cette course aux malheureux, si absorbé qu'il fût d'autres soucis et de vastes sollicitudes, autour de lui nul ne lui tint pied. Il les allait chercher dans les recoins les plus profonds et sur les sommets les plus abrupts de son immense diocèse. Il n'est pas de bourg, pas de village, pas de hameau même inaccessible de sa Lombardie qui n'ait vu passer le grand

13

cardinal Borromée. Quand les chemins n'étaient plus
carrossables, il allait à pied, le bâton à la main, se
moquant aussi bien de l'hiver que de l'été. Lorsque
les rocs se dressaient devant lui, imposant à sa charité leurs infranchissables barrières de granit, lorsque les sentiers étroits et glissants étaient bordés
d'abîmes, le cardinal-prince faisait mettre des cram-
pons à sa chaussure. Quand cette précaution inventée
par la charité ne suffisait plus, haletant, il saisissait la
montagne à bras le corps, et lui serrant les flancs avec
ses mains et ses pieds déchirés aux pointes aiguës, il
montait. Au sommet, quand les domestiques harassés
tombaient de fatigue, impuissants à porter ses ba-
gages, le cardinal archevêque de Milan les chargeait
sur ses nobles épaules, et il allait ainsi, plus grand
sous ce faix qu'avec sa mitre de pierres précieuses et
sa crosse d'or.

Ce qu'il a fait dans sa ville ! Je ne parle pas de ses
œuvres pour réformer son peuple et son Eglise, elles
sont innombrables. Instituts, collèges, séminaires,
missions, il donna corps et vie à tous les décrets du
concile de Trente. Œuvres si formidables et si nombreuses, qu'en face de cet homme qui valait un siècle,
devant cette courte page de l'histoire de l'Eglise, nous
nous arrêtons stupéfaits encore, nous demandant par
quel merveilleux secret, tant et de si grandes choses
ont pu être contenues dans l'étroite marge d'une vie.
De tout cela, je ne veux, je n'ose pas parler. A travers
cette floraison vaste et touffue de tant de grandes
œuvres, je cherche celles seulement qui de son cœur
fécond ont germé pour les pauvres, directement pour

les pauvres, et je les trouve à la fois si nombreuses et si puissantes, que je ne puis ni les compter ni les mettre en faisceaux. Je n'arrête mon œil que sur un petit coin de ce grand tableau, et ce petit coin, ma langue ne le peut décrire parce que, encore, cet œil ne le peut embrasser.

Quel homme formidable dans la charité fut donc cet homme, dont on a pu dire que tout pauvre de Milan auquel on eût demandé : De qui tiens-tu le pain que tu manges ? était contraint de répondre : Du cardinal ; dont on a pu dire que chaque pierre d'hospice ou d'établissement de charité avait une voix, comme les bouches des pauvres, pour chanter : Hosannah ! au cardinal Borromée. *Lapides ipsi clamabunt.*

Il fondait la maison de Sainte-Sophie, qui recevait les pauvres filles par milliers ; celle du Bon-Secours, où les samaritaines sans toit et sans pain trouvaient, avec le toit et le pain, le pardon, le repos et le ciel ; l'Assemblée des dames de l'Oratoire, qui réunissait toutes les nobles femmes de sa ville pour les exercices de la charité ; le grand hôpital des mendiants, dont la porte facile s'ouvrait sur toutes les réquisitions de la misère.

Quand il eut fait tout cela, il n'eut pas assez fait. Pour théâtre, sa charité avait un peuple : *mutuam habentes charitatem.* Il sembla que tant d'héroïsme ne se pouvait contenir en une scène pourtant si vaste, mais où il n'était aux prises qu'avec les communes misères.

Sans changer de champ de bataille et sans agrandir la scène, Dieu, qui voulait un châtiment à ce peuple oublieux et à nous tous une grande leçon, centupla sur place les douleurs, les affamés, les malades et les mourants.

Un lutteur digne de Borromée descendit dans l'arène, la peste, afin que nous fussions témoins de ce combat gigantesque, corps à corps, d'un seul homme contre un fléau ; mais cet homme avait une arme plus invincible que la mort, la charité : *Fortis est ut mors dilectio* (1).

Borromée était loin de Milan. La charité l'avait conduit au chevet d'un de ses suffragants dont il avait voulu recueillir le dernier souffle ; lorsqu'une lugubre clameur roula comme un tonnerre sur les plaines et les collines de la Lombardie : la peste à Milan !

Était-ce pour arracher son serviteur à l'insatiable mangeuse d'hommes que la Providence attentive l'avait conduit par la main hors du foyer de la pestilence et de la mort ? D'autres l'auraient pensé ; mais la sinistre clameur lui parut un appel, un immense appel à sa charité, sur le champ de l'héroïsme et du martyre.

Comme un général d'armée qui abandonne une aile en sûreté, enfonce nerveusement ses éperons d'acier dans la croupe fumante de sa monture, et se précipite dans un entraînement de foudre vers le point menacé, Borromée dévala des montagnes, franchit les rizières et se trouva tout d'un coup aux portes de Milan. La terrible moissonneuse ne l'avait pas attendu. pour commencer son implacable fauchaison à travers

(1) Cant. viii, 6.

les vivants : une fauchée était déjà tombée en rangs
serrés et fétides ; mais avant de mourir, ces premières
victimes eurent l'heur de voir luire au milieu d'elles
la robe rouge du cardinal, d'entendre sa voix rassu-
rante qui promettait le ciel aux mourants et aux survivants un père, un toit, le pain et la vie. Avant d'entrer
dans son palais, il était venu les consoler, les absoudre
et les bénir.

Quand l'immense cité fut devenue un cloaque de
pestilence, quand des jonchées de mourants, confon-
dus pêle-mêle avec les morts, montaient ces exhalaisons nauséabondes qui semblent l'haleine vorace de
l'hydre empestée dont le souffle suffit à tuer, quand
les vivants, aussi blêmes que les cadavres, fuyaient,
s'il leur en restait la force ou se claquemuraient
dans les caves obscures, pour échapper au souffle du
monstre, quand la peste eut tout couché au même
niveau, quand la désespérance et la mort planaient
sur cette cité silencieuse comme un charnier, de
cette vaste désolation Charles Borromée émergeait
seul. Comme le grand mât d'un navire échoué crève le
flot, pour dire à ceux qui passent qu'on peut le ren-
flouer encore, le cardinal, toujours debout au-dessus
d'un océan devenu un marais pestilentiel, montrait le
ciel et parlait d'espérance.

Pour fléchir Dieu irrité, il passa d'abord à travers
sa cité, processionnellement, la croix sur les épaules,
la corde au cou, les pieds nus et sanglants, criant
pitié au ciel, appelant à la pénitence tous ceux que
n'avait pas encore couchés le fléau, qui venait châtier
sa ville bien-aimée de sa licence et de son impiété ;

puis comme Daniel dans sa fournaise, Borromée entra en plein dans la peste.

Regardez ce héros vêtu de rouge, errant à l'aventure à travers les mourants et les morts, le viatique serré contre sa poitrine; il se penche vers ceux qui respirent encore, approche sa figure de ces bouches répugnantes de pestiférés, dans les halètements de l'agonie reçoit leurs aveux et leurs suprêmes recommandations, oint d'huile sainte ces fronts putréfiés avant la tombe, dépose l'hostie sur ces langues dont l'attouchement donne la mort, et il va toujours, et la peste tournoie autour de lui comme ces phalènes qui voltigent autour des flambeaux, la nuit, et n'ose l'effleurer de son aile, parce qu'elle se brûlerait au feu ardent de sa charité : *Fortis est ut mors dilectio.*

Une fois on vit le cardinal entrer dans les cadavres serrés les uns contre les autres, plus brave dans cette mêlée de morts immobiles que le soldat qui plonge en avant dans les mêlées tumultueuses des vivants qui entrechoquent le fer. Les yeux effroyables, restés dilatés par la peur, regardaient passer ce héros qui avançait tranquille dans la peste comme dans un jardin embaumé. Qu'allait-il donc chercher encore dans cette couchée épaisse, sur laquelle planait un silence funèbre, où l'on ne percevait plus un souffle ni un mouvement de vie? Il avait vu une chose bouger dans l'horrible silence. C'était un enfant, insouciant des effrois de la mort, qui se serrait, avec un sourire, contre le sein glacé du cadavre maternel. Borromée cueillit le chérubin, comme on cueille une dernière fleur automnale sur une tige déjà jaunie, un oiseau sur un arbre frappé de la foudre.

Effroyable calamité! Ceux qu'épargnait le fléau hurlaient de faim et se prenaient à jalouser les morts. Cet homme infatigable se dédoublait, tenant coup à la fois à la peste et à la misère.

Il se dépouilla de tout, de tout, de son argenterie, de ses meubles, de ses vêtements. On habillait les survivants avec les robes de pourpre du cardinal. Il se défit de son lit, jusqu'à ce que, réduit à coucher sur les dalles, avec lesquelles son ardeur eût voulu faire le miracle demandé à Jésus par Satan : *lapides isti... ut panes fiant,* on put dire de lui, comme de son Maître : En se donnant lui-même, il a tout donné : *Cum ipso omnia donavit nobis* (1).

Saluez-le encore une fois au milieu de ces hécatombes d'agonisants qu'il appelle, mes frères et mes sœurs; appuyez votre tête sur ce vaste cœur pour surprendre le secret de son amour; demandez-lui pour qui il bat, quelle passion le dévore, le nom de celui qu'il aime, et il semble que les mourants et les morts se lèveront pour le nommer : Tout le monde : *Mutuam habentes caritatem.*

Là-haut, dans la patrie de saint Charles, les anges nous diront le nombre des âmes sauvées par lui de la perte éternelle, le nombre de ceux que sa charité arracha à la gueule du monstre insatiable. Soixante-dix mille pauvres nourris par lui y chantent son intarissable charité, et des légions d'orphelins et de veuves

(1) Rom. VIII, 32.

les accompagnent, célébrant son héroïsme plus triomphalement que ce discours.

Quand la peste, lasse de faucher, s'arrêta épuisée ; quand la mort, promenant son œil sur son horrible moisson d'hommes, fut contente de son ouvrage et eut dit : c'est assez ; tout le monde respira, excepté le cardinal. Deux ans après le fléau, il restait encore à sa charge sept mille pauvres que la peste avait tenus en réserve, pour sa sœur la misère. Charles les nourrit, et pour les femmes et les filles que la mort des époux et des pères laissait à la mendicité, il fonda des hospices dont les portes encore ouvertes et les salles toujours pleines, proclament l'héroïsme de sa charité.

II

Je devrais m'arrêter-là, car j'en ai assez dit. Mais, n'ai-je pas avancé en passant qu'il est une chose plus difficile que d'aimer tout le monde : c'est aimer tout le monde toujours, qu'il y a une chose plus héroïque que l'étendue dans l'amour : c'est la durée.

Aimer tout le monde ! Ce rêve encore ne semblerait pas impossible, s'il n'était pas impossible que tout le monde nous aimât.

Mutuam, tout le monde ! O mon Dieu, aimer est une si douce chose, que, vous aidant, mon cœur pourrait monter peut-être à cette puissance dans l'amour, contenir assez de place et brûler d'assez de flammes ; mais aimer ceux qui bafouent mon amour, ceux qui n'en veulent pas, ceux qui le repoussent comme un don infâme, ceux qui le regardent avec dégoût, ceux qui m'insultent, me frappent, me crachent à la face, me mettent une robe de fou, une couronne d'épines, un sceptre de roseau, une croix de scélérat, ceux qui me haïssent, ceux qui me tuent! par quel miracle, ô mon Dieu, façonnez-vous les cœurs de vos disciples pour les mener jusque-là dans l'amour?

Après le Dieu qui au « *crucifige* » de la haine répondait par l' « *ignosce* » de l'amour, je ne sache pas qu'un homme soit monté plus haut que saint Charles Borromée. Lisez sa vie, et vous n'y trouverez pas une page où sa charité ait été désarmée.

Continuam. Aimer toujours et aimer quand même fut une devise à laquelle il n'a jamais failli. Sa charité, selon les besoins, changea de forme mais jamais de nature, et resta invinciblement l'amour. Elle se mesurait aux circonstances, comme le vent à la laine des brebis. Elle était, ainsi que le dit saint Augustin, affable pour les uns : *aliis blanda* (1), sévère pour les autres : *aliis severa* (2), ennemie de personne : *nulli inimica* (3). Jamais sa main ne s'est tendue que pour donner et pour bénir. Jamais sa bouche ne s'est ouverte que pour remercier et pardonner. Comme son Maître, il connut l'injure, et il s'en vengea à la manière de son Maître, en aimant quand même et davantage : *Vindicta cœlestis inimicum diligere* (4).

---

(1) Aug. de catech. rudibus. — (2) Id. Ibid. — (3) Id. Ibid,
(4) S. Paulinus.

Comme son Maître, il eut de violents ennemis, et comme son Maître, ne le fut de personne : *Christianus nullius est hostis* (1).

Comme son Maître, il fut souffleté, traité de rien, blessé, calomnié, traîné dans la fange, et comme son Maître, il ne se laissa pas vaincre par le mal, mais triompha du mal par le bien : *Noli vinci a malo, sed vince in bono malum* (2).

Comme son Maître, il connut le fin fond de l'ingratitude, et il pensa qu'il n'avait pas assez aimé, aimé comme son Maître : *Sic Deus dilexit.*

L'injure et le crime lui vinrent de ceux-là même de qui il devait attendre le plus d'amour, comme son Maître : *His plagatus sum, in domo eorum qui diligebant me* (3).

Ceux dont sa charité voulait réformer les abus, voulurent le payer de son zèle par un assassinat. Pendant que, les deux mains jointes, il était en prière, l'assassin lui tira à bout portant un coup d'arquebuse. Une balle noircit son surplis et tomba à terre, l'autre atteignit les chairs sans entrer profondément et ne produisit qu'une tumeur passagère. Le cardinal ne disjoignit pas ses mains et resta immobile, comme la statue de la prière. Quand il se releva, les yeux tout pleins de la mansuétude qu'il avait dans le cœur, sa main qui ne tremblait pas bénit la foule autour de lui, comme si rien ne s'était passé. Des persécutions, il en eut de toutes sortes. Accusé près du roi, accusé

(1) Tertull. ad Scap. II.
(2) Rom. XII, 21. — (3) Zach. XIII, 6.

près du pape, gardé à vue comme un voleur, il répondit à tout par des bénédictions et des actions de grâce. La charité gardait son cœur calme comme les beaux lacs de son pays dans les sereines matinées de printemps.

Sa charité fut comme les belles statues antiques des galeries vaticanes. Debout sur leurs piédestaux, les mains tendues, avec leur éternel sourire de marbre, les siècles ont coulé dessus leurs flots, les flammes des incendies les ont léchées, les moisissures souterraines les ont rongées, sans que leur bras se retire et leur sourire s'éteigne, comme sa statue colossale d'Arona : l'été en brûle le bronze, l'hiver l'assiège de ses glaçons, la tempête l'insulte et la brise la caresse ; autour d'elle le tonnerre gronde et la nuit sereine s'endort, et son bras bénissant, bénit toujours. Telle fut sa charité, immuable et colossale comme sa statue d'airain. Il passa sa vie, le bras tendu et le sourire aux lèvres : *continuam caritatem*. Mordu par l'envie, déchiré par la calomnie, frappé par les malfaiteurs, rien ne raccourcit ce bras, rien n'éteignit ce sourire.

Voilà celui qui est votre patron là-haut. Je n'ai dit qu'un côté de cette grande vie, si remplie qu'elle contient trois siècles ; mais c'est dans ce côté restreint que Jésus veut que nous cherchions la marque de sa maison. Concluez vous-même de cette leçon qu'il prêche aujourd'hui.

Quand la mort vint arrêter le cardinal Borromée en plein champ de bataille de la charité, il y a aujourd'hui 305 ans, le Maître dut reconnaître le disciple à ce signe étincelant, et le disciple dut entendre l'appel du Maître à la félicité ; car le dernier mot de ce monde qui tomba de sa bouche déjà glacée fut celui-ci : *Ecce venio,* me voici !

SAINT FRANÇOIS D'ASSISE

LA JOIE

Prononcé en l'église Saint-Bonaventure de Lyon, avec les deux suivants, pendant le Triduum solennel célébré à l'occasion de l'érection d'un autel à saint François d'Assise.

SAINT FRANÇOIS D'ASSISE

LA JOIE

Et cognovi quod non est melius nisi lætari et facere bene in vita sua.

Et j'ai compris qu'en cette vie, il n'y a rien de mieux à faire que d'être joyeux et de faire le bien.

(Eccle., III, 12.)

ETTE populaire et illustre église de Saint-Bonaventure fut, à une époque de son histoire, sous le vocable de saint François d'Assise. A vrai dire, ce changement ne fut pas la substitution d'un patron à un autre; car les fils sont la continuation des pères, les rayons, l'épanouissement de l'astre, et saint Bonaventure est le plus lumineux rayon d'un astre qui s'appelle saint François (1).

La place que tient dans cette église le séraphique maître de Bonaventure, cette couronne de prêtres, cette jonchée de foules, ces gerbes lumineuses, le chantent aussi haut que les masses vocales que nous venons d'entendre éclater sous les voûtes.

---

(1) P. S. Bonaventure, Celano, Ozanam, cités dans l'histoire de saint François d'Assise, par l'abbé Le Monnier.

Nul n'a fait le tour de ces vastes et belles nefs, sans rencontrer sous son œil la lumineuse épopée franciscaine jetée dans les verrières par l'infatigable curé que je me plais à saluer ici. Il nous invite ce soir à en lire une autre écrite par le ciseau du grand art dans le chêne de nos montagnes.

Appelé moi-même par sa fidèle amitié, pour ajouter à ces portraits de François qui doivent défier le temps une esquisse éphémère peinte avec les couleurs fugaces de la parole, je me décharge sur le disciple Bonaventure du soin de vous tracer cette silhouette de son maître François. Il me faudrait tant de choses qui me manquent, plus que le pinceau de Zurbaran, plus que le génie de Dante ; mais l'âme vibrante elle-même du Séraphique. Encore en face d'une telle figure, devrait-on désespérer de ses couleurs, de sa plume et de sa langue ; car Dante même, qui fut le génie, en disait : C'est une vie qui ne se raconte pas, elle se chante ; mais c'est au ciel qu'il faudrait laisser ce soin.

O admirable chrétien, criait saint Bonaventure, éperdu en la contemplation de son Maître : sa vie, sa mort, tout en son être fut la copie de Jésus-Christ.

C'est de saint François ce qu'on peut dire de plus éloquent et de plus vrai ; il fit revivre 1100 ans après Jésus la physionomie parlante de Jésus. Mais, laquelle ? car, lorsque notre cœur se tourne vers le doux Sauveur, il nous apparaît avec des physionomies diverses que l'art a copiées dans l'Evangile.

Une fois, c'est le Jésus à la tête désolée, au front enguirlandé d'épines, aux yeux gonflés de larmes et de sang, à la bouche douloureusement entr'ouverte pour aspirer avec effort le dernier souffle de vie ou pousser le dernier cri, l'*Ecce homo* du prétoire et du Guerchin. Sous ce tableau, notre âme lit toujours : *Vir dolorum*, l'homme des douleurs.

Ce Jésus-là, François d'Assise le fut, et nous le contemplerons demain. C'est le François que vous pouvez admirer dans votre palais Saint-Pierre, dessiné par la main fiévreuse et géniale de Zurbaran ; une tête émaciée, une face terreuse, des yeux brillant d'extase enfoncés dans l'orbite et de longs doigts de squelette. Sous le tableau du maître espagnol aussi, nous pourrions écrire : *Vir dolorum*, l'homme des douleurs.

Il y a le Jésus le plus beau des fils des hommes, le Jésus à la grâce infinie, au lumineux sourire, à la main caressante, le Jésus qui semait autour de lui la joie, le Jésus séduisant qui s'arrêtait sur le pas des portes, ouvrant des bras dans lesquels venaient se jeter les enfants ravis, le Jésus qui est « cause de toute joie », le Jésus dont « le regard est ivresse, une ivresse qui ne s'éteint plus » : *Videbo vos et gaudebit cor vestrum, et gaudium vestrum nemo tollet a vobis* (1).

Ce Jésus-là, François le fut par-dessus tout.

C'est le saint François que nous contemplerons ce soir. Sa sainteté était séduisante, parce qu'elle était faite de joie, de sourires, de poésie, de rythme, d'harmonie et de grâce; une sainteté qui fit de la joie une vertu comme l'humilité. Il dit, comme le sage inspiré: « J'ai connu qu'il n'y a rien de mieux dans la vie que

(1) Joan., XVI, 22.

14

de faire gaîment le bien, être un saint; mais un joyeux et aimable saint. *Et cognovi quod non est melius nisi lætari et facere bene in vita sua.*

François fut la vivante condamnation de la piété morose et chagrine, sur laquelle on se méprend, bien qu'elle soit une mauvaise contrefaçon de la vraie, de la piété égoïste qui, sous le prétexte menteur de ne point plaire aux hommes, pour ne plaire qu'à Dieu, ne s'aperçoit pas qu'elle met inconsciemment entre les hommes et Dieu un intermédiaire à qui vont ses hommages, et l'intermédiaire est le « moi haïssable ». Le sourire de saint François prêche que la sainteté amère et rechignée, qui veut se rendre insupportable aux hommes, court grand risque d'être insupportable à Dieu.

I

Si, par une figure littéraire en usage, on peut personnifier un siècle, il faut dire du XIIIme que saint François en fut l'âme, l'œil, la voix, la main, l'action ; mais, surtout, qu'il en fut le sourire. Et le sourire de François fut peut-être la cause naturelle de son extraordinaire puissance. Son âme épanouie, toute faite d'harmonie et de joie, explique et complète le conquérant, l'entraîneur de peuples.

Dieu qui l'avait réservé dans ses immenses desseins, ainsi que parle son dernier et charmant historien (1), pour être, dans l'histoire de l'Eglise, ce que Jeanne

(1) L'abbé Léon le Monnier.

d'Arc a été dans l'histoire de France; Dieu qui le prenait « hors des cadres », comme la vierge de Domrémy,
pour accomplir par lui une œuvre gigantesque que ses
ordinaires représentants ne pouvaient réaliser, ordonna
toutes choses pour que l'instrument choisi eût à un
suprême degré ce qui fascine et attire les foules, autant et plus que le génie, que l'éloquence, que les
grandes œuvres et les vastes pensées, une âme facile,
chantante, toujours ouverte à la joie, à la poésie, à
l'harmonie, à la gaîté, une nature si captivante dans
son ensemble, qu'elle devait le faire appeler par ses
concitoyens de ce surnom qui ne recèle rien de mal-
sain : Fleur de jeunesse.

Aussi bien, avant le perfectionnement que devait y
apporter la grâce, François put dire de lui, dès le berceau, comme le Sage de nos Saints Livres : *Sortitus
sum animam bonam* (1) : J'ai reçu en partage une
bonne âme, un tempérament facile, une joyeuse
humeur.

Puisqu'une plante ne germe et ne fructifie que dans
le milieu qui favorise son éclosion et son épanouissement, Dieu choisit avec soin pour François sa patrie
et sa mère, l'Italie et une Française. Sa patrie, l'Italie;
mais le jardin de l'Italie, l'Ombrie; mais la perle de
l'Ombrie, Assise. Sa mère, une Française; mais du
pays de la gaîté française, la Provence.

Quand, en remontant vers le nord, on a traversé la
campagne romaine, mélancolique comme ses ruines
et ses infinis horizons, on entre brusquement dans une

_____

(1) Sap., VIII, 19.

vallée large, riante, prodigue ; c'est l'Ombrie. Un beau pays que l'Ombrie. Il a les agrestes splendeurs de nos Alpes, comme le dit Ozanam, moins les roches dénudées et les neiges éternelles. Plus de solennité dans nos montagnes, mais dans l'Ombrie, plus de grâce avec un ciel plus clair. Elle est le cœur de l'Italie ; l'historien de François dit, l'Eden. Les eaux y sont abondantes, les moissons magnifiques, la végétation luxuriante, l'air transparent, les nuits « glorieuses » ; c'est le mot d'un vieil auteur ; car elles gardent, dans leurs demi-ténèbres, comme un éclat velouté du soleil disparu.

La perle de l'Ombrie est Assise. Assise, c'est l'expression qui convient, comme un voyageur en repos, au sommet d'une colline qui domine cette incomparable nature ; elle émerge avec ses tours et ses belles murailles d'une immense nappe d'oliviers toujours verts et regarde au nord Pérouse, sa capitale ; au sud, Spolète, sa rivale. C'est dans cette Ombrie, dont un ambassadeur de la République de Venise disait, « qu'après la religion envers Dieu, la religion de l'honneur était pratiquée par les simples paysans, autant qu'ailleurs par les gentilshommes », dans cette terre chevaleresque où l'on inventa la bannière, dont on a dit encore, « qu'elle fut en peinture religieuse ce que l'hymne est en poésie, » dans ce pays où, en même temps que chrétien, on naissait chevalier, que Dieu plaça le berceau de celui que l'admiration populaire devait nommer : le Gonfalonier du Christ.

Du haut des terrasses d'Assise, tel fut le premier spectacle qui se vint refléter dans le jeune regard de l'enfant; sa spacieuse Ombrie, ses cours d'eaux, ses cascades d'oliviers, sa ceinture de montagnes, son horizon clair; c'est là ce qui façonna son âme de poète, jusqu'au jour où, comprenant mieux ces beautés, un rien, une fleur, un cep de vigne, un ormeau, faisaient « lâcher bride » à son enthousiasme, comme parle le premier de ses historiens; jusqu'au jour où enfin ces splendeurs changeantes lui révélèrent l'immuable splendeur, jusqu'au jour où, en ce beau de détail, il connut le souverainement beau : *cognoscit in pulchris pulcherrimum ;* où de chaque créature il se fit un degré pour monter jusqu'à ce sommet triomphal : *facit de omnibus scalam qua perveniatur ad solium* (1).

Ce fut dans notre Provence, ensoleillée comme son Ombrie, que Dieu alla lui chercher une mère. Pour ce souvenir, l'enfant fut appelé François, Français, et il le fut. Il entendit notre langue en même temps que la sienne, et au sortir des langes il aima deux patries.

α ... la sienne, et puis la France ».

C'est pour venir vers nous qu'il s'est d'abord mis en route. Le français devint pour lui la langue de l'extase et celle de l'allégresse. Quand l'Esprit-Saint l'emportait éperdu dans les régions de Dieu, il parlait le français, et quand son âme laissait s'échapper à flots la joie qui la submergeait, il chantait des cantiques de France. Il désira mourir sur la terre française, et il prédit le culte dont il y serait un jour

(1) Cel., pag. 237, cité par l'abbé Léon le Monnier.

l'objet. Il dit vrai : pendant des siècles, nos pères appelèrent François ou Françoise « la moitié de leurs fils et de leurs filles » ; ce nom sacré étincela sur les trônes.

Sa mère, une noble dame dont la jeunesse s'était épanouie au milieu des fêtes de France, dans les tournois, les joyeux carrousels, les cours d'amour et tous les chevaleresques plaisirs qui faisaient de notre terre la patrie de la joie et du *gai parler*, dut enflammer de ses récits la facile imagination de son enfant. Tout autour de lui concourut à ouvrir sa jeune âme à la gaîté ouverte et franche, à lui former ce que nous appelons un heureux tempérament. *Sortitus sum animam bonam.*

Ce qu'il sera jeune homme avec cette nature ouverte et riante, vous le voyez sans peine : gai comme pas un et aimé comme pas un, joyeux compagnon, ami des fêtes, des spectacles chevaleresques, de la poésie et du gai savoir.

C'est à cette époque que les quatre plus joyeux trouvères de Provence passèrent en Italie, chantant sur les places publiques le courage et la courtoisie, Charlemagne et la Table ronde. Quel esprit mieux préparé à s'enivrer de ces fêtes, que ce jeune homme qui connaissait les secrets de cette langue qu'on appelait alors le *délectable parler* ?

François, qui exerçait sur la jeunesse d'Assise la souveraine influence de la joie et de la bonté inaltérables, fonda aussi une cour, bruyante association de jeunes gens voués au gai savoir. Il les conduisait dans les rues de la ville, le soir les réunissait à de riants banquets, et, la nuit close, cette jeunesse insouciante se répandait à travers la petite cité, chantant avec leur chef les chansons de nos troubadours. Il aimait la vie dispendieuse, « les habits d'étoffes fluides et soyeuses », la somptuosité des plaisirs. « Notre fils n'est plus notre fils, disaient ses parents, on le prendrait pour un prince. » De très bonne heure il fut l'amant de la nature qu'il devait toujours rester. En face d'un heureux tableau son âme vibrante était subitement ébranlée et s'échappait en notes ardentes.

Disons vite qu'au milieu des enchantements de ses années printanières, il resta maître de lui. Il fut gai troubadour et toujours chaste, ami des riches plaisirs et serviteur des pauvres. Sa chair, dit saint Bonaventure, qui devait être marquée des stigmates du Christ, se garda virginale. On le nomma « la fleur des jeunes gens d'Assise » et tout le monde l'aimait. On le connaissait d'un bout à l'autre de la province : François Bernadone, fleur de jeunesse. Un secret pressentiment disait à tous qu'il deviendrait grand. De quel genre de grandeur? Quelques-uns pourtant commençaient à le soupçonner.

Le voilà tel qu'il apparut à ses contemporains, doux, ardent, élégant, avide d'émotions, rieur, gracieux, agréable, courtois, d'une taille parfaite, d'un visage séduisant; mais aussi, entreprenant, actif, capable de grandes choses : *dulcis in moribus, affabilis in sermone, in negotio efficax, gratiosus in omnibus* (1). Nature faite de contraste, attirante comme l'aimant

_____

(1) Cel.

et qu'on aimait démesurément. Son âme, comme l'âme paisible du livre des Proverbes, était un perpétuel banquet : *Secura mens quasi juge convivium* (1) ; un banquet où tous ses contemporains ont eu l'ambition de s'asseoir. Ils nous ont laissé son fidèle portrait dans le nom qu'ils lui donnèrent : François Bernadone, fleur de jeunesse.

II

Si vous pouvez, essayez maintenant de le reconnaître. C'est lui, ce mendiant qui passe, pieds nus dans la poudre, tête nue dans le soleil, amaigri par les privations, avec une tête de crucifié.

« Fleur de jeunesse » est devenu amant de la pauvreté, chevalier servant de la souffrance.

En cette sainteté austère, que lui reste-t-il de ses primes années rieuses et bruyantes ? Il lui reste ce qui faisait de lui « les délices d'Assise », il lui reste sa joie. C'est un joyeux.

Fleur de jeunesse demeure fleur de jeunesse; mais les délices d'Assise vont devenir les délices de son siècle.

L'Esprit-Saint remplace en lui l'esprit du monde, du gai troubadour fait un thaumaturge, un puissant en paroles, en œuvres, un entraîneur d'âmes, de peuples et de siècles ; mais un des fruits de l'Esprit-Saint, c'est la joie. *Fructus spiritus est gaudium.* Et c'était un joyeux.

(1) Prov., xv, 15.

Le vent de la grâce souffle en tempête sur tous les enchantements de la première heure. François trouve à la souffrance plus de grâce et de séduction qu'à la poésie et au gai savoir; mais ce même souffle de la grâce qui a balayé les vains plaisirs enracine au fond de son être et développe plus abondamment l'inaltérable joie. Un saint, mais un joyeux : *Lætari et facere bene*.

Il accouplera ces deux choses qui semblent inconciliables et vont si bien ensemble et se font mutuellement aimer, la sainteté et la gaîté ; l'austère sainteté, la passion de la souffrance, le culte de la pauvreté, avec la grâce, la séduction, la poésie, la perpétuité du sourire et de la joie. Le gai trouvère de l'Ombrie restera le gai trouvère, le gai trouvère de la pauvreté et de la douleur. Être un joyeux et être un saint : *Lætari et facere bene*, voilà désormais la devise de sa vie.

Adieu les tuniques élégantes, soyeuses, molles à la main comme l'eau fluide, *mollibus et fluidis !* Il prend la bure âpre à la chair qu'il ne quittera plus ; mais comme Fleur de jeunesse se trouve beau en cet ajustement nouveau, il se réjouit en Dieu et en son âme exulte d'allégresse : *Gaudens gaudebo in Domino et exultabit anima mea* (1); parce que c'est Dieu lui-même qui le pare de ce vêtement de salut, Lui qui l'habille de ce haillon de sainteté, comme au jour des noces on fleurit le front des époux. *Quia induit me vestimentis salutis et indumento justitiæ circumdedit me, quasi sponsum decoratum corona* (2).

(1) Isaiæ, LXI, 10. — (2) *Ibid.*

A mesure qu'il s'assied dans la sainteté, il s'établit davantage dans la joie immuable. C'était un joyeux. Si bien que la joie semblait être une de ses grandes vertus : C'était l'épanouissement de toutes les autres.

Le voilà maintenant parvenu à ces sublimités où l'âme dès ce monde n'est plus de ce monde, immergée dans Dieu, planant dans ces régions du surnaturel et de l'extase qui font croire à ceux qui restent en bas, qu'un homme n'est plus un homme. A ce sommet définitif, il se repose dans la joie immuable et sereine dont rien ne peut le déposséder, dans la joie hors d'atteinte des coups de la fortune, comme sa sainteté, dans la joie qui doit s'éterniser, il semble, sans transition, au pays de l'éternelle joie. Les revers de ce monde tuent les joies de ce monde. Voilà une joie que le monde ne peut mordre, un sourire qu'il ne peut effacer, parce qu'ils ne sont plus du monde : *gaudium vestrum nemo tollet a vobis* (1), une joie immuable, inaccessible, invulnérable comme Dieu; puisque, s'écriait le plus grand désenchanté des joies de la vie, la joie, mon Dieu, c'est vous : *Gaudium tu ipse es.* Se réjouir en Dieu et se réjouir de Dieu, voilà le bonheur de la vie, et il n'en est pas d'autre : *Ipsa est beata vita, gaudere de te et propter te, ipsa est et non altera.*

Si la joie c'est Dieu présent, *gaudium tu ipse es,* cherchez l'infortune mondaine qui peut éteindre le sourire et obscurcir cette âme de mendiant que Dieu a envahie et d'où il ne s'absente jamais. Cette âme est

---

(1) Joan., XVI, 22.

l'étable de Bethléem... pas un palais, rien qu'une étable, et encore la plus pauvre et la plus délabrée ; mais Dieu y est, et parce que Dieu y est, de soudaines lueurs enveloppent les montagnes de Judée qui recèlent cette étable dans leurs plis, et, dans la nuit lumineuse et sonore, on entend des hymnes de joie chantés par les anges. Nuit de Noël, pauvreté de l'étable, pleines de cantiques et de rayons ! « Cantiques et rayons », voilà François d'Assise.

Son âme transparente réfléchissait Dieu partout, de tous les êtres, de l'oiseau, du brin d'herbe, du soleil, du loup de Gubio, de la douleur, de la mort, surtout de la douleur, surtout de la mort. Tout ce qui se sent, se voit, s'entend, éveillait au fond de son être des sensations joyeuses ; oui, je l'ai dit, même la souffrance, surtout la souffrance ; parce que tout lui parlait de Celui qui est la souveraine joie, *gaudium tu es ipse.*

Aussi, à ce point culminant de la sainteté la plus impitoyable à elle-même, son âme de poète, plus tendue et plus vibrante que jamais, fut une harpe aux cordes si sensibles, que, moins qu'un souffle, un rayon les faisait chanter. Même à l'heure des suprêmes douleurs qui précèdent l'agonie, François moribond, et joyeux comme au temps où, troubadour sans souci, il chantait les chansons de France dans les rues de sa cité, se fit chanter son cantique à la nature, à son frère le soleil, à ses sœurs les étoiles, à sa sœur la douleur, à sa sœur la mort. Beau cantique, tout fait de poésie et de parfums, qui avait jailli de son âme à une heure d'enthousiasme, et devint la sérénade de sa vie, l'aubade de l'éternité. Rayons et cantiques !

Ce fut un saint et un joyeux. A travers les siècles, ses actes de macération et d'humilité nous arrivent encore sous une forme riante. Quand son corps affaibli réclamait quelque repos, il le frappait jusqu'au sang, en l'appelant gaîment : Frère âne. « Frère âne, disait-il, en se flagellant, voilà qui vous convient bien. »

Une fois, ses auditeurs, à l'ermitage de Podio, l'avaient reçu comme les paysans de Bethphagé reçurent le Maître le jour des Rameaux : « Vous me croyez un saint, disait-il en son sermon ; tel que vous me voyez, j'ai mangé des aliments au lard tout le dernier carême. »

Une autre fois, dans une maladie, on lui fit manger du poulet. Il lui sembla honteux qu'une telle délicatesse fût tenue cachée. Il passa dans les rues d'Assise avec une corde au cou, pendant que, sur son ordre, un de ses compagnons criait : « Voyez, voyez le glouton qui mange du poulet en cachette. » Saint Bonaventure convenait volontiers que cet exemple n'est pas imitable ; cependant, telle est l'incompréhensible influence de la sainteté, il fallait rire ; l'acte était de François et tout le peuple éclata en sanglots.

Le conseil de saint Paul lui semblait un commandement exprès : Soyez joyeux toujours : *Gaudete semper* (1). Il comprenait que la vertu sans sourire est une plante sans soleil. La tristesse lui apparaissait comme une mauvaise tentation du démon. Le démon, il le surnommait « porteur de poussière », une poussière qu'il jette par les soupiraux de l'âme, pour en

(1) Philip., iv, 4.

troubler la sérénité. La tristesse étant une maladie de l'âme, comme le péché, il en défendait ses frères. Il les voulait gais, ouverts, rieurs, aimables comme lui. « Mon frère, disait-il à l'un d'eux qui se présentait en société avec une mine allongée, si tu as un péché à expier, va dans ta cellule et pleure devant Dieu ; mais avec tes frères, prends leur visage et leur ton ; un serviteur de Dieu n'est jamais triste : *Non decet servum Dei tristem se monstrare* ».

Un jour, c'était à un de ses chapitres généraux, il fit afficher ce placard en gros caractères : « Les frères ne doivent pas se montrer avec une mine chargée de nuages, *caveant ne se ostendant nubilosos*, mais aimables, souriants, gais, comme il convient : *ut decet* ». Voilà une affiche qui, pour sembler étrange, n'en est pas moins empruntée au divin Maître : Ne soyez pas tristes comme les hypocrites (1).

Lui-même se défendait énergiquement de ce mal qu'il appelait « babylonien », *babylonicum*, et, quand il en sentait les atteintes premières, il priait, priait, jusqu'à ce que, par la porte de son âme toujours ouverte devant Dieu, la tristesse fût sortie et la joie fût entrée.

Il se servait de toutes sortes de moyens pour réveiller sa joie endormie. Il voulait être joyeux. Vers la fin de sa vie, menacé de cécité, il fut à Rieti pour faire soigner ses yeux. Les remèdes n'agissant pas, il sentit la sérénité de son âme se troubler avec celle de son regard. Perdre la vue, passe ; mais la joie, jamais.

(1) Math., VI, 16.

Il appela un de ses frères, qui dans le monde avait joué de la guitare : « Frère, dit-il, je serais heureux si, sans attirer l'attention, tu pouvais emprunter un instrument et me chanter un beau cantique, *versum honestum*, ce serait un grand soulagement pour mon frère le corps qui souffre beaucoup. » Le frère l'eût fait volontiers, mais il craignait que la chose fût mal interprétée et considérée comme peu digne d'un religieux. Il en fit l'observation au frère François : « N'en parlons plus, repartit le saint ; oui, oui, il y a ainsi bien des choses auxquelles il faut renoncer pour ne pas scandaliser les gens. » La nuit d'après, à genoux sur les dalles de sa cellule, il priait. Tout à coup, sous sa fenêtre, il entendit un luth jouer à miracle une mélodie qui n'était pas de la terre. Le son, par instant, se rapprochait, s'éloignait, se rapprochait encore, comme si le ménestrel se fût promené au pied des murs. Le saint ravi dans l'extase fut tellement pénétré jusqu'aux fibres qu'il crut un instant mourir de joie. Le matin, tout transporté encore, il fit venir le frère : « Dieu, dit-il, ne laisse jamais ses enfants sans consolation. Il m'avait défendu la musique d'un homme, j'ai entendu la musique d'un habitant du ciel. » Les anges lui avaient donné une aubade.

Lui-même au besoin chantait, pour entretenir en lui la paix et la joie. C'est alors qu'on l'entendait moduler des cantiques de France ; car notre langue était restée pour lui la langue de l'harmonie et le gai parler.

Gracieux enfantillage de sa sainteté : il avait fabriqué un violon rudimentaire fait d'un morceau de bois et d'un fil tendu, et, en rythmant sur ce pauvre instrument les mouvements de son cantique, il provoquait sa joie endormie et allait l'éveiller au fond de son âme où elle se tenait blottie. Quand il l'avait fait jaillir en dehors, la viole enfantine lui échappait des mains, les larmes affluaient à ses yeux et le ravissement commençait.

La grâce et l'affabilité qu'il tenait de Dieu, de sa patrie et de sa mère, finirent par envelopper si bien cet homme qu'il était fait de sourires et que, disent ses contemporains, un homme si aimable ne se pouvait rencontrer. Comme le Sage de nos saints Livres, il laissait après lui un sillage d'allégresse. La joie était en lui immanente, et il appelait cet état « la courtoisie ». Il disait encore que la courtoisie est une sœur cadette qui ouvre la porte des cœurs à sa sœur aînée la charité. Aussi ses historiens racontent qu'il fut la courtoisie personnifiée. En deux touches précises, ils ont fait son portrait : un sourire inextinguible sur une figure d'ange, *gratiosus in omnibus.... aspectu angelico.* Ce portrait est la copie de celui que l'Esprit-Saint avait tracé du Sage : Sa conversation n'a jamais d'amertume, son abord n'a jamais d'ennui, tout en lui est affabilité et sourire. *Non habet amaritudinem conversatio illius, nec tædium convictus illius; sed lætitiam et gaudium* (1). Voilà ce que fut François Bernadone. Aussi nulle tristesse ne l'a vu, ne l'a approché, ne lui a parlé, sans retourner guérie et charmée. Ce fut un joyeux. *Lætitiam et gaudium.*

(1) Sap., VIII, 16.

L'homme, mes frères, n'a peut-être pas sur l'homme d'instrument de puissance plus sûr que cet ensemble de qualités exquises résumées en ce mot : l'amabilité. Quand on commande, amabilité passe génie. Et si, en dehors de l'action directe de Dieu manifeste en saint François, vous vouliez savoir le secret de la formidable influence exercée par ce mendiant, je viens de vous le révéler. Comme l'a fort bien remarqué son dernier historiographe, dans la vie prodigieusement active qu'il a menée, il n'a presque rien eu à souffrir de la part des hommes. Son sourire était conquérant. Il a agité profondément son siècle, fondé un grand ordre, introduit des modifications intimes dans la société civile et religieuse, sans susciter un envieux, ni même un adversaire. Qui l'eût été ? Personne n'échappait à l'épidémie de sa séduction. Qui l'avait vu était pris à ce piège charmant, depuis le Souverain Pontife jusqu'au barbare soudan d'Egypte, pour qui tout chrétien était chair à cimeterre.

Toujours entouré, toujours acclamé, il a passé, enlevé dans le souffle d'allégresse des peuples qu'il traversait. François arrive, et les cloches sont en branle, et les peuples aussi, et le clergé aussi ; on court à sa rencontre, on porte des rameaux, on chante des cantiques, on s'étouffe pour le voir, l'entendre, toucher sa bure effrangée, comme au temps du Maître : François, François d'Assise ! *Hosannah !* On lui fit un triomphe qui dura autant que sa vie ; on le continua à son cadavre ; on le continua à ses reliques, et aujourd'hui vous le prolongez encore. O aimable saint, faites qu'il soit pour nous le prélude de celui de là-haut.

SAINT FRANÇOIS D'ASSISE

LE CONTINUATEUR DE JÉSUS-CHRIST

Prononcé avec le précédent, pendant le Triduum solennel célébré à Saint-Bonaventure de Lyon.

SAINT FRANÇOIS D'ASSISE

LE CONTINUATEUR DE JÉSUS-CHRIST

> *Nunc gaudeo in passionibus pro vobis, et*
> *adimpleo ea quæ desunt passionum Christi,*
> *in carne mea, pro corpore ejus, quod est*
> *Ecclesia.*
>
> Je me réjouis maintenant dans les maux que
> je souffre pour vous et j'accomplis dans ma
> chair ce qui reste à souffrir à Jésus-Christ, en
> souffrant moi-même pour son corps, qui est
> l'Eglise. (Coloss., 1, 24.)

JE vous ai fait entrevoir deux physionomies de saint François, un saint François fait de grâce, de rythme, d'harmonie, de poésie et de joie, le saint François à l'âme chantante comme une lyre et radieuse comme un rayon. Sous ce portrait riant, vous pourriez écrire l'appellation dont ses contemporains se sont servis pour le désigner : Fleur de jeunesse. Le texte que vous venez d'entendre vous dit assez que, maintenant, je veux vous parler de l'autre, celui de la pénitence et de la douleur, *vir dolorum*.

Il me semble que j'ai eu tort de faire ce dédoublement qui n'existe que dans nos faiblesses et n'avait pas de raison d'être en son héroïsme. C'est en notre infirmité, que la douleur et la joie sont deux choses distinctes et inconciliables ; mais comment pouvons-nous les [désunir en un homme qui laissait jaillir des cris surhumains de désir, comme celui-ci : Toujours souffrir ! En cette âme ardente la douleur est si peu distincte de la joie que c'est la douleur même qui constitue sa joie. Son plaisir est de n'en pas avoir, et ce plaisir-là l'enivre. La souffrance ne lui pouvait venir que du manque de souffrances.

Il chanta avec des accents d'épithalame l'inaltérable et radieuse beauté de « sa dame la Pauvreté », et pour sa sœur la douleur, des cantiques aussi gracieux et aussi parfumés que pour « ses frères et ses sœurs », les rossignols et les roses.

Regardez, en passant, l'admirable vitrail dont votre église vient de s'enrichir ; cette page lumineuse vous prêchera toute la doctrine que je veux vous prêcher aujourd'hui, pour vous la montrer demain réalisée tout entière dans le séraphique François. Les rayons enflammés qui lui traversent les mains, comme les clous du Calvaire, sont le plus vivant commentaire que le monde ait vu de l'étonnante affirmation de saint Paul. Ils vous diront que le Christ qui a voulu, pour servir son Père, souffrir jusqu'à la consommation des siècles, réalise ce dessein infini dans un de ses membres vivants qui s'appelait François ; ils vous diront encore que, si tous, avec le stigmatisé de l'Alverne, nous sommes membres du Christ, toutes nos actions et toutes nos peines doivent avoir le même but, faire revivre le Christ : *Adimpleo ea quæ desunt passionum Christi.*

I

Jéhovah, dans le cours des âges, se montrait à des hommes qui furent appelés Voyants d'Israël ; mais il est une de ces apparitions divines que le texte sacré appelle la Grande Vision. Nulle, en effet, ne fut plus solennelle et n'eut de répercussion plus éclatante dans l'histoire des hommes.

Un homme, gardien des troupeaux de Jéthro, son beau-père, emporté par le souffle de Dieu, s'enfonça un jour seul dans le désert morne et silencieux. Deux cimes solennelles barraient l'horizon lointain, l'Horeb et le Sinaï, les montagnes de Jéhovah. Ce berger, inspiré, s'avança au pied de l'Horeb. Tout à coup, il aperçut dans ce désert une flamme, qui montait solitaire et tranquille dans l'atmosphère morte, et enveloppée dans cette flamme une touffe de buissons ou de cactus qui étendaient impunément leurs branches vertes dans l'ardeur de la fournaise. Moïse, entraîné par l'Esprit, s'approcha et du milieu de la flamme il entendit sortir une voix, et cette voix disait : N'approchez pas, ôtez vos sandales, car le lieu où vous êtes est une terre sainte : *Locus enim in quo stas, terra sancta est* (1). Et le conducteur de troupeaux fut fait conducteur et sauveur de peuples ; mené par Adonaï, il délivra sa nation de l'interminable misère.

(1) Exod., III, 5.

Les Pères croient que la pensée divine ne s'arrêtait pas à la servitude du petit peuple qui courbait son front vaincu sous le sceptre du Pharaon d'Égypte; mais enveloppait dans ses vastes desseins l'esclavage plus dur et plus honteux de l'humanité, sous le sceptre ignominieux du péché. Si bien que Jésus-Christ était annoncé du même coup qui déléguait Moïse.

Dieu se montrait dans les épines, pour nous apprendre que notre délivrance coûterait à son Verbe consubstantiel les déchirures sanglantes des épines, des clous et des glaives, et dans les épines embrasées, pour nous apprendre encore que c'est l'ardeur infinie dont il vient apporter dans ce désert une flamme symbolique, qui consumerait son Verbe jusqu'à la mort. Cette flamme qui flamboie au pied de l'Horeb, c'est la charité de Jésus-Christ dont il dira lui-même : Je suis venu apporter à la terre le feu, et que puis-je vouloir autre chose, sinon qu'elle en soit incendiée? (1)

Cette charité, qui était incréée, infinie, illimitée, comme le Verbe éternel, se montra pourtant finie, limitée dans le temps et dans l'espace, comme le Verbe fait chair, comme l'humanité. L'amour qui consumait Jésus pour son Père, était éternel, incommensurable, infini, comme le Père dont il était la substance, et les manifestations qu'il en a données en ce monde sont finies, comme l'humanité.

Sa parole a ébloui les peuples, qui l'appelaient le grand prophète : *Magnus propheta surrexit in nobis* (2).

(1) Luc., XII, 49. — (2) Luc., VII, 16.

Ses œuvres ont atteint le point culminant de la sainteté, puisqu'il pouvait jeter aux foules ce défi que nul n'a relevé : Qui de vous peut me convaincre de péché? *Quis ex vobis arguet me de peccato?* (1).

Ses souffrances ont atteint le point culminant de la rigueur, de l'héroïsme et de l'opprobre, puisqu'il pouvait jeter aux foules cet autre défi que nul n'a relevé encore : Cherchez s'il est une douleur comparable à la mienne : *Attendite et videte si est dolor sicut dolor meus* (2), puisqu'il se donna ce surnom : *vir dolorum,* homme de douleurs.

Et cependant, si merveilleuses qu'étaient ses paroles, elles étaient d'une langue courte et bornée, d'une langue de l'humanité.

Si sublimes, si infinies qu'étaient ses œuvres, elles ont eu un point de départ et un point d'arrivée, Bethléem et le Golgotha, et entre les deux un espace très court.

Si profondes qu'étaient ses blessures, l'œil humain pouvait en voir le fond.

Si incommensurables qu'étaient le sang et les larmes jaillis de ses plaies et de ses yeux, on aurait pu mesurer ce sang et ces larmes.

Il était Dieu et il s'était fait homme, et l'amour que, comme Dieu, il avait pour son Père, il ne peut le manifester que dans l'étroitesse de l'humanité, avec les moyens bornés de l'humanité. Il est infini comme son Père, et pour lui témoigner son infinie charité, il doit nous emprunter nos ressources, finies comme nous.

(1) Joan., VIII, 46. — (2) Thren., I, 12.

Son amour pour son Père et le désir qui le consumait de travailler et de souffrir pour Lui, allaient
infiniment au delà de ce qu'il a pu souffrir et travailler;
car il l'aimait en Dieu, en substance de sa substance,
et il travailla et souffrit en homme.

Vous l'avez vu endosser le délabrement de l'étable;
mais son amour eût voulu ne la plus jamais quitter.

Vous l'avez vu passer par les sentiers de la vie,
prêchant la gloire du Père; mais son désir brûlant
était de la prêcher jusqu'aux siècles tous révolus.

Vous l'avez vu ouvrir en son nom des yeux aveugles
et des oreilles closes, délier des langues muettes et des
pieds paralytiques, ressusciter des corps et des âmes,
se précipiter dans toutes les œuvres possibles de la
miséricorde et de l'amour; mais il eût voulu tous les
temps sous sa main, afin d'en avoir toutes les infortunes et toutes les guérir.

Vous l'avez vu verser, par mille blessures, son sang
jusqu'à la goutte suprême; mais il eût voulu tous les
corps humains ramassés dans son humanité, pour en
donner tout le sang, et sur sa chair toutes les plaies
qui lacéreront les hommes de l'avenir.

Vous l'avez vu, haletant, traîner une croix sur une
route ensanglantée; mais il eût voulu porter toutes
les croix qui meurtrissent les épaules humaines, toutes
celles qui nous écrasent, toutes celles que nous trans-
mettrons en héritage à nos fils.

Vous l'avez vu, au sommet d'une colline lugubre,
rendre son dernier cri d'amour, son dernier souffle,
son dernier regard, sa dernière larme, sa dernière
goutte de sang, et puis mourir; mais il eût voulu

réaliser ce miracle de charité, mourir, mourir encore, mourir toujours, s'éterniser dans les affres de la mort.

Pourtant, à ces puissantes œuvres de parole, de miséricorde, de douleur et d'amour, qui doivent durer comme l'humanité, puisqu'il vient pour l'humanité, Dieu ne l'abandonne qu'un temps relativement court.

C'est à la dernière seconde des siècles qu'elle devait se taire, cette voix que tous les siècles doivent entendre.

C'est au tarissement de la dernière goutte des mers qu'elles devaient tarir, ces larmes qui sont les larmes de toute l'humanité.

C'est au dernier rayon de soleil éteint que devait s'éteindre un regard qui est celui de toute l'humanité.

La dernière miséricorde, le dernier sang versé, le dernier battement de cœur, le dernier soupir, le dernier amour, devaient être les siens. Endossant l'humanité, il devait durer autant qu'elle. Et le Père Eternel ne le laisse qu'un temps bien court à l'excès de cet amour. Trente-trois ans! Ce serait une vie surhumaine, si on la vivait comme Jésus; mais c'est la moitié à peine de ce que nous appelons une vie d'homme. Et après trente-trois ans, après Bethléem, après la fuite, après l'exil, après le silence de l'atelier, après la vie oubliée, après la mission apostolique, après la mort infamante, c'est la Résurrection, l'Ascension, la gloire et le trône éternel à la droite du Père.

Qui expliquera ce mystère d'un Dieu qui aime son Père, jusqu'à quitter le ciel pour venir dans les basses régions de la vie et souffrir pour sa gloire, et ne peut lui donner que des manifestations limitées d'un amour qui n'a pas de limites ?

Regardez votre vitrail, et ce mystère est tout éclairci. Voyez cet homme au visage d'ascète, aux yeux de flammes tournés vers le ciel; les clous du Calvaire percent ses mains et ses pieds. Oui, Jésus réalise ce qu'il a voulu; il vit, il dure, il pleure, il souffre, il donne son sang. Cet homme, c'est Jésus-Christ, qui endure la Passion onze cents ans après la Passion. Cet homme est un membre de Jésus-Christ, *membra de membro* (1); et si, quand mon bras souffre, je puis dire : je souffre; quand un membre de Jésus-Christ souffre, c'est Jésus-Christ qui souffre. L'amour éternel, qui atteint toujours infailliblement sa fin, réalise et endure dans les membres ce qu'il n'a pu réaliser et endurer dans la tête. Cet homme, il dit au monde, comme saint Paul, cette parole qui serait incompréhensible sans la doctrine que je prêche : J'accomplis en moi ce qui manque aux souffrances de Jésus-Christ. *Adimpleo ea quæ desunt passionum Christi.* Cet homme, il est une suite, une dépendance, une continuation, un supplément, un accomplissement de Jésus-Christ. Cet homme est plus qu'une survivance, il est Jésus-Christ vivant dans l'humanité.

Manque-t-il donc quelque chose aux souffrances de Jésus-Christ ? Sont-elles viciées par quelque côté ? Pour mener à bout l'œuvre rédemptrice, sont-elles insuffisantes en nombre ou en intensité ? Alors la

(1) I. Cor., xii, 19.

Rédemption n'est pas faite, le sacrifice des siècles n'est que commencé? Non, certes, il ne manque rien aux souffrances de Jésus.

Vous n'avez que trop souffert, ô mon Maître adorable. L'apôtre que vous aimiez, celui qui de votre cœur arrachait tous les divins secrets, nous a dit que vous aviez parachevé (1), conduit à son ultime perfection la mission dont le Père vous avait chargé. Avant de laisser tomber votre tête moribonde, vous l'avez crié au ciel, aux foules et aux siècles : Tout est consommé (2); toutes les douleurs et toute la Rédemption. Une goutte de sang divin eût suffi, vous l'avez tout versé. Je m'en plains à vous et pour vous : vous avez dépassé la mesure. Non, il ne manquait rien à vos souffrances; mais il vous manquait, à vous, des souffrances. Saint Paul ne dit pas : *Quæ desunt passionibus*; mais : *Quæ desunt passionum.* Il ne dit pas que rien ait manqué à vos douleurs; mais il dit que vous avez manqué de douleurs; il dit que votre cœur amoureux en voulait, en voulait encore et toujours, plus que n'en pouvait contenir l'étroit espace d'une vie et d'un corps d'homme. Et c'est de celles-là que vous avez tant désirées, que l'Apôtre déchirait sa chair, continuant dans les naufrages, dans les prisons et dans le martyre l'œuvre de la Rédemption : *Adimpléo ea quæ desunt passionum Christi.*

C'est pour nous que la croix s'est dressée, chargée de son fruit empourpré, et c'est par le prix infini du corps divin dont elle était lourde, qu'a été payée l'in-

(1) Joann., xvii, 4. — (2) Joann., xix, 3o.

finie malice du péché, *statera facta corporis* (1); mais
si cette croix fut le marchepied dont le premier homme
nouveau s'est servi pour monter dans la gloire, il ne
l'a pas repoussé du pied après l'avoir gravi. C'est le
plus précieux héritage laissé à ses frères, afin que, par
le même moyen, nous montions dans la même voie,
pour entrer dans la même vie. Les croix qui meurtrissent les épaules et les glaives qui traversent le
cœur de ceux qui croient en lui sont en vérité les
mêmes que ceux du Golgotha, parce que Jésus-Christ
survit en ceux qui sont crucifiés. Voilà pourquoi saint
Léon disait que la Passion du Seigneur ne cessera
que lorsque la dernière âme humaine aura déserté le
dernier corps (2). Cette dernière âme de l'humanité
pourra en partant crier comme saint Paul : J'achève
ce qui manque aux passions de Jésus-Christ, et comme
son sauveur et son modèle : Tout est consommé.

Avec l'apôtre, nul ne peut le dire mieux que le
pauvre d'Assise qui voulut la même destinée que son
Maître, demanda et obtint les mêmes blessures.

O Jésus, disait-il, vous avez beaucoup souffert, et
vous n'avez pas souffert encore la millième partie de
ce que vous eussiez voulu souffrir. Entre vos désirs et
vos douleurs se creusait un abîme que vous n'avez
pu combler. Oh! quelle belle occasion vous avez de
réaliser sur moi ce que vous avez tant voulu! Vous
êtes la tête, ô Jésus, et la tête a épuisé la somme de
douleur qu'elle pouvait endurer; je suis un de vos

(1) Hymn. Pas. ad Vesp.
(2) Ambr., Chrys., Théoph., et autres.

membres et le membre ne veut pas autre chose que'
la tête, et ce membre peut porter des blessures encore.
En pleine passion, vous avez quitté la terre pour
retourner dans votre royaume, comme un roi victorieux qui, ayant mis le siège devant une citadelle, est
contraint de rentrer dans sa capitale; mais ce roi laisse
au pied des remparts un lieutenant qui fera pour lui
et en son nom ce qu'il eût fait lui-même. Faites-moi
votre lieutenant, ô mon Roi, et puisque vous n'avez
pas pleuré tout ce que vous vouliez pleurer, souffert
tout ce que vous vouliez souffrir, chargez-moi de ce
soin, je continuerai votre œuvre; et j'ai des mains,
des pieds, un cœur que vous pouvez transpercer, et
dans les veines du sang que je puis vous donner :
Adimpleo ea quæ desunt passionum Christi. C'est
l'explication de ce cri si incompréhensible pour nos
âmes délicates : Toujours souffrir et pas mourir !

II

A la lueur de cette grande doctrine de saint Paul,
vous voyez du premier coup quelles proportions
géantes prennent les actions les plus petites aux yeux
mortels, quand elles sont faites sous le souffle sancti-
fiant de la grâce et au nom de Jésus-Christ. Rien
n'était petit de ce que faisait Jésus; parce que le
moindre de ses mouvements premiers procédait d'un
acte de volonté divine. Le plus léger de ses soupirs a
eu plus de puissance effective que les gémissements
de quatre siècles, que les lamentations de ses pro-

phètes et les larmes de tout un peuple. La plus passagère de ses douleurs eût suffi à sauver le monde,
parce que la plus passagère de ses douleurs puisait en
sa personne infinie une intensité rédemptrice infinie.
Et si nous sommes les membres dont il est le chef, la
moindre de nos œuvres est une participation des
siennes et la plus infime de nos peines un complément
de sa passion.

Ceci m'explique la surprenante doctrine du verre
d'eau qui achète le ciel.

C'est Jésus-Christ qui le donne.

Ce que vaut un mot de charité jeté en passant à une
âme meurtrie.

C'est Jésus-Christ qui le dit.

Ce que vaut un imperceptible soupir parti du cœur
en son nom.

C'est du cœur de Jésus-Christ qu'il s'échappe.

Comment ce soupir dépasse en efficacité toutes les
hécatombes des sacrifices antiques.

C'est Jésus-Christ qui l'offre.

Ce que vaut une larme qui coule pour lui et dont on
accepte volontiers l'amertume à cause de Lui.

C'est Jésus-Christ qui la verse.

Ceci m'explique la valeur que prend la petite pièce
de monnaie que je laisse tomber dans une main indi-
gente, en son nom et pour son amour, bagatelles qui,
faites au nom de Jésus, procèdent de Lui comme de
nous. Or, rien de ce qui procède du Fils n'est insignifiant aux yeux du Père. Tout ce qui vient du Verbe
consubstantiel à son essence a pour le Père une grâce
infinie et des mérites sans mesure. Je dis bien : des

mérites ; car, bien que le Fils de Dieu ne chemine plus par nos routes de la vie, dans ce pays de la lutte où les palmes s'achètent; bien qu'il soit établi pour jamais dans ce pays de la gloire où triompher c'est vivre ; cependant, il est toujours sur terre, puisque nous y sommes et que nous sommes « en Lui et que Lui est en nous », et nos œuvres sont les siennes, et nos prières, ses prières, et nos larmes, ses larmes, et nos douleurs, ses douleurs. Lorsque, du haut de la croix ensanglantée de son sacrifice, il offrait à son Père la dernière prière qui, de son cœur embrasé, s'échappait pour ses bourreaux, la dernière larme qui s'amassait brûlante à ses cils, la dernière goutte de sang qui perlait à l'extrémité de ses blessures ; il offrait toutes nos prières, toutes nos larmes, tout notre sang qu'il voyait couler à travers les siècles, s'échappant toujours de son cœur, de ses yeux et de ses plaies. Il entendait saint Paul flagellé et saint François crucifié pour Lui et comme Lui jeter ce cri rédempteur : *Adimpleo ea quæ desunt passionum Christi.*

Ecoutez encore. Lorsque le *Consummatum est* sauveur fut jeté au monde du haut du gibet où Jésus agonisait ; quand sa tête fut retombée inerte sur sa poitrine déjà glacée, tout fut fini, le monde sauvé, le péché lavé et le ciel ouvert. Cependant, une blessure plus profonde que toutes les autres traversa le cadavre. Un soldat leva sa lance et la plongea tout entière dans le Crucifié. De cette fontaine béante, s'échappa un peu d'eau mélangée de sang attardé dans les veines. Cette blessure même, faite au mort, était voulue dans les décrets éternels. Elle avait, comme la

Flagellation et comme le Crucifiement, sa raison d'être et son but. Tous les Pères anciens ont dit que les sacrements qui nous sauvent, puisqu'ils contiennent les trésors condensés des mérites de Jésus-Chrit, ont jailli comme un flot de ce cœur ouvert par ce coup de lance.

Pourtant, c'est de cette blessure inutile dont il faudrait demander avec le prophète : A quoi bon? *Quid sunt plagæ istæ?* (1). Quand l'âme, comme une sève vitale, est définitivement sortie de l'écorce à laquelle elle communiquait la vie, le cadavre insensible n'a plus ni douleur, ni plaisir, ni vertu, ni vie, et n'est pas davantage en état de mériter que la pierre inerte que son pied chassait devant lui.

Pourquoi cette suprême et inutile blessure? *Quid sunt plagæ istæ?*

Les théologiens répondent que ce coup de lance eut sa large part dans l'œuvre infinie, que la plaie qu'il ouvrit est la fontaine intarissable qu'avait chantée le prophète, où nous buvons à longs traits l'onde assainissante de la grâce et de la vertu. *Haurietis aquas in gaudio de fontibus Salvatoris* (2).

Cette blessure, reçue cadavre, le Rédempteur l'avait voulue vivant.

Encore enfant, enveloppé dans les bras maternels, à l'éveil de son sourire, il l'avait prévue, il l'avait acceptée, il l'avait offerte à son Père.

Ainsi de nos œuvres et de nos souffrances, il les a prévues comme la blessure de son cœur. Il les a pré-

(1) Zach., xiii, 6. — (2) *Isaiæ*, xii, 3.

destinées comme elle et présentées à Dieu son Père,
comme la continuation, l'accomplissement de celles
qu'il eût voulu accomplir et endurer encore en son
nom et pour sa gloire.

Je l'ai dit en commençant : quand il naissait pauvre
et inconnu dans un caravansérail abandonné, il eût
voulu continuer toujours cet exemple d'humilité profonde et de mépris des terrestres trésors ; et en réalité,
il continue dans la personne de François, naissant
comme son Maître dans une pauvre étable d'Assise.

Quand il s'en allait par les villages galiléens ; quand
il montait les degrés du Temple, prêchant le royaume
de Dieu et sa justice, ses dogmes divins et sa morale
féconde, il eût voulu ramasser tous les hommes sous
sa voix, tous les siècles en un moment ; en réalité il
l'a fait. Onze cents ans plus tard, il prêchait encore les
mêmes doctrines en la personne de François, embrasé
à ce point des mêmes désirs, qu'il prêchait Jésus aux
oiseaux.

Quand, dans l'obscurité de la grotte de Gethsémani,
il se prosternait la face contre terre, pour adorer son
Père éternel et accepter en son nom l'amer calice
que l'Ange approchait de ses lèvres agonisantes, il eût
voulu que la fin du monde le surprît en cette proster-
nation humiliée ; en réalité, il y était encore en la
personne de François étendu les bras en croix sur la
terre humide de sa cellule ou dans les solitudes sauvages de l'Alverne, et il y restera autant que le voulait
son amour, dans la solitude des cloîtres, dans l'obscurité des églises, dans le silence des cœurs.

Quand il s'en alla visiter le serviteur du Centenier ;

16

quand il fit le voyage de Bethsaïda, pour s'asseoir
quelques instants au chevet de la belle-mère de son
Apôtre, il eût voulu exercer cette charité envers tous
les malades et réunir sous sa main toutes les infirmités ; en réalité, il l'a fait en la personne de François,
ne prenant pas de sommeil tant qu'il savait un de ses
frères souffrir, s'installant à son chevet, se faisant son
serviteur assidu ; il le fera jusqu'à la fin des siècles par
ces héroïnes silencieuses de la Charité, que le monde
continuera à mépriser comme Lui, pendant qu'elles
continueront à se donner comme Lui, il le fera par
vous tous, chaque fois que, nouveaux Jésus-Christ,
vous voudrez jouir des douces émotions de la charité.

Quand on se sait membre d'un chef qui est Dieu,
n'y a-t-il pas de quoi nous entraîner, malgré notre
faiblesse, à ne jamais déshonorer la tête dont nous
sommes le membre, à ne faire que des actions qu'elle
eût faites et comme elle les eût faites? Quoi! mon
action à moi, infime parce qu'elle est humaine, pécheresse parce que je suis pécheur, est une continuation
de l'action de Jésus-Christ, et à ce commencement
divin, je donnerais une suite criminelle!

Quoi ! je parle, c'est Jésus-Christ qui parle ; je prie,
c'est Jésus-Christ qui prie ; je donne, c'est Jésus-
Christ qui donne ; je pleure et ce sont ses larmes, je
porte une croix et c'est la sienne, et je n'essayerais pas
de parler, de prier, de donner, de pleurer, de souffrir,
comme l'eût fait Jésus.

Il offrait toutes ses actions à Dieu son Père, il offre
encore les miennes en les présentant toujours comme

siennes, et je ne ferais, ô mon Dieu, que des présents indignes, indignes de Celui qui les offre, indignes de Celui à qui ils sont offerts !

Non, Seigneur, et comme saint Paul, et comme saint François, je veux, au moindre de mes mouvements, pouvoir dire : *Adimpleo ea quæ desunt passionum Christi. Amen.*

SAINT FRANÇOIS D'ASSISE

———

LE MARTYRE

Prononcé, avec le précédent, pendant le Triduum solennel
célébré en l'église Saint-Bonaventure de Lyon.

SAINT FRANÇOIS D'ASSISE

LE MARTYRE

Vobis donatum est pro Christo non solum ut in eum credatis, sed etiam ut pro illo patiamini.

Vous avez reçu la faveur non seulement de croire en Jésus-Christ, mais de souffrir pour lui.

(Ad Philip., 1, 29.)

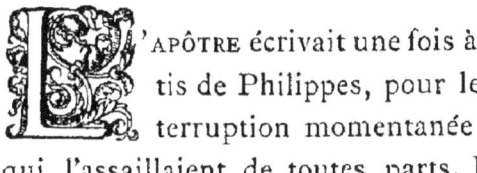'APÔTRE écrivait une fois à ses chers convertis de Philippes, pour leur annoncer l'interruption momentanée des persécutions qui l'assaillaient de toutes parts. Lui, il en aurait voulu encore et toujours. Que lui faisait la vie ? Et il laissait échapper ce cri : *Mihi vivere Christus est, et mori lucrum* (1). La vie pour moi c'est mon Christ, et puisque pour jouir de Lui il faut mourir, ce qu'on appelle mourir c'est ce que j'appelle vivre ; mais si, pour le salut de tous, il doit rester emprisonné encore dans le corps de mort dont il voudrait se débarrasser : *permanere autem in carne necessarium propter vos* (2), il restera ; il sait de Dieu même qu'il s'attardera encore dans cette vie dont il ne voudrait plus ; il res-

---

(1) Philip., 1, 21. — (2) *Ibid.*, 24.

tera pour leur intérêt et pour la foi : *et hoc confidens scio quia manebo, et permanebo omnibus vobis ad profectum vestrum et gaudium fidei* (1).

Il les exhorte à rester fidèles dans l'Évangile du Christ, à travailler de toutes leurs forces à le répandre, sans se laisser épouvanter par les menaces des persécuteurs ; car, dit-il, la persécution est la cause de leur ruine et la cause de votre salut ; car, enfin, croire en le Christ n'est pas la seule faveur qu'il vous ait faite, vous avez celle encore de souffrir pour lui : *quia vobis donatum est pro Christo, non solum ut in eum credatis, sed ut etiam pro illo patiiamini.*

Et il n'hésite pas à se proposer pour exemple, leur demandant de soutenir la même lutte que lui : *Idem certamen habentes quale et vidistis in me* (2), et en vérité il avait le droit de se citer pour modèle. Quelle persécution lui avait manqué? Enfin, il sait qu'il jouira de la dernière, la plus désirée, la plus grande, le martyre. Il sait qu'il copie en lui le portrait de son maître, dans la parole, dans les œuvres et dans les souffrances, et il peut dire en toute assurance : Je continue le Christ, j'accomplis en ma chair les souffrances qui manquent au Christ : *Adimpleo ea quæ desunt passionum Christi.*

Mais cette affirmation de saint Paul, je l'ai mise hier dans la bouche de François Bernadone, qu'on appelait de son vivant le Pauvre d'Assise, aujourd'hui, le séraphique saint François. J'ai dit que lui aussi fut une suite, une continuation, un achèvement du Christ.

(1) Philip., 1, 25. — (2) *Ibid.*, 30.

Ne vais-je pas être contraint de me rétracter aujourd'hui? Car, il est vrai, il fut pauvre comme Jésus, doux comme Lui, passa comme Lui en faisant le bien et en jetant la semence divine; mais il lui manque le trait essentiel, pour être un portrait vivant du Christ, il lui manque le martyre.

Il n'est pas de ceux dont saint Paul a dit : Il vous a été donné non seulement de croire, mais d'être martyrisé pour le Christ : *vobis datum est pro Christo non solum ut in eum credatis, sed etiam ut pro illo patiamini.* Il ne peut pas, comme saint Paul, se poser en martyr devant ses frères et leur demander de soutenir le même combat : *Idem certamen habentes quale et vidistis in me.* Il ne peut pas dire ce que je lui ai mis dans la bouche : Je souffre les souffrances qui manquent au Christ; puisqu'il n'a pas remporté la palme sanglante.

Cependant, je persiste à affirmer que François a réalisé le type divin de Jésus, non seulement dans la pauvreté et dans les œuvres; mais dans le martyre. Il l'a copié non seulement à Bethléem, à Nazareth et dans la Galilée, mais sur le Golgotha; il fut martyr, martyr de volonté, martyr de fait. Ce ne fut ni Dioclétien ni Néron qui le martyrisèrent, mais Jésus lui-même qui se fit le sacrificateur. Il est de ceux dont parle saint Paul, qui ont reçu la faveur de souffrir pour le Christ : *vobis donatum est ut pro illo patiamini.* Il eut une faveur plus grande. François aurait pu dire : *pro Christo et a Christo*, pour le Christ, par le Christ.

I

Martyr de volonté, il le fut.

Le martyre, il le voulut, le désira, le chercha avec passion, avec frénésie. Il en eut la ferme volonté, comme d'autres ont celle de l'or, des plaisirs, de la gloire. Il mit à le poursuivre l'ardeur fougueuse du voluptueux après la jouissance, de l'avare après l'or, de l'ambitieux après la gloire. Il brûlait de désirs pour les caresses de la flamme, les baisers des fauves, les délices des échafauds. Il voulait être mis en pièces pour vivre avec son Christ : *cupio dissolvi et esse cum Christo* (1). Il partit à la poursuite de l'objet de ses rêves, avec une ardeur qui n'avait d'égale que ses désirs. Il chercha le coin de terre le plus sauvage où il le pourrait rencontrer et l'homme le plus féroce qui lui pourrait donner la mort la plus affreuse. Il dit adieu à son Ombrie, si douce et si belle, à son ciel natal qu'il est si dur de quitter, quand les jours se pressent vers la tombe, entreprit de périlleux voyages, traversa les mers, se présenta tout seul en plein pays infidèle et s'offrit à la rage du tyran. Quel héroïque mendiant qui s'en va à travers le monde, n'implorant qu'une chose, le cœur tendu vers cette chose unique : le martyre, le martyre !

La ville sainte était retombée sous le joug infâme des Abassides. L'Europe avait tressailli de douleur et

(1) Philip., i, 33.

repris les armes à la voix d'Honorius II. François
pensa que le moment était venu enfin d'aller verser
le sang qui lui restait dans les veines. Il s'embarqua.
Tous ses désirs seraient remplis, si la terre qui avait
bu le sang de son maître buvait aussi le sien; mais la
mer se mit contre lui et rejeta son navire sur les côtes
de l'Esclavonie. Il s'embarqua encore. Il avait avec
lui onze de ses frères. La Syrie ne voulut pas de son
sang. Il lui fallait aller plus loin trouver où que ce
soit la terre qui consentirait à le voir mourir. Il laissa
en Syrie dix de ses compagnons, et partit pour
l'Égypte avec un seul, débarqua à Damiette. Les croi-
sés campaient, depuis plus d'un an, sous les murs de la
place, déchirés par la discorde, s'accusant réciproque-
ment de trahison. François arriva à temps pour assister à leur défaite sanglante, irréparable malheur qu'il
avait cherché à prévenir de la part de Dieu. Lui était
toujours debout. Il voulait le martyre, et la mort ne
voulait pas de lui. Il le poursuivait avec une violence si
persistante, que le frère qu'il avait amené avec lui ne
pouvant le suivre tomba malade et mourut; et la
mort oubliait encore François. Il ne lui restait qu'un
moyen; c'était d'aller la chercher lui-même au camp
des Sarrazins. L'occasion était sûre, et il toucherait
ainsi au port sanglant qu'il avait rêvé; le soudan
donnait un besant d'or pour chaque tête de chrétien.

Nulles supplications ne le retinrent, il s'avança vers
le camp, joyeux, chantant le psaume xxiie : Le Seigneur
me conduit. Quand même je marcherais dans les
ombres de la mort, je ne redoute rien, ô mon Dieu,
vous êtes avec moi. Enfin le moment était venu, si

longtemps cherché; il allait pouvoir confesser son Christ devant les infidèles et dans son sang. Une bande de Sarrasins se précipita sur lui. Le terme convoité approchait, et il en subit tous les préliminaires sanglants. On le chargea de chaînes, on le bâtonna, on le flagella; il répondait : « Je suis chrétien, conduisez-moi à votre maître. » Ce maître était le soudan Mélédin, qui n'avait encore épargné personne. Les Mamelouks obéirent et le traînèrent devant le soudan. Qui vous envoie, dit le Soudan, et qu'êtes-vous venu faire ici? Qui m'envoie, répondit François, c'est le Très-Haut; ce que je suis venu faire? vous convertir à l'Evangile, et il prêcha Jésus-Christ avec une force irrésistible, réalisant ainsi la promesse du Maître : *Ego enim dabo vobis os et sapientiam cui non poterunt resistere et contradicere omnes adversarii vestri* (1) : Je vous donnerai une sagesse et une éloquence auxquelles tous vos adversaires ne sauront ni résister ni contredire. Ce ne fut pas François qui paya sa hardiesse de la vie; ce fut ce barbare qui restait suspendu aux lèvres de ce saint, agité d'une émotion inconnue; et pendant que les Sarrasins s'étonnaient de ne point voir cette tête tomber, Mélédin proposait à François de demeurer près de lui. François offrit de se jeter dans les flammes, avec les imans, pour qu'on reconnût si la vérité est avec l'Evangile ou avec Mahomet. Aucun des imans n'eût consenti à donner de tels gages. Il se sacrifia tout seul : « Si les flammes me dévorent, dit-il, vous l'imputerez à mes

(1) Luc., xxi, 15.

crimes; si elles m'épargnent, vous reconnaîtrez Jésus-Christ pour le seul vrai Dieu! »

Il se donnait au martyre, puisque Mélédin ne l'y condamnait pas. Le Soudan lui offrit au contraire de riches présents, que François refusa, et le fit conduire avec honneur au camp des chrétiens.

Non, ce ne fut pas lui qui esquiva le martyre, ce fut le martyre qui ne voulut pas de lui.

Et ce fut là son martyre.

Quand on aime, quand le cœur se consume en aspirations brûlantes, quand la violence de ses désirs semble devoir briser l'enveloppe qui le contient, et quand l'objet de tant de flamme fuit toujours et toujours, ce martyre n'est-il pas de tous le plus aigu et le plus cuisant?

L'antiquité, pour représenter le point culminant de la souffrance humaine, n'a-t-elle pas imaginé Tantale, qui poursuivait éternellement le flot qui fuyait éternellement? François fut un Tantale, dont la lèvre altérée poursuivait le flot de la tribulation. Son âme avait soif de son Dieu dans le martyre : *Sitivit in te, Deus, anima mea* (1). Ne trouvez-vous pas que c'est un regret amer, un crève-cœur douloureux, de s'en être allé au bout du monde pour chercher une chose qui se trouve à tous les pas, que l'on vous donne sans marchander devant ce seul mot : chrétien, et de ne l'avoir pas rencontrée?

Ne trouvez-vous pas qu'il est douloureux de penser que tant de saints ont trempé leur robe dans le sang

(1) Ps. LXXII, 2.

de l'agneau, sans le désirer, sans y courir, après
avoir fui cet honneur, et lui l'aura cherché par terre
et par mer, au prix de la sueur, de la maladie, des
souffrances de tout genre, et il en est privé. Si au
moins il n'avait pas touché de si près au terme entrevu,
la consolation serait plus facile. D'autres saints ont
fait comme lui. Saint Romuald aussi s'est jeté dans
d'insurmontables périls, pour avoir l'occasion de
répandre son sang en l'honneur de son Dieu, et ne l'a
pas trouvée. Et le plus doux des fils de François aussi,
celui qu'on aime tant dans cette église, saint Antoine
de Padoue; et presque au même moment, Dominique,
l'ami de son cœur, brûlait aussi du même désir, courait après la même palme; mais nul d'entre eux n'est
parvenu jusqu'au persécuteur. Celui-ci, emporté dans
un souffle de tempête, était jeté à l'autre bout du
monde; celui-là, cloué sur place par une maladie
terrible, attendait la mort qu'il ne voulait pas, trahi
par celle qu'il aurait voulue. Ceux-là non plus n'ont
pu soutenir le combat désiré; Dieu ne semblait-il
pas avoir voulu évidemment leur en éviter les périls?
Dans leur insuccès, on pouvait trouver la place des
causes secondes qui arrêtent tant de projets, la male-
chance de la fortune, l'incertitude des flots, les extrémités de la maladie; mais lui arrive, comme il l'avait
désiré, au pays infidèle; il peut se présenter devant le
soudan; cet homme, qui donne si facilement la mort à
tout chrétien qu'on lui amène, ne veut pas la donner
à François. Il vient lui demander un coup de cimeterre, le soudan ne lui accorde que des honneurs dont
il ne veut pas. A la place du martyre qu'il rêve, on

lui offre des richesses qu'il méprise, et ceux qui devaient être ses bourreaux deviennent ses gardes d'honneur.

Quel douloureux regret devait causer à cette âme embrasée d'amour cette pensée amère que Dieu ne le jugeait peut-être pas digne de la palme victorieuse ! Comme cela explique le mot qu'on a dit de lui : Il mourait de ne pas mourir. Il disait comme son maître : *Baptismo habeo baptizari, quomodo coarctor quia non perficiatur* (1) : Je veux être baptisé dans mon sang, et je suis abîmé de douleur parce que ce souhait ne se réalise pas; ou comme son illustre disciple, le patron de cette église : O Jésus, puisque je vous vois couvert de blessures, je ne veux pas vivre sans blessures : *Nolo vivere sine vulnere, cum te videam vulneratum.* Accordez-moi, Seigneur, d'être blessé comme vous et à cause de vous, car vous ne me faites pas de plaie plus cuisante que de me priver de celles que je désire.

Ah! quand la sentence est prononcée, quand le juge a dit : Qu'on le conduise à la mort; il est permis d'encourager et d'animer des fauves trop cléments, comme saint Ignace qui, avant d'être exposé aux lions, écrivait aux Romains : S'ils m'épargnent, comme tant d'autres martyrs, je les piquerai, je les animerai, les forcerai à me déchirer. Mais, s'il est permis d'exciter des lions, il est défendu d'exciter des hommes. Saint François aussi eût provoqué la cruauté du soldat, eût prié Dieu de mettre au cœur du tyran une étincelle de

(1) Luc., XII, 50.

rage. C'eût été demander un crime de plus, et il se
contentait de gémir. Sa soif ne sera jamais ras-
sasiée, et quand il lira le mot de saint Paul par
lequel j'ai commencé : Il vous a été donné non
seulement de croire au Christ, mais de souffrir
pour lui : *Vobis donatum est non solum ut in eum
credatis, sed etiam ut pro illo patiamini ;* il se frappera
la poitrine et dira : Eh bien, non, cela n'est pas écrit
pour moi ; je n'ai nulle part à cette faveur, je ne suis
pas appelé à cette gloire, je ne pourrai que croire,
mais je suis indigne du martyre.

II

Non, grand Saint, vous vous trompez, et votre humilité vous égare ; non, vous n'êtes pas indigne du
martyre, mais vous êtes destiné à un martyre plus
long, plus glorieux et plus grand que celui que vous
rêviez : *gloriosior manet pro Christo triumphus.*

Vous le vouliez de la main du soldat pour Jésus-
Christ, vous l'aurez de la main de Jésus-Christ pour
Jésus-Christ.

Jésus-Christ vous veut une palme plus étincelante,
et puisque vous désirez être victime, Jésus-Christ
sera lui-même le grand prêtre.

Que de sacrifices ont été offerts à la Majesté sainte,
depuis Abel jusqu'à Abraham, d'Abraham jusqu'à
Jésus-Christ et de Jésus-Christ jusqu'à nous !
Dieu acceptait ces holocaustes et les rendait méri-
toires, ou à cause du sacrificateur ou à cause de la

victime. Quand le prêtre de la loi antique immolait
des agneaux sur l'autel du vrai Dieu, Dieu ne regardait avec amour que le cœur du sacrificateur; l'agneau
ne méritait rien. Quand les martyrs tombaient sous
les haches proconsulaires, Dieu au contraire agréait
les victimes et condamnait les bourreaux; car, si la
victime méritait le ciel, le sacrificateur méritait l'enfer.

Il n'y a eu qu'un seul sacrifice dans lequel le prêtre
et la victime ne se devaient rien, étaient aussi saints
l'un que l'autre; parce que la victime était le prêtre et
le prêtre était la victime, et ce sacrifice solennel fut
célébré sur le Golgotha.

Cependant il se reproduisit une fois sur les cimes
sauvages de l'Alverne. Le sacrificateur était saint,
puisque ce fut Jésus-Christ, et la victime fut sainte,
puisqu'elle s'appelait François d'Assise.

O François, tu as cherché le Calvaire, tu es allé
pleurer à Gethsémani, tu as porté la croix avec le Cy-
rénéen, et tu n'es pas satisfait; ta soif de martyre
n'est pas apaisée, tu veux monter sur le bois; prépare-
toi donc à l'immolation, car l'heure arrive qui tardait
tant de sonner.

Mais, me voici en présence d'un de ces mystères
que je ne puis dire, de peur de le profaner, et je veux
laisser la parole à votre patron séraphique, saint Bonaventure, qui retrace les merveilles dont son père
François fut le héros et la victime.

C'était aux premières lueurs matinales, en la fête
de l'Exaltation de la sainte Croix. L'angélique François, à genoux sur la roche vive, contre le flanc abrupte

17

de l'Alverne, méditait le mystère de la passion. Ou-
bliant tout, la nature, les hommes, lui-même, son
âme extatique ne voyait plus que le Crucifié divin en
lequel il était abîmé. Tout à coup il vit descendre du
ciel un séraphin ayant six ailes faites de lumière, deux
qui s'élevaient au-dessus de sa tête, deux étendues
pour voler, deux qui voilaient tout son corps. Entre
les ailes lumineuses, le divin Crucifié, radieux de
beauté, étendait ses bras sanglants. François, saisi de
stupeur, se leva partagé entre la joie et la crainte. La
vision disparut. François descendit la montagne;
mais ses pieds, ses mains et sa poitrine trouée lais-
saient échapper le sang.

Descends de ton Golgotha, ô Martyr; voilà réalisées,
plus que tu ne l'aurais osé rêver, les brûlantes aspirations de ta vie. Tu voulais mourir martyr; tu vas
vivre martyr! Tu voulais un calvaire et une croix, te
voilà vivant crucifix!

Voilà cet homme qui obtint du pape Honorius l'in-
dulgence précieuse dont cette église est enrichie.
C'est à lui que vous devez dire merci. C'est parce que
cette église a appartenu à ses fils, parce qu'elle est dé-
diée au plus illustre de tous, parce que cette grande
merveille que je viens de raconter est devenue le
sujet d'un de ses plus beaux vitraux, que j'ai voulu
vous en parler.

En parcourant cette belle nef, vous vous arrêterez
devant cette admirable verrière, devant l'autel de
saint François, si somptueux dans son austérité, et
vous direz une prière à cet homme si grand, que nul
autre peut-être, après saint Paul, n'a fait tant de

choses et n'a été l'objet de tant d'attention de la part de Dieu.

Quand on songe que ce pauvre, en moins de vingt ans, a trouvé le moyen de surpasser les macérations des ascètes de la Thébaïde; quand on songe, qu'au surplus, il a égalé les travaux des hommes apostoliques, et que, pour couronner tout, il a été plus martyr que les martyrs; quand on songe qu'il a trouvé le moyen encore, de fonder trois familles religieuses, de réformer les mœurs de son temps, d'asseoir le règne de Jésus-Christ dans les âmes; on reste dans la stupeur, et l'on pense que nul peut-être n'a reçu de Dieu une vocation si grande. Mais ce qui met le comble à cette gloire sereine, c'est que François d'Assise put dire avec saint Paul : Je suis un complément de Jésus-Christ, une suite de Jésus-Christ, un portrait de Jésus-Christ. Comme lui je suis né dans la paille, comme lui j'ai rempli une mission publique, et comme lui et par lui j'ai été crucifié sur mon Golgotha; comme lui j'ai montré aux Thomas de mon temps les plaies de mes pieds et de mes mains : *adimpleo ea quæ desunt passionum Christi in carne mea.*

Une des dernières nuits de sa vie, frère Léon, son confesseur, celui que François appelait « la petite brebis de Dieu », veillait au chevet de son père qui allait mourir. Dans la demi-obscurité, son œil humide de larmes regardait le malade avec amour. Il lui semblait qu'il ne devait pas mourir, ce père aimé ; et il l'avait pourtant là, sous les yeux, étendu, inerte, sur son pauvre grabat, pâli par la souffrance, respirant péniblement; et son regard voilé ne pouvait s'en détacher. Dans le secret de son âme, il faisait ce souhait : Si c'est bien vrai qu'il va mourir, comme ma vie sera vide sans lui! Oh! quelle consolation à ma douleur, si je pouvais hériter de la tunique qui enveloppe maintenant son pauvre corps! Il lui semblait qu'il serait vêtu d'avance de la blanche robe du ciel, s'il pouvait endosser en cette vie la bure grossière de son maître. Mais frère Léon était trop réservé pour laisser percer un si ambitieux désir. Il se taisait, regardait François et pleurait. François appela doucement : Frère Léon, mon fils, dit-il, je te donne ma tunique. Regarde-la comme tienne, je continuerai à la porter pendant les quelques jours que je vais vivre encore ; sitôt ma mort on te la remettra. Frère Léon éclata en sanglots.

Au moment où expirent ces trois jours de fête en l'honneur de François, aussi ambitieux et plus hardis que frère Léon, formulons le même vœu : O Père, en échange des autels que nous vous dressons et des cantiques que nous vous chantons, laissez-nous votre vêtement; si bien que, vous vous reconnaissiez en vos fils, en retrouvant en eux votre amabilité, votre grâce, votre charité, votre patience, votre héroïsme, et qu'ainsi enveloppés de vos vertus, nous méritions, demain, de vêtir près de vous la robe lumineuse qui doit lancer des rayons éternels.

SAINT LOUIS DE GONZAGUE

L'OBÉISSANCE

Prononcé avec les deux suivants au collège de Mongré,
pendant le Triduum solennel
célébré à l'occasion du troisième centenaire
de saint Louis de Gonzague.

SAINT LOUIS DE GONZAGUE

L'OBÉISSANCE

Vir obediens loquetur victorias.
L'homme obéissant aura toujours des vic-
toires à raconter.
Prov. vIII, 7.

L y a trois siècles de cela, à pareille heure que maintenant, vers six heures et demie, Louis de Gonzague, la joie débordant par les yeux, d'une voix claire et contente, la tête un peu soulevée sur sa couchette de moribond, demanda le viatique.

Il communia, embrassa tous ses pères et ses frères, qui emplissaient l'infirmerie et le regardaient avec tendresse, pour voir comment meurent les saints. Ils pleuraient. Lui seul restait joyeux comme jamais on ne l'avait vu. Quelques heures après, il était mort; mort de cette mort humble, obscure, sans bruit, de la mort de tout le monde, d'une mort qui ressemble à sa vie.

Il y a des morts sonores, dont le souvenir s'éteint comme une sonorité, *cum sonitu.* Voilà une mort silencieuse qui va devenir bruyante, remuer le monde et faire chanter le ciel.

Ce jeune homme de vingt-trois ans, dont la jeunesse fut maladive et cachée, dont la vie fut courte pour que ses vertus fussent plus serrées, n'a pas eu le temps de remplir un de ces ministères étincelants qui mettent en vue la sainteté aussi bien que le génie; pourtant la gloire pousse sur sa jeune tombe, et de son cadavre à peine refroidi s'exhale un pénétrant arome de vertu et d'héroïsme, qui se répand sur la terre et embaume le ciel.

Il vient de mourir, et Claude Aquaviva, son général, écrit : C'est un saint ; et le cardinal Scipion de Gonzague dit : C'est un saint ; et le cardinal de la Rovère dit : C'est un saint; et Éléonore d'Autriche, duchesse de Mantoue, dit : C'est un saint; et le duc Ranuzio Farnèse dit : C'est un saint ; et l'abbesse de Saint-Alexandre de Parme dit : C'est un saint; et l'empereur Rodolphe II, et Charles-Emmanuel, duc de Savoie, et Marie de Médicis, reine de France, et Philippe III, roi catholique, et l'Infante Marguerite d'Autriche, sa sœur, disent : C'est un saint; et l'homme qui fut ce siècle, l'homme qui, dans l'océan des âges qui sont derrière nous, à cette longue portée de trois cents ans, nous en apparaît encore comme le phare, un homme dont un illustre politique qui a conduit les destinées de la France disait, il y a trois mois : « On ne gouverne pas les peuples sans lui », l'homme dont le génie fut le flambeau du Concile de Trente, Bellarmin, quand vint pour lui son heure, demanda aux supérieurs de la Compagnie de Jésus qu'on déposât son corps aux pieds de son cher fils, Louis de Gonzague : aux pieds, entendez-vous, le père aux pieds du fils, l'illustrissime cardinal, dont le nom emplissait le monde, aux pieds du petit novice obscur, montrant ainsi que cette place qu'il ambitionnait pour son cadavre, il l'ambitionnait aussi pour son âme dans l'éternelle demeure. Être là-haut aux pieds de Louis de Gonzague, et c'est assez, et dans cette humble posture, je serai encore aux sublimités du ciel.

Et sainte Madeleine de Pazzi le voyait dans des gloires, et sa cendre stérile fut thaumaturge, et à trois siècles de distance, vous lui célébrez des fêtes joyeuses.

Mes enfants, je vois bien ce que la terre a dit de lui et ce qu'elle lui chante ; ce qu'en dit le Ciel, ce que racontent de sa gloire les cithares de l'éternité, je ne saurais le dire et toute langue humaine y serait impuissante. Ma mission est de parler d'un écolier à d'autres écoliers. Non, je ne demande pas à saint Louis de Gonzague de nous raconter les détails de sa gloire, mais de nous en dire le secret, et à travers le ciel et à travers le temps, sa voix d'enfant, une voix qui descend du Paradis et monte du passé, nous répondra pendant ces trois jours. La réponse d'aujourd'hui est un petit mot, un seul : obéir. La réponse, je l'ai lue dans un cartouche, en tête du chapitre de sa vie qui résume toute sa vie : *Vir obediens loquetur victorias.*

I

L'obéissance, mes enfants, est la grande loi du monde, et savoir obéir en est la suprême science.

L'homme venait de se dresser à peine sous les

arbres de l'Eden, dans la plénitude de la liberté, qu'à cette liberté humaine Dieu imposa sur l'heure une épreuve, l'obéissance. Un arbre qui étend ses frondaisons au milieu du Paradis, incarne et représente d'une façon visible le domaine et la puissance de Dieu, comme sur la frontière le drapeau incarne et représente l'inviolabilité de la patrie.

Le jeune roi du monde a entendu le *dominamini* qui lui donne l'universel empire ; mais la loi qui le régit lui-même est toute en un mot : s'abstenir, *abstine*, une épreuve facile, pour que le triomphe fût assuré. Il désobéit, nous fûmes perdus.

Sa race infortunée se mit, de l'aurore au couchant, à égorger des victimes pour expier cette petite désobéissance lointaine, et le ciel restait sourd. L'Esprit-Saint l'a bien dit : Obéir est meilleur que d'immoler des victimes : *Melior est obedientia quam victimæ* (1), puisque, sans la désobéissance, l'humanité eût laissé vivre en paix et ses béliers, et ses taureaux, et ses fils.

Pour sauver le monde perdu par la désobéissance d'un seul, comme parle saint Paul, il fallait le rachat par l'obéissance d'un seul : *Per inobedientiam unius peccatores constituti sunt multi ; ita per unius obedientiam justi constituuntur multi* (2). Mais cette seule, cette immense obéissance qui ferait compensation à la révolte de l'humanité, devait être l'obéissance d'un Dieu.

Il vint et sauva le monde, en se faisant obéissant

(1) Reg., xv, 22. — (2) *Ad Rom.*, v, 19.

depuis son berceau de mendiant jusqu'à sa croix d'esclave : *Factus obediens usque ad mortem.* En s'incarnant, il demanda à sa mère de la terre l'obéissance : *Ecce ancilla Domini*, et une fois sorti de son sein, sur les trente-trois ans de sa vie occupés à sa grande œuvre, il en passe dix-huit remplis par ce seul mot : obéissant, *subditus*.

La loi du monde perdu est restée la loi du monde racheté : obéir au Christ comme le Christ obéit à son père. L'armée du Christ, comme celle de la patrie, a une consigne universelle : obéir.

Dans cette armée, il s'est formé une compagnie d'élite qui reproduit, sous l'œil des troupes, l'obéissance du Christ, et dans cette compagnie, un simple soldat est cité à l'ordre du jour comme un modèle parfait : Louis de Gonzague.

Ce simple soldat, ce conscrit n'est donc pas un officier instructeur ; ce novice n'est pas un docteur de l'Eglise ; il n'a pas exposé comme saint Thomas la doctrine de l'obéissance ; mais il a obéi de telle manière, qu'en le regardant faire on en sait davantage, qu'en apprenant les plus beaux traités. En étudiant le grand docteur on apprend la nécessité de l'obéissance par rapport à la formation de la raison, de la volonté et par rapport à la liberté ; en regardant saint Louis de Gonzague, on se façonne à l'art d'obéir, ce qui est mieux que d'en savoir les théories, et on trouve résumées en sa vie les qualités de l'obéissance qui sont, avant d'être la loi de la vie, tout le code de l'écolier.

Dans votre vie de collège, mes enfants, un seul mot résume tous vos devoirs envers vos maîtres, et je

pourrai même ajouter envers vous-même : l'obéissance. Ne leur donnez que cela, et ils seront contents.
Vous êtes généreux, et vous trouvez que c'est peu, et
vous voulez y ajouter le respect, parce qu'ils sont prêtres, religieux et pères, la confiance, parce qu'ils ne vous
ont jamais trompés, la reconnaissance, parce qu'ils vous
aiment. Donnez-leur l'obéissance complète et vous
leur aurez donné tout cela, car ces nobles sentiments,
le respect, la confiance, l'amour, ne sont que des conditions ou des conséquences de l'obéissance. L'obéissance qui n'implique pas le respect, la confiance et
l'amour, n'est pas sincère et doit rester stérile. Le respect la soutient, la confiance l'encourage et la reconnaissance en garantit les résultats. L'obéissance ainsi
largement comprise doit être, comme le dit l'Esprit-
Saint, la marque de fabrique qui distingue l'élève
chrétien de l'autre. Les enfants de la sagesse, dit-il,
ont pour signe de race, l'obéissance. *Filii sapientiæ
ecclesia justorum, et natio illorum obedientia* (1).

L'obéissance est la vertu de tous les âges et de tous
les temps, puisque au ciel nous obéirons encore; mais
elle est par-dessus tout la vertu de cet âge où, dans les
jeunes sillons fraîchement ouverts d'une terre vierge
encore, vous jetez les graines de l'avenir. Comment
faut-il obéir ? Regardez votre patron, il vous le dira.

A l'aurore de sa vie, son gouverneur disait : « Il est
inutile de commander, il devine les ordres. » Au dé-
clin, il pouvait dire lui-même en toute humilité : « Je
ne me souviens pas d'avoir désobéi. »

(1) Eccli., III, 1.

Il fut une vivante synthèse des plus belles qualités de l'obéissance. Il obéit sincèrement, il obéit exactement, il obéit généreusement.

Sincèrement ; il entrait sans calcul dans les ordres donnés, ne demandant pas à se les expliquer ; mais seulement à les comprendre et à y obéir. Même dans la question qui fut la grande, l'unique passion de sa vie, celle de sa vocation à la Compagnie ; en attendant le consentement de son père, il obéit en aveugle. Quand il eut rendu les derniers devoirs au jeune prince dont il était le page, il se crut libre de toute obligation envers le monde, il resta dans la résidence des Pères où il avait coutume d'aller. Son père l'envoya prier de rentrer au palais : « Ce que je dois faire demain, dit-il, pourquoi pas aujourd'hui ? » Son père irrité exigea : sur l'heure l'enfant obéit.

Il la défendit, sa vocation, pied à pied, comme on défend sa patrie et son Dieu ; mais il la défendait en obéissant quand même, et d'une obéissance si sincère et si droite, qu'il prenait les ordres les plus sévères dans toutes les exigences de la lettre ; quand même l'usage quotidien leur donnait un autre sens.

Questionné un jour, une fois de plus, par son père malade et alité, sur sa vocation, l'enfant respectueux et impassible répondait toujours la même chose : Religieux, jésuite. Le père, en fureur, cria : Sortez de chez moi. De chez moi, c'est-à-dire, de ma chambre ; pour l'enfant, le chez moi paternel était tout le palais ; il partit pour un couvent de Franciscains, à un mille de là. Rappelé quelque jours après, le père l'accusait de s'être enfui. Louis baissait les yeux et disait : J'ai

·obéi. Le prince, plus irrité encore, lui ordonna de se retirer dans sa chambre. J'obéis, dit l'enfant ; et quand on va voir, par une ouverture, ce qu'il y fait dans cette chambre, on l'aperçoit, dépouillé jusqu'à la ceinture, à genoux devant son crucifix, pleurant et se flagellant avec violence.

Mes chers enfants, si vous voulez obéir, il ne faut pas obéir avec de petites réserves de par derrière votre tête ; mais avec droiture et sincérité. Ne déployez pas d'habileté pour faire se prêter vos maîtres à vos désirs, ne faites pas agir des tiers, ne vous composez pas des mines boudeuses ou suppliantes, quand vous allez recevoir un ordre du supérieur ou solliciter une permission. Au lieu de vous ingénier à vous faire permettre ou commander ce que vous désirez, essayez-vous, en chrétien et en homme, comme le dit saint Augustin, à vouloir d'avance ce qu'on vous commandera. Toutes ces petites pratiques rusées répugnent à une âme généreuse et détruisent le mérite de l'obéissance. Quand on obéit à un ordre arraché par ruse, dit saint Bernard ; de l'obéissance on n'a que l'illusion, que l'ombre, parce qu'il y manque la sincérité de vouloir. *Ipse se seducit, si de obedientia sibi blanditur.*

Pour que l'obéissance soit droite, il ne lui faut de votre part ni interprétation, ni commentaires. Il y a des élèves qui savent faire parler les maîtres au gré de leurs propres fantaisies, et sont au collège comme Nelson au siège de Copenhague. A une bataille antérieure il avait perdu un œil ; mais celui qu'il avait gardé il le tenait ouvert, comme de la braise, du côté de l'amiral Parker, dans l'attente de l'ordre de commencer le feu. L'ordre parti, il se battit comme un lion. En pleine action, l'ordre arrive de suspendre l'attaque. Il tourna vers les signaux le côté de sa figure où l'œil manquait : Messieurs, dit-il, je ne vois rien, continuez le feu !

Mes enfants, ce jour-là Nelson ne fut pas un héros en croyant l'être. Sa ruse chevaleresque eût pu perdre l'armée. Il y eût eu pour lui plus d'héroïsme à remettre son épée au fourreau qu'à la brandir, il se serait vaincu davantage.

Il y a beaucoup d'élèves qui ont fort bien leurs deux yeux et obéissent à la façon de Nelson. Ils ont un œil pour voir d'une manière et un œil pour voir d'une autre. Quand un œil n'a rien vu, l'autre a vu un signe sans portée qui autorise à telle exception, ou exempte de tel point de règle. La règle, ils en sont toujours dehors en ayant l'air d'y rester. Pas de commentaires, la règle telle qu'elle est. Louis de Gonzague n'en faisait pas, même quand il semblait avoir le droit d'en faire.

Il livrait des batailles sanglantes contre lui-même. Ses mortifications semblaient ne regarder que lui seul; son recteur lui ordonna de cesser ce feu. Il cessa.

Il disait à un Père qu'il ne faisait presque plus de pénitences, en comparaison de ce qu'il faisait dans le monde; mais, disait-il, je ne m'en plains pas, j'obéis, et il ajoutait : « La religion est un vaisseau à bord duquel ceux qui par obéissance ne font rien, vont aussi vite que ceux qui rament jour et nuit. »

Dans le monde, il s'était fait une loi du silence.
Novice, il devait parler en classe et en récréation :
« Religieux, disait-il, je parle davantage en un jour
que dans le monde en plusieurs mois. Si je retourne
chez les miens, je devrai changer de façon de vivre
de peur de scandaliser ceux qui m'ont connu, par une
apparence de relâchement. » Cependant, religieux, il
fut la statue vivante du silence, quand la règle
demandait le silence, mais religieux il obéissait.

Un jour de vigile, il avait obtenu du Maître des
novices la permission de jeûner au pain et à l'eau ;
mais ce Maître des novices s'apercevant ensuite qu'il
n'avait à peu près rien pris, lui ordonna d'aller à la
seconde table manger ce qu'on lui offrirait. Louis
obéit ponctuellement.

Belle manière de jeûner, lui dit un Père en riant,
manger peu à la première table afin de pouvoir
retourner à la seconde. Louis eut un bon sourire :
« Eh ! dit-il, que voulez-vous que j'y fasse, je suis
comme une bête devant Dieu : *ut jumentum factus
sum apud te.* » Il obéissait, et l'obéissance dépassait
de cent mille coudées son jeûne : *melior est obedientia quam victimæ.*

II

Une fois, Louis, qui remplissait scrupuleusement
tous les humbles offices que l'on confiait aux novices,
balayer, servir à table, desservir, pliait du linge avec
d'autres de ses frères. Pendant que son cœur et ses

mains s'appliquaient pieusement à cet obscur devoir, une pensée lui traversa l'esprit, il avait commis un oubli, lui qui en commettait si peu; c'était une lecture dans saint Bernard qu'il devait faire ce jour-là. Cette pensée lui fut une douleur, et il pensa interrompre son travail pour aller faire sa lecture. Son historien fait remarquer qu'il était permis de le faire. Cependant il n'en fit rien : « Si tu lisais saint Bernard, se dit-il, que t'indiquerait-il? L'obéissance. Fais donc comme si tu l'avais lu et plie ton linge. »

Ce jeune maître dans l'art d'obéir, n'avait pas que l'obéissance droite et sincère, mais l'obéissance ponctuelle, l'obéissance de l'aiguille sous l'action du ressort.

Le ressort, c'est la volonté de Dieu, et la volonté de Dieu est marquée par le devoir du moment. Le devoir du moment, c'est l'aiguille sur le cadran, et si votre main, votre cœur, votre intelligence, votre mémoire, tout votre être n'est pas avec l'aiguille, vous êtes en avance ou en retard, mais vous n'êtes pas à l'heure, vous n'obéissez pas. Connaître la fin et le fond de l'*age quod agis*, c'est tout le secret de l'obéissance.

En effet, mes enfants, si vous envisagez alors le devoir du moment avec un œil de foi, le silence dans ce corridor, l'entrain à cette récréation, la prière au commencement de cet exercice, cette page de grammaire à apprendre, cette version à faire, moins que cela, cette opération d'une seconde, ce livre à ouvrir ou à fermer; si vous envisagez tout cela avec l'œil de la foi, dans ce devoir d'une seconde vous verrez clairement et positivement énoncée la volonté de Dieu ; c'est la volonté de Dieu manifestée en cette seconde qui apporte avec elle la grâce et la donne à celui qui fléchit instantanément sous son action, comme le battant de la cloche sous la main du réglementaire.

Le devoir du moment, qu'un auteur spirituel, qui a été pour la circonstance un spirituel auteur, appelle le *sacrement de l'heure présente*, le devoir du moment est le seul dont l'accomplissement apporte la grâce. En dehors tout est vain et se perd. Si Louis de Gonzague se fût allé macérer jusqu'au sang, au lieu de plier son linge, le sang versé l'eût été vainement ; parce que, pour l'heure présente, Dieu n'avait attaché sa grâce qu'au pliage de ce linge.

Faire ce qu'on doit, mais le faire quand on le doit, et enfin le faire comme on le doit, c'est-à-dire exactement, ponctuellement, voilà la perfection.

Une fois, Louis étudiant sa théologie, rencontra une difficulté. Il s'en fut dans la chambre d'un Père demander l'éclaircissement. Le Père donna la réponse et ouvrant un volume de saint Augustin, lui indiqua du doigt un passage à lire sur ce sujet. Dix lignes continuaient au verso et achevaient l'explication. Louis ne tourna pas le feuillet : le Père avait dit : lisez cette page, elle était lue.

Il reçoit l'ordre d'accompagner un Père en ville. Ne pensant pas que la permission de sortir entraînât celle de parler, il va muet à côté de son compagnon de route en récitant le rosaire.

Le cardinal de la Rovère vient lui parler à la sacristie, il s'excuse n'ayant pas la permission.

Un de ses condisciples lui demande une demi-feuille de papier. La règle défend de donner ou de prêter sans permission ; il fait semblant de n'avoir pas entendu, sort, obtient l'autorisation, et, de retour, de fort bonne grâce, dit à son compagnon : « Il me semble que tout à l'heure vous me demandiez du papier. » Et il lui en offrit.

Quelques-uns d'entre vous disent : Voilà des bagatelles. Écoliers que vous êtes, quand donc au collège avez-vous l'occasion de vous jeter dans les flamboiements de l'incendie, d'aveugler un canon, d'enlever une redoute, de passer un pont d'Arcole, de donner votre vie ? Encore, dans ces héroïques choses, la nature déploie soudain des forces de réserve que les timides même ne soupçonnent pas : ils ont pour les soutenir l'imminence du danger, l'instinct de la vie, le sentiment de l'honneur, l'admiration des foules, l'amour de la gloire. Mais quand vous pratiquerez ponctuellement vos devoirs du moment comme Louis de Gonzague, faisant le siège de vous-même, un long siège à coups d'épingle, immolant perpétuellement vos goûts, votre tempérament, tout vous-même à des riens qui recommencent toujours, à un coup de cloche revenant obstinément à la même heure, à un signal frappé sur un pupitre, au sempiternel retour des mêmes exigences de discipline, des mêmes travaux obscurs, n'ayant pour vous soutenir que votre vertu et la grâce ; quand vous ferez cela, vous serez un héros, et je vous dis que Louis de Gonzague était un héros.

Je vous l'ai dit : Il faut céder à la volonté de Dieu comme le battant de la cloche sous la main du régle-

mentaire. Vous la connaissez cette voix de bronze
implacable comme le bronze. Perchée toujours au
même point de la maison, elle vous chante tous les
jours des airs que vous savez par cœur, beaucoup plus
d'ennuis que de joyeux refrains. Tant que vous ne
reconnaîtrez pas en son timbre clair un écho de la
volonté de Dieu, vous ne ferez rien de bon. Elle dit à
la fois et ce que Dieu veut et l'heure à laquelle Dieu
le veut, et si l'un et l'autre ne vont pas ensemble, vous
perdez votre temps. A la messe du matin ne pensez
pas à l'étude qui va suivre, et à l'étude ne pensez pas
à la classe. Chaque chose en son heure, ou vous
remuez dans le vide.

Ne croyez pas qu'il y ait des choses plus importantes
que celles que vous devez faire au moment même.

Ce que vous voudriez faire ne vaudra jamais ce que
vous devez faire.

Rien ne passera cela : Obéir. On aura dit de vous
tout ce qu'on peut dire, si dans vingt ans on vous
rend cet hommage : Il savait obéir. Si on le dit, sans
être prophète ni fils de prophète, je puis prédire que
vous serez déjà haut dans votre carrière.

Dans ses entretiens de Sainte-Hélène avec ses compagnons d'exil, le conquérant dont l'épée se rouillait
tristement, désespérant de remporter de nouvelles
victoires, revivait passionnément les victoires passées,
et les noms de ses généraux, compagnons de lutte et
de gloire, revenaient dans ses discours. Une fois, en
parlant de Desaix : « Desaix ! Ah ! Desaix, dit-il, et il
avait des larmes dans la voix ; Desaix qui savait obéir
comme s'il n'avait jamais su commander ! » C'était

dire que Desaix fut un maître dans le commandement, parce qu'il était un très grand maître dans l'obéissance.

Ecoutez, mes enfants, suivez le conseil et l'exemple que vous donne saint Louis votre patron ; soyez exacts dans l'obéissance. Si vous raisonnez, si vous discutez avec la cloche, avec le devoir du moment, vous serez peut-être par ailleurs un bon élève, vous serez laborieux, vous aurez du succès, à la distribution des prix votre nom résonnera souvent, on applaudira ; mais à la distribution des prix suprême, à cet examen définitif auquel à tout prix il ne faut pas échouer, l'examinateur souverain vous reprochera peut-être d'avoir très bien fait vos devoirs, mais de n'avoir pas fait votre devoir.

L'immolation de sa volonté est la plus grande des victoires, l'Esprit-Saint l'a dit ; mais les héros de l'obéissance arrivent à l'immolation de leur jugement ; c'est la générosité totale dans l'abandon de soi.

Louis de Gonzague avait à l'oraison une ardeur si excessive, que sa santé en souffrait, et un de ses supérieurs lui ordonna de prolonger matin et soir sa récréation avec ceux qui mangeaient à la seconde table ; il était de la première. Le Père ministre ignorant l'ordre donné, lui infligea une pénitence ; il dut s'accuser en public d'avoir violé la règle du silence. Il obéit sans un mot d'excuse. Le lendemain, à la même récréation, Louis agit de même, nouveau reproche, nouvelle pénitence, et toujours la même obéissance. Son supérieur l'appela : Pourquoi, dit-il, n'avoir pas averti le Père ministre de la permission que je vous ai donnée? « La pensée m'est venue, dit Louis, qu'en n'obéissant pas sur-le-champ, j'aurais peut-être scandalisé; mais comme je crains aussi que cette pensée ne vienne de l'amour-propre, j'avais résolu d'avertir le Père ministre à la troisième fois. » Ce n'est rien, et c'est héroïque; c'est la volonté et le jugement propres qui se noient dans la volonté de Dieu.

Vos maîtres, mes enfants, ont tout ce qu'il faut pour vous conduire. Ils ont la foi, ils ont le zèle, ils ont la science, ils ont la prudence, et par-dessus tout ils ont l'amour; mais ce qu'ils n'ont pas, c'est l'infaillibilité. Vous n'êtes pas assez fous pour leur demander qu'ils ne se trompent jamais, et vous n'êtes pas assez fous non plus pour penser que l'erreur, qui est une infirmité de la nature, dispense de l'obéissance, qui est un ordre de Dieu.

Vous pouvez discuter. Vous aurez peut-être raison, mais vous n'aurez pas obéi, et obéir vaut mieux qu'avoir raison.

Obéir, ce n'est pas arriver, parce qu'on l'ordonne, à dire que ce qui est blanc est noir, que ce qui est noir est blanc; obéir, c'est ne pas regarder à la couleur, et voilà le sommet de la générosité dans l'obéissance.

Mes enfants, j'ai fini pour aujourd'hui, et c'est déjà trop long. L'écolier qu'on vous donne pour modèle et patron est arrivé, dans l'obéissance, à d'incalculables hauteurs qui semblent inaccessibles à une âme humaine.

Ecoutez : les délices de ses extases, autant que les continuelles macérations de sa vie, ruinèrent son corps débile et mirent à bout sa fragile santé. Ses maîtres prolongeaient son sommeil et réduisaient son oraison. Il obéissait. Comme il en souffrait, un de ses supérieurs lui fit espérer, une fois sa santé un peu rétablie, que le général de la Compagnie lui permettrait de revenir à ses pratiques aimées. Cette espérance lui fut un baume; mais s'y sentant trop incliné, il l'éteignit; elle lui semblait contraire à la sainte obéissance.

Obéir vaut mieux qu'une extase.

Cependant, il avait un gros ennui; il ne savait comment faire pour obéir. On lui ordonnait de se distraire de Dieu, et il s'y abîmait malgré lui, comme les ruisseaux dans l'Océan, ou il y montait, sans agiter ses ailes de colombe que l'ordre des supérieurs tenait fermées, comme une nuée floconneuse monte dans le soleil. Il disait, inquiet, à un de ses compagnons : « Je ne sais plus comment faire, le Père recteur m'interdit l'oraison, cause de mes maux de tête, et je me fais beaucoup plus de violence, pour me distraire de Dieu que pour en avoir l'esprit toujours rempli. Je trouve plus de repos à m'absorber en lui et plus de peine à m'en arracher. Le remède est pire que le mal; mais il faut obéir, il faut obéir. » Et pour obéir, mes enfants, écoutez si jamais homme sur terre est allé si loin dans l'obéissance : quand il avait passé quelques secondes devant le Saint Sacrement, il fuyait pour éviter un ravissement. Pour obéir, il fuyait Dieu, et plus il fuyait, plus Dieu le poursuivait et l'attirait. Plusieurs fois le jour, de célestes lumières et d'indicibles consolations venaient inonder son âme de

chérubin. La tentation lui venait de Dieu au lieu de
lui venir du diable, et au lieu de dire : Retirez-
vous de moi, Satan, il disait : Retirez-vous de moi,
mon Dieu. Dieu se retira si peu, qu'il le prit à vingt-
trois ans. Il resplendit dans la lumière divine, sans
nul ordre qui puisse lui interdire ses ravissements.
Son extase éternelle ne craint plus ni la satiété ni la
fatigue, et de ces surnaturelles hauteurs il nous dit
son premier mot d'aujourd'hui : J'ai obéi.

Vir obediens loquetur victorias. Amen.

SAINT LOUIS DE GONZAGUE

LE TRAVAIL

Prononcé avec le précédent au collège de Mongré,
pendant le Triduum solennel célébré à l'occasion du troisième
centenaire de Saint Louis de Gonzague.

SAINT LOUIS DE GONZAGUE

LE TRAVAIL

Dixit illis : Quid hic statis totâ die otiosi?
Le Maître leur dit : Qu'êtes-vous ici tout le
jour à ne rien faire ?

(MATH., XX, 6.)

ALLEZ à ma vigne, dit le Maître : *Ite ad vineam meam.*

Bêchez, sarclez, émondez, vendangez, travaillez. Travaillez : quand Dieu, mes enfants, eut achevé de pétrir le limon humain, quand à travers la statue inerte, *figmentum primus*, il eut fait passer la flamme de l'intelligence et de la vie, et que sa créature se fut dressée dans sa totale puissance : *dehinc totus* (1), Dieu ne lui dit qu'un mot : Obéis.

Il ne lui dit pas : Travaille, souffre, meurs ; ces mots auraient-ils seulement existé dans les langues de l'humanité ? L'épreuve humaine s'arrête là : Obéis.

C'était facile, et pourtant l'homme n'en fit rien. Il tomba.

Tombé, il dut obéir encore et quand même, mais à ses épaules, devenues moins fortes, Dieu ajouta des

(1) Tertul.

fardeaux plus lourds dont voici le premier : le travail.

Travaille, lui dit Dieu, connais la rébellion de la terre, la lutte avec elle de vive force, la chaude sueur, le harassement des bras, l'exténuement des forces, le poids écrasant des heures. Tu ne mangeras pas un pain exquis venu à même cette nature vierge et féconde. Tu viens d'abdiquer sa pleine royauté, pour ne garder du *Dominamini* universel qu'une royauté amoindrie et chétive. Le pain que tu mangeras sera d'un froment arraché dans la fatigue à une terre récalcitrante et insatiable de ta sueur : *In sudore vultus tui vesceris pane* (1).

Le travail devient la seconde loi du monde, et gare à qui cherche à l'éluder. On ne se moque pas de Dieu. Il trouve toujours son heure.

Puis, enfin, le Christ est venu, non pas retirer la condamnation, mais lui infuser, en la prenant lui-même, toute la force de la restauration. De l'épreuve humaine il n'a pas pris que l'obéissance; car il ne serait devenu que l'homme d'avant la faute, et il fallait endosser la chair de l'homme déchu pour racheter l'homme déchu. Pour se faire tel que nous sommes, *ut similis illis fieret,* il s'imposa le premier de nos châtiments, le travail, non celui qui est plaisir, mais celui qui est labeur. A quoi eût servi le nôtre, sans celui de Jésus?

Quand, des milliers de siècles durant, la terre avare aura été saturée de la sueur humaine; quand le pain

(1) Gen., III, 19.

de l'humanité n'en sera sorti que sous ces efforts mille et mille fois séculaires; quand toutes les générations auront passé, portant le joug avec courage et courbant la tête sans murmure; puis quand tout sera fini et que dans la balance de l'éternelle Justice on mettra tout le poids de ce formidable labeur, et qu'on y aura versé tous les fleuves de ces sueurs laborieuses, il y aura toujours dans un plateau une offense infinie, et dans l'autre une réparation qui se compte et se pèse et se mesure. Qui jettera dans cette balance un travail d'un poids infini pour payer cette première condamnation? Jésus vint et il le fit, et comme pour agrandir démesurément le prix de nos douleurs, il les compénétra des siennes; pour augmenter jusqu'à l'extrême limite le poids de notre travail, il l'identifia avec le sien.

En travaillant avec le Christ, nous pouvons dire maintenant comme saint Paul : *Adimpleo ea quæ de sunt...* (1). Suite du Christ, je le continue, je fais ce qu'il eût voulu faire, et membre du Christ, ce qu'Il aurait voulu faire, il le fait en moi. Et cela, mes enfants, il n'est pas un de vous qui, courbé plein de bonne volonté sur un problème ou une version récalcitrante, ne puisse le dire en toute vérité : Je continue le Christ : *Adimpleo ea quæ desunt....*

Il travailla donc, et nous dit à tous : Faites de même; allez à ma vigne : *Ite ad vineam.*

Moi qui suis le maître, je l'engraisse de tout mon sang; vous les serviteurs, refuseriez-vous quelques gouttes de sueur?

(1) Colos., I, 24.

La vigne est vaste, mes enfants, elle s'appelle le monde.

La journée est longue, elle s'appelle le temps.

Les ouvriers nombreux, ils s'appellent les hommes.

Le salaire immense, il s'appelle le ciel.

Le ciel! un poids éternel de gloire : *æternum gloriæ pondus*, contre le poids d'un jour de labeur.

Le ciel est en vente, et le prix, c'est le travail.

Dans cette grande journée de travail dont les heures sont des siècles, où chaque ouvrier ne peine qu'un instant, le Maître de la vigne va d'ici de là, gourmandant les oisifs : *Quid statis hìc totâ die otiosi?* Mais il s'arrête aujourd'hui devant un vaillant, qui à vingt-trois ans avait achevé sa tâche, en nous disant : Faites comme lui.

Hier, vous demandiez à saint Louis de Gonzague le secret de sa gloire. Il vous a répondu : J'ai obéi. Mes enfants, il n'a pas donné toute sa recette; il ajoute aujourd'hui : J'ai travaillé.

I

Mes enfants, nous sommes, vous êtes condamnés aux travaux forcés à perpétuité. Ecoutez Dieu nous parler : Parce que tu as mangé le fruit défendu, la terre sera maudite à cause de toi, elle te produira des ronces et des épines, et tu mangeras ton pain à la sueur de ton front.

Telle est la première et inéluctable loi du monde de la chute. L'homme, immortel souverain de la nature, s'est gonflé de superbe et a voulu reculer plus loin encore les limites de son empire, devenir Dieu ; la peine sera le rétrécissement de son domaine. Il n'est pas l'esclave de la terre, mais il n'en est plus le roi absolu ; il faudra la dompter comme un fauve, et dans son continuel labeur, il en sentira à chaque instant les rébellions.

Voilà à jamais décrétée l'immuable loi du travail. La terre, d'elle-même, donnera des ronces ; pour en tirer autre chose, il faudra la sueur de son roi déchu : *In sudore vultús tui.*

D'elle-même, cette nourrice féconde, dont nous n'avons pas encore lassé le sein, ne donne en effet que des ronces. Quand la sueur sacrée des fronts humains ne féconde plus des sillons péniblement ouverts, elle devient stérile.

Il y a six mille ans que nous subissons la peine, et nous n'avons encore pu l'ensemencer tout entière.

Un milliard d'hommes sont courbés sur elle et lui arrachent leur pain ; ensemencée partout, elle en nourrirait treize fois davantage ; mais elle ne donne que lorsqu'on la violente, il lui faut déchirer le sein pour en avoir la substance, et quand la charrue s'arrête, elle reprend ses ronces impénétrables où glissent les serpents et ses déserts infinis où rugissent les fauves. Forcée par le labeur humain, elle redevient encore le paradis perdu ; les forêts se plantent, les épis se gonflent, les marais se dessèchent, les fleuves s'endiguent, l'atmosphère se purifie, les climats s'assainissent, et surtout, mes enfants, le laborieux auteur de toutes ces choses se rachète et se grandit.

La voilà enfin, dans ces deux derniers mots, la sereine beauté de cette loi du travail ! Voilà où, amoureusement, Dieu dans la peine a mélangé l'amour ! Le travail, notre châtiment, devient notre régénération et notre gloire. A mesure que sous son action la terre puise incessamment la beauté, la jeunesse et la fécondité, les bouillonnements corrompus de notre sang vicié s'apaisent, et l'homme, dans le travail, puise plus que la vie, il puise la vertu.

Le Sage l'a dit : L'oisiveté est la mère de tous les vices. De cette affirmation du Sage nous avons six mille ans d'expérimentation. Les peuples forts ont toujours été des peuples chastes, les peuples chastes, des peuples laborieux. La grandeur, la puissance, la vertu, montent dans l'homme en proportion de son travail.

Est-ce qu'un écrivain moderne qui a raconté les révolutions dont notre pauvre et chère France a été secouée, avec une terrible impartialité qui a irrité ses amis en incroyance, n'a pas prouvé d'une façon irrésistible que la première cause de nos malheurs fut l'oisiveté. On désertait le champ paternel, où les nobles ancêtres avaient vécu, ne le quittant par intervalles que pour ceindre l'épée et la cuirasse, et chevaucher vers les lointaines terres où l'on frappait d'estoc et de taille pour défendre la patrie et Dieu. Finies les rudes et belles batailles, ils revenaient aux castels crénelés où les attendaient les châtelaines, les enfants, les vassaux toujours fidèles. On a donc déserté le champ paternel, pour aller vivre dans l'éblouissement des cours une vie d'insouciance et de plaisir, et le jour est venu où le serviteur n'a plus connu le maître, puis la haine s'est amassée dans ces âmes, jusqu'à l'heure où elle fit une terrible explosion.

Non ! nous ne prêchons pas assez fort cette grande loi du travail. Nous ne crions pas assez haut qu'elle est coupable, l'espérance de se soustraire à la condamnation divine. C'est à l'humanité tout entière qu'il a été dit : Tu mangeras ton pain à la sueur de ton front, comme il lui a été dit : Tu ne tueras point, tu ne voleras point ; et il n'est pas un homme en ce monde qui ait le droit de vivre pour vivre et de manger un pain que rien ne lui a gagné.

Mes enfants, vous êtes ici pour faire patiemment, laborieusement l'apprentissage de la vie. Avant d'y entrer, demandez-vous si vous voulez y faire quelque chose et ce que vous voulez y faire. Voulez-vous vous contenter de la passer, ou voulez-vous mettre quelque chose dedans ?

Voulez-vous seulement la vivre, ou voulez-vous l'emplir ?

Voulez-vous entrer dans la vigne, la canne à la main, pour vous y promener, ou la bêche sur l'épaule, pour la travailler ?

Laissez-moi vous tracer à grands coups le portrait de deux classes d'hommes que le Maître rencontre sur son chemin quand il va visiter sa vigne, et des deux vous choisirez celui que vous voulez être.

Tous les deux ont la jeunesse et la fortune, et l'intelligence et le savoir.

Tous les deux sont outillés pour fournir une belle journée.

19

L'un, vous le connaissez, c'est sous vos yeux qu'il vit, si l'on peut appeler vivre le traînement lâche d'une existence vide.

L'autre, il a vécu. Il est venu à la vigne à une heure plus matinale. Voilà trois siècles de cela.

Le premier..., mais j'ose à peine esquisser dans cette chaire une silhouette rapide que vous connaissez comme moi, vivante, palpitante de ridicule et de vanité, et en faveur de la fidélité du portrait, d'avance je vous demande pardon de la liberté de l'expression.

Le premier représente dans le monde moderne la vanité, la bouffissure du rien, le triomphe du colifichet, la victoire du col et du pantalon sur l'intelligence et la vertu, le ronron barbare du boulevard coté plus haut que la grande éloquence, le port du stick plus prisé que celui de l'épée, l'héroïsme, l'éloquence, le patriotisme, la vertu, la religion s'éclipsant devant l'oisiveté élégante, vide et dorée.

La vanité oisive est un vice de tous les temps, parce que tous les temps ont eu de petits esprits; mais quand elle tient le haut du pavé, quand elle donne le branle au goût et à la mode; quand le siècle est ainsi dépravé qu'elle puisse régner à l'aise, prendre le pas partout, au théâtre, dans la rue, dans les réunions publiques, dans les salons et jusque dans l'église, ce siècle-là est manifestement un siècle de décadence.

Ce n'est que sous le Bas-Empire, au moment où la vieille Rome caduque mûrissait pour l'esclavage et l'invasion, que cette race naquit, et ce n'est pas un mince symptôme du temps où nous sommes, que la place qu'elle y tient et l'importance qu'on lui donne.

Est-ce qu'elle n'arrive pas à constituer une classe sociale, cette légion de hérons dont le bon Lafontaine a tracé le rapide et fidèle portrait, qui s'en vont partout, la tête absolument vide et le cœur aussi, sacrifiant tout au plumage, abdiquant volontiers la dignité d'homme, pour remplir la fonction sociale de moule à frac, impuissants à remuer une idée ou à défendre une cause autre que celle de leurs clubs ou de leurs chevaux, race creuse qu'on ne peut regarder sans rougir pour la dignité humaine ; qui change de nom à chaque saison, comme à chaque saison elle change de manière de porter les mains ou les pieds, toujours la même pourtant sous ses multiples métamorphoses, toujours élégante et toujours inutile, fière d'avoir détruit en elle jusqu'à la faculté de s'émouvoir et de sentir, honteuse autant des francs rires que des bonnes larmes, s'en tenant résolument au sourire idiot et éternel de la gravure de mode, race atrophiée, mais fière de son atrophiement, en laquelle on ne trouve plus trace d'énergie virile, même pour le plaisir. Ce sont des polypes corrompus d'une société décrépite.

Qui n'a donc rencontré cette portion inutile de notre société moderne, qui promène sur nos boulevards et dans les lieux de plaisirs, avec son interminable oisiveté, une bourse toujours pleine et une tête et un cœur vides. De temps à autre pourtant, ils pensent acheter le droit de ne servir de rien, laissent tomber une pièce d'argent dans le gouffre béant de la charité, pour avoir une œuvre à leur actif, comme ce roi insensé qui, pour avoir une infortune au sien, jetait à la mer un anneau de grand prix. Encore faut-il qu'on

paie leur charité en rires, et notre siècle, qui voit de
si étranges choses, devait encore inventer celle-là, un
nouveau et criminel moyen de secourir la misère :
s'amuser.

Et il nous faut lire sans rougir, en caractères
écarlates, contre les murs de nos cités, des appels
comme ceux-ci : Bal en faveur des pauvres ! Les pauvres ont donc trouvé le moyen de remplacer le pain
par des bals ? Non : mais les rassasiés dansent pour
nourrir les affamés. Quand le choléra est à Marseille,
on conclut qu'il faut danser à Paris. Lorsqu'on souffre
et on pleure à un bout de la France, on chante et on
danse à l'autre bout, et cette monstruosité ironique
s'appelle : Fête de charité ! La vertu divine que le
Christ a donnée aux siens comme marque de race, ne
pouvait s'attendre à être ainsi prostituée.

Il faudrait voir un revenant de cinquante ans en ar-
rière tomber tout d'un coup au milieu de ces branle-bas
de plaisir. Il s'adresserait au premier venu et lui dirait :
Avons-nous remporté des victoires décisives, dis-
tendu nos frontières, replacé notre France à la tête des
nations ? — Non, non ! l'inondation submerge quatre,
cinq départements, le choléra se promène en laissant
des morts sur son chemin et chassant devant lui les
vivants affolés. — Eh bien ? — Eh bien, s'amuser est
le dernier système inventé pour secourir plus prati-
quement les malheureux et donner du pain aux affamés. Peut-être ce revenant-là aimerait mieux réinté-
grer sa tombe que vivre en un temps enfiévré de tels
délires ; et le lendemain, on lit dans les journaux : La
fête a été splendide... s'est prolongée fort avant dans

la nuit... la recette... La fête, quand il s'agit de peste et de famine! La fête! voilà bien le mot qui est le fond et la fin de ces vies désœuvrées et voluptueuses. Ce grand mot de Dieu et de l'homme, le travail, est remplacé par cet autre, la fête! Faire la fête est justement ce qu'ils appellent vivre, si bien que, par une horrible confusion de mots, personne ne se méprend plus sur le sens de cette formule acceptée : mener la vie.

Ah! pour Dieu, si vous aimez encore vos frères les déshérités, secourez-les simplement. Etes-vous donc déjà descendus si bas qu'on ne puisse vous arracher le morceau de pain du pauvre sans vous amuser? Je consulte mon cœur, et mon cœur me répond : Non, si j'étais le pauvre, je ne voudrais pas de ce pain-là, je ne voudrais pas de vos rires pour sécher mes larmes.

Encore, celui dont je parle, croit-il qu'au grand livre de la Providence, ces aumônes insouciantes, ces charités troquées contre des plaisirs suffisent à balancer le passif. Au jour, pourtant, du terrible rendement de compte, quand l'ange des irréformables justices plongera ses mains dans ces existences vides, qu'en retirera-t-il? des plaisirs et encore des plaisirs, et après, rien, et encore rien.

Ah! Messieurs, pour Dieu, ne soyez pas de ceux à qui il suffit de porter un nom connu, d'avoir eu des ancêtres, un arbre généalogique fameux. Eh, qu'importe que les racines de cet arbre soient belles et touffues, s'il ne porte pas de fruits, s'il étend orgueilleusement une frondaison inutile, s'il tient une place où un autre produirait abondamment, s'il est un de

ces arbres d'automne, dont parlait saint Jude, *arbores
autumnales*, dont les fruits sont des branches sèches :
infructuosæ, morts et deux fois morts : *bis mor-
tuæ* (1). Faut-il donc garder les arbres morts en
reconnaissance des fruits qu'ils ont portés autrefois?
Vos ancêtres? Mais quand le Fils de l'homme condamna au feu le figuier stérile, le vit-on fouiller le sol
pour en étudier les racines? Il regarda le tronc et les
branches : le bois était sec et craquait au soleil. Au
feu, dit le Maître, c'est un cadavre de figuier, et les
cadavres ne doivent pas tenir la place des vivants. O
mes enfants, quelque nom que vous portiez, n'entrez
pas dans la légion stérile de ceux qui n'ont que cela,
un nom. Qu'avez-vous, disait-on à l'un d'eux, qui vous
mérite de vivre? — Des ancêtres. — Qu'as-tu, figuier
mort, pour échapper à la condamnation du Maître?
— Des racines.

Ils disent : Pourquoi travailler, si nous avons l'or?
Et depuis quand l'or dispense-t-il de la loi? L'or sup-
prime-t-il la chasteté, la fidélité? pourquoi mieux
supprimerait-il le travail? L'or en est la récompense
mais n'en est pas le but. L'or est la rétribution passagère que Dieu donne au travail, pour faire attendre
l'heure de la rétribution définitive et immuable; mais
on ne travaille pas que pour avoir de l'or, on travaille
pour obéir à Dieu, à la loi souveraine, pour remplir sa
vie. Si leur berceau est tombé dans la fortune, qu'ils
disent à Dieu : merci; mais que ne se souviennent-
ils qu'ils n'ont pas le droit de se contenter d'en jouir,

(1) Jud., 12.

sinon leur vie est perdue, et il vaudrait mieux ne la pas vivre. Puisqu'ils ont de l'or, à défaut d'autre labeur, au moins qu'ils n'abandonnent pas à d'autres le soin de le gérer, ne gardant pour eux que la jouissance. Qu'ils aient au moins ce souci-là, et ils auront encore fait quelque chose, exercé autour d'eux une influence, rempli leur existence de quelque labeur. Mais non, rien et toujours rien ; et lorsque, au dernier jour, au soir de la journée de la vigne, le Maître leur dira d'ouvrir les mains pour voir ce qu'ils rapportent, ces mains qui, au lieu des nobles callosités de la bêche, auront les molles blancheurs de l'oisiveté et du vice, seront vides, vides.

Je vous ai annoncé le portrait de deux hommes : voilà le premier. C'est à celui-là que parle le Maître quand il dit : Qu'êtes-vous là sans rien faire toute cette journée de la vie ? *Quid hic statis totâ die otiosi ?*

Le second était un jeune et brillant seigneur dont on pouvait dire, comme du Silva du poète, qu'il touchait

> Du pied à tous les ducs, du front à tous les rois.

Il va être marquis de Castiglione, prince du Saint-Empire, chevalier de Calatrava, héritier des fiefs de Castiglione, de Castel-Giuffredo, de Solferino. Il y a dans sa famille des rois, des ducs, des princes, des cardinaux, des évêques. Il y aura des reines et des impératrices. Cent ans après lui, la plus grande voix du xviie siècle, la plus grande probablement de notre

histoire, celle de Bossuet, prononcera l'oraison
funèbre de la célèbre Anne de Gonzague, princesse
Palatine; mais celui dont je vous parle aujourd'hui,
encore enfant, fut assez sage pour penser que tous ces
titres sont des sonorités, que Dieu ne se paie pas de
bruit, que les couronnes ducales tombent des fronts
et ne sont pas toujours remplacées par les couronnes
d'élu, qu'il faut avoir autre chose à présenter au
Maître souverain, qu'il faut faire quelque chose, et
dès que sa raison s'éveilla, il fit quelque chose.

Que fit-il?

Et vous le voyez en de surhumaines hauteurs que
nul de vous n'espère atteindre, s'absorbant dans
l'oraison, s'enivrant d'extases, châtiant son corps,
mortifiant tout son être, et vivant hors du monde, en
plein tumulte du monde.

Oui, il fit cela, mes enfants, mais il ne fit pas que
cela. Il fit des choses plus faciles, abordables à nos
faiblesses.

Ecolier d'abord, il fut un studieux.

Il ne lisait pas que des vies de saints et des œuvres
de mysticité. A l'âge où vous vous morfondez sur une
version à coups de dictionnaire, il lisait couramment
Sénèque, Plutarque et Valère Maxime, et les portait
partout avec lui.

Les hasards et les exigences de sa vie de prince,
plus tard, scolastique de la Compagnie de Jésus, les
ordres de ses supérieurs le charrient de ville en ville.
Il passe de la vie de château à Castiglione, à la vie des
camps à Casal, où il porta cinq ans la cuirasse, le
casque et le heaume faits à sa taille, de Casal à

Mantoue, à la cour du duc son parent, de Mantoue au château paternel, de là à la cour d'Espagne où il est page, d'Espagne à Castiglione, de Castiglione à Florence, de Florence à Milan, de Milan dans sa province. Scolastique, il va à Rome, de Rome à Naples, de Naples il revient à Castiglione et à Mantoue, de Mantoue il retourne à Milan, de Milan à Rome, cette fois pour y mourir.

En cette vie voyageuse, toute serrée en un étroit espace de dix-sept à dix-huit ans, vous vous demandez où il prit le temps d'étudier ? Ses installations étaient très vite faites, mes enfants : à peine arrivé, il était à l'étude. A Florence, il étudiait avec acharnement le latin et l'italien. A Madrid, où son père était chambellan de l'Empereur, ses journées s'absorbaient dans le travail : il y étudia la logique ; le mathématicien du roi lui enseigna la sphère, il apprit la philosophie et la théologie naturelle de Raymond Lulle. Il trouva en pleine cour le moyen de devenir à la fois un savant et un saint. Ce fut merveille de voir, à Alcala, ce page jeune et brillant, soutenir une thèse publique contre un étudiant en théologie.

Tout adolescent, presque encore un enfant, son père l'envoya à Milan, pour y régler des affaires embrouillées. Il n'était question ni d'études, ni de collège. Il y fut neuf mois, réglant les affaires de son père à sa pleine satisfaction, et trouvant en même temps le moyen de suivre les cours de sciences naturelles, au collège de la Brera, d'être exact comme un écolier aux classes du matin et du soir ; et, quand une affaire importante le retenait ailleurs, il faisait prendre les leçons du professeur pour les étudier en son particulier. L'auteur de sa vie, à qui le secrétaire de saint Louis avait montré, à Castiglione, les rédactions mathématiques de son maître, fut profondément étonné de la scrupuleuse exactitude de chaque démonstration. Pas un chiffre, pas une figure, pas un mot technique qui fût omis.

Scolastique, son supérieur écrit de lui : « Son talent est si remarquable que, bien qu'il n'ait encore que dix-huit ans et qu'il ait longtemps vécu à la cour, il sait admirablement la logique et la physique, et en parle si savamment que tout le monde en est émerveillé. »

A Rome, il étudia la métaphysique avec acharnement, et, quelque temps après son entrée au collège Romain, il soutenait une thèse publique devant les cardinaux de la Rovère, Mandovi et Gonzague, aux applaudissements de tous les assistants. Avec sa santé déjà délabrée par les jeûnes et les macérations sans fin, il trouvait encore le moyen d'être le premier.

Puisque enfin il faut faire quelque chose en sa vie, mettre des œuvres à son *avoir* pour être inscrit au *doit* de la Providence, il commença de bonne heure. A douze ans, il s'en allait, visitant les écoles de la Doctrine chrétienne, et faisait le catéchisme aux petits enfants. A douze ans, il réunissait autour de lui tous les fils de ses vassaux et tous les pauvres de la contrée, leur enseignait la science du ciel d'une telle façon, que la vue seule du jeune apôtre suffisait à sanctifier les âmes. A douze ans, il apaisait les différends entre les serviteurs, réprimait les blasphèmes, amendait les coupables, jouait un rôle, exerçait un apostolat. A quinze ans, son père pouvait l'envoyer tout seul à Milan remplir une laborieuse et délicate mission dont il se tirait avec honneur. A dix-neuf ans, on demandait son arbitrage dans un grave différend survenu entre son frère Rodolphe et le duc de Mantoue. Là où l'archiduc Ferdinand, frère de l'empereur Maximilien, avait échoué, où Éléonore d'Autriche et sa mère avaient échoué, Louis réussit pleinement.

Scolastique, de dix-sept à vingt-trois ans, il se fit, dans les rues de Rome, apôtre et mendiant. A vingt-trois ans, il se jetait tête baissée dans la peste, en devenait la victime. A cet âge, où celui dont je vous ai fait tout à l'heure le triste portrait, commence à promener dans la vie son élégante vacuité, Louis de Gonzague revenait de la vigne harassé de labeur, mais pouvant dire au Maître du champ : J'ai fait ma journée.

Mes chers enfants, je viens de vous tracer deux portraits d'hommes, de vous raconter deux vies. Dites lequel des deux vous voudriez être au soir de la vôtre, et vous saurez ce qu'il faut être au matin et au midi. Le Maître de Louis, qui est aussi le vôtre, ne vous dit qu'un mot : Travaillez quand c'est jour, quand vous êtes jeunes, quand vous avez la force dans les membres, la lumière dans l'intelligence, l'énergie dans le vouloir, le temps, la santé, la vie : *Operamini dum dies est.*

Quand viendront la nuit, la vieillesse, les épaules penchées, les genoux fléchissants, la tête tremblante,

l'intelligence brumeuse, la volonté endormie, quand
viendra la mort, on ne peut plus rien faire : *Venit nox
quando jam nullus potest operari* (1).

Operamini : Travaillez : et plus tard donnez à vos
fils ce salutaire exemple. Ne préparez pas pour l'avenir une de ces générations anesthésiées qui sont l'agonie des peuples. Ne vous contentez pas de prendre
la vie en passant, emplissez-la. Si vous avez en abondance, travaillez pour les pauvres, pour l'Église, pour
la patrie, pour Dieu, pour le ciel. La quenouille que
filaient nos reines, fut un sceptre plus beau et plus
sûr que celui qu'enfermait leur berceau ; votre épée,
votre plume, votre charrue seront des bijoux plus
riches que le diamant de belle eau que vous aurez au
doigt, et sur votre foyer des paratonnerres plus assurés
que celui de Franklin. *Operamini :* Travaillez.

II

Et si le travail n'était pas une loi et une loi impérieuse, est-ce que Jésus-Christ eût passé dix-huit ans
de sa vie à nous en montrer l'exemple laborieux ? Ou-
vrez l'Evangile. Un jour, partageant les maternelles
angoisses de Marie, vous fouillez avec elle les roches
et les collines qui vont de Beroth à Jérusalem, demandant Jésus perdu aux silences de la nuit, aux plaines et
aux ravines muettes, pour le trouver trois jours après
dans le temple, enseignant les docteurs. Il avait alors
douze ans.

(1) Joan., ix, 4.

Passez une ligne seulement et vous retrouverez le même Jésus. Cette fois il a trente ans. Il est assis à côté de sa mère au festin des noces de Cana, inaugurant sa mission publique par le grand miracle qui fut le prélude des autres.

Sur sa courte vie, voilà donc dix-huit ans de silence vécus dans sa Nazareth obscure, dix-huit années que l'Esprit-Saint n'a remplies que par un mot. Vous n'avez jamais été surpris que ce mot résume toute l'action divine pendant ces longues années silencieuses ? Eh quoi ! trois années pour enfoncer les fondements de cet édifice immortel, l'Eglise ; trois années pour arracher le monde à la vieille tyrannie de Satan ; trois années pour renouveler la face de la terre ? Et les dix-huit qui précèdent, pourquoi ? Dix-huit années pour nous exercer à la pratique du travail soumis et sans relâche, et notre Dieu n'a pas trouvé que ce fût trop.

Obscurité de Nazareth, vous êtes le complément de l'obscurité de la crèche, mais toi, atelier de Nazareth, mais vous, outils grossiers que maniait le Fils de Dieu, mais vous, soumission laborieuse du Verbe éternel dans la demeure du charpentier, vous êtes le vivant et divin commentaire du chant que les anges entonnaient, en planant dans la nuit sereine, au-dessus des oliviers du champ de Booz, pour annoncer Noël à l'humanité : Paix sur la terre aux hommes de *bonne volonté !*

Dix-huit années pour prêcher cela et rien que cela ! Et si nous ne comprenons pas la grandeur de cette œuvre de silence, c'est que, repliés en dedans de nous-mêmes, nous n'avons jamais touché le fond de l'abîme de notre misère. Si nous l'avions fait, cette nuit de l'Evangile nous apparaîtrait lumineuse, et l'activité la plus bouillante nous semblerait moins féconde que cette apparente inaction. Je vous l'ai dit : le Christ ne venait pas supprimer la condamnation de l'Eden, mais la subir, pour la pénétrer de Lui, la grandir, la diviniser. Au monde esclave de ses passions, il vient apprendre une grande passion qui triomphe des autres, la passion du travail. Capharnaüm et le Golgotha, l'apostolat et le supplice sont le couronnement de sa vie, mais l'ensemble s'écoule obscurément à Nazareth, et ces dix-huit années de travail et de silence deviennent l'exemplaire parfait de toute vie. Le Golgotha est trop fort pour nos faiblesses, mais Nazareth est à notre taille, voilà pourquoi sa pleine vie, sa vie d'adolescent, de jeune homme et d'homme fait, se passe à Nazareth, une vie sans péripéties et sans histoire, dont nous ne savons que cela : Il travaillait.

Qui de nous n'a contemplé, en des heures radieuses et trop courtes, le paradis nazaréen où la sainte Famille avait établi sa demeure, où les anges muets descendaient de l'éternité pour adorer leur Dieu ? Quelle âme chrétienne n'est allée, avec eux, visiter l'Ouvrier royal dans son atelier modeste et ne l'a regardé, ravie, s'animant au travail ? Qui ne s'est senti le cœur serré, en voyant le plus beau des fils des hommes péniblement penché sur son établi et la sueur ruisseler du front divin ?

Que de fois nos regards, avec les tendres regards de

Joseph, le maître du travail, se sont arrêtés pieusement sur ce jeune et radieux charpentier, qui est son
fils et notre frère, et son Dieu et notre Dieu, exerçant
ses mains, qui ont arrondi les sphères et les fronts, à
quelque tronc d'arbre, ou présentant à son père nour-
ricier la hache et le rabot paternels ! Ah! comme le
tableau divin m'est apparu, avec toute sa grandeur
sereine et douce, un jour qu'à la crête des coteaux de
Nazareth j'étais à cheval dans l'aube matinale et encore indécise ! De la demi-nuit qui dormait encore sur
la bourgade, j'entendais venir à moi les voix des
hommes qui montaient, pendant que de plus hâtifs
passaient tout près, se rendant à leur champ et à leur
métier, et il me semblait le voir passer aussi, le jeune
Essénien, beau comme le ciel, avec ses longs cheveux
de bronze, descendant harmonieusement sur ses
épaules divines, chargées des nobles armes de l'artisan, près du vieux Joseph qui allait silencieusement
en adorant son Dieu, artisan comme lui.

Mes chers enfants, Nazareth, c'est le collège; l'atelier, c'est la salle d'étude ; l'établi, c'est votre pupitre ;
l'outil, c'est votre livre ; et le maître du travail c'est
votre professeur, plein de la noble ambition de ressem-
bler à Joseph. Malheur à vous, si vous ne comprenez pas la grandeur de cette œuvre, et donnez cette
maison de travail pour séjour à l'immonde paresse !

Ah! mes enfants, ce vice que Jésus a mis dix-huit
ans à combattre, est le dernier dans la liste des vices
capitaux, le paresseux n'est-il pas le dernier partout? Je le trouve là bien à sa place, car de tous les
vices il est le plus déshonorant.

Non seulement il faut travailler parce que Dieu l'ordonne ; mais pour défendre notre honneur ; car la paresse avilit. Au grand saint qui fait l'objet de cette leçon de travail, laissez ses mortifications et ses extases, mais enlevez son assiduité et son ardeur au travail et vous le supprimez tout entier.

Je me rappelle le sens d'une page originale de Balmès qui justifie bien ce que j'avance.

« L'homme, dit-il, aime les richesses, et cela peut devenir l'avarice. Il aime la gloire, et cela peut devenir l'orgueil. Il aime les plaisirs, et cela peut devenir la luxure ; mais il aime aussi à ne rien faire, le *farniente*, et à cette incompréhensible jouissance, il sacrifie souvent sa réputation et son honneur.

La paresse a cet avantage sur les autres passions, qu'elle n'exige rien de celui qu'elle possède. En effet, son objet est purement négatif. Les autres passions supposent toujours de l'activité, souvent de l'effort et quelquefois de la constance. Une situation glorieuse pour l'orgueil ne s'acquiert pas sans travail. L'amour des richesses impose à l'avare des combinaisons habiles, des privations multipliées, avec un labeur persistant. Il n'est pas jusqu'à la volupté hideuse qui ne soit le prix d'un certain effort. Toute passion commande un labeur, une seule n'exige rien, c'est la paresse. Moins on fait, plus elle est satisfaite. On la contente mieux assis que debout, encore mieux couché qu'assis, encore mieux endormi qu'éveillé. Sa tendance, c'est le néant. Plus le paresseux s'anéantit, plus il est heureux. »

J'ajouterai au penseur qui me le permettra bien,

que non seulement le paresseux est le plus vil des êtres, mais que ce qui contribue à l'avilir encore, c'est qu'avec la paresse, les autres passions grouillent pêle-mêle dans son cœur : il est gourmand, il est orgueil-leux, il est jaloux, le dirai-je ? il est voluptueux.

L'homme est fait pour le travail, mes enfants, et toute chose tire sa perfection de l'accomplissement de sa fin. L'hirondelle dans la lumière, le laboureur sur son sillon, saint Louis de Gonzague sur son livre, tout cela est dans la nature des êtres, mais dans la belle et la grande nature des êtres. Job a dit : L'homme naît pour le travail comme l'oiseau pour le vol. Il se lève pour sa tâche avec le soleil qui se lève pour la sienne. C'est sa peine, mais c'est sa gloire, car c'est dans le travail que ce grand vassal de Dieu s'allume au front un rayon de la puissance créatrice, qu'il s'ennoblit en ressaisissant le *dominamini* perdu par le péché, en reprenant possession de la nature, et plus encore en montant dans son vol jusqu'aux hautes régions intellectuelles.

Puisque le travail est le vol de l'homme, dit Job : *sicut avis ad volandum*, l'oiseau qui plane dans le pays des nuages se moque des chasseurs qui passent à ses pieds, dans des abîmes, et celui qui s'arrête à chaque grain et dort sur chaque branche, est à chaque seconde exposé à recevoir un plomb qui lui cassera les ailes.

Ainsi, mes enfants, quand vous travaillez, vous planez comme l'oiseau, loin du chasseur éternel qui poursuit les âmes pour les damner, vous n'avez pas le temps de prêter une oreille complaisante à la voix

20

du serpent, du monde et de la chair. Quand le diable viendra vous tenter, écrivait saint Jérôme à un de ses amis, qu'il vous trouve toujours occupé : *Facito semper aliquid, ut inveniat te diabolus occupatum.*

J'aime cette autre version : L'homme est fait pour le travail comme l'aigle pour voler. L'aigle est le seul oiseau qui monte dans le soleil droit comme une flèche. Le vautour tournoie et l'hirondelle biaise. Ainsi les grands et les riches de ce monde montent au ciel avec peine, en biaisant davantage par le purgatoire, parce que le travail les sollicite moins et la paresse plus.

Puis la paresse qui atteint à la racine le suprême honneur de l'homme, ne se peut prolonger sans devenir un tourment.

> L'oisiveté pèse et tourmente.
> L'âme est un feu qu'il faut nourrir,
> Et qui s'éteint, s'il ne s'augmente.

Honte à cet élève étendu sur son pupitre, au milieu de ses livres qui l'obsèdent. Ce n'est pas pour lui que le poète a dit :

> ...*Os sublime dedit, cœlumque tueri*
> *Jussit, et erectos ad sidera tollere vultus.*

Il commence avant le temps le repos déshonorant du tombeau.

Mes enfants, pour Dieu, aimez le travail ! c'est le salut, le vôtre et celui de la patrie.

Sur la maison où Jeanne d'Arc naquit, au-dessus de la porte que franchit si souvent la vierge guerrière, on lit ces deux mots : vive labeur. Gravez cela au fond de vos cœurs et au fronton de votre vie, et en avant !

Vous savez comme moi le mot profond et lumineux que Septime Sévère prononça en mourant sur les lointains rivages de la Calédonie : J'ai été tout, et tout ne sert de rien : *Omnia fui et nihil expedit.*

Savez-vous le dernier, le tout dernier qui expira sur sa bouche refroidie?

L'empereur était aux suprêmes instants. Etendu dans sa tente silencieuse, sur son lit de bronze, autour duquel les généraux faisaient ce silence tragique qui annonce la mort. Les yeux clos, la bouche entr'ouverte, aspirant péniblement l'air rebelle, son cœur, qui allait arrêter ses coups, disait adieu et au monde et à l'empire, lorsque le tribun de service, soulevant la lourde portière de la tente impériale, la poitrine cuirassée et l'arme au poing, entra, et, se penchant sur la couche, demanda, selon la coutume, à l'empereur, le mot d'ordre à donner ce jour-là aux légions. Le César souleva lentement ses paupières sur lesquelles la mort pesait déjà; dans une suprême éclaircie il reconnut le tribun, et sa bouche expirante trouva encore assez d'énergie pour lui balbutier : *Laboremus :* Travaillons.

Mes enfants, *Laboremus !* le mot d'ordre des légions de Septime Sévère est le vôtre, et vous savez le sort réservé au soldat qui l'oublie.

Laissez-moi, en finissant, écarter mon regard de ce lit impérial, pour l'arrêter sur ce jeune saint, qu'un artiste, votre maître, a représenté debout, dans sa soutane noire, irradié dans des gloires et emporté dans les frémissements d'ailes des anges qui font cortège. Je le regarde, là, debout, dominant l'autel, dominant cette chaire, vous dominant tous, et il me semble l'entendre jeter sous la voûte ce mot de sa vie : *Laboremus!* Travaillons !

SAINT LOUIS DE GONZAGUE

L'APPRENTISSAGE DE LA MORT

SAINT LOUIS DE GONZAGUE

L'APPRENTISSAGE DE LA MORT

Lætatus sum in his quæ dicta sunt mihi :
In domum Domini ibimus.
Je me suis réjoui de cette parole qui m'a été
dite : Nous irons dans la maison du Seigneur.
(Ps. CXXI, 1.)

C'EST une émotion inoubliable que celle qui ébranle l'âme du pèlerin, lorsque, après avoir cheminé plus d'un grand jour dans l'immense plaine de Saron, descendu les pentes rocheuses et désolées du Térébinthe, franchi le torrent, remonté les escarpements de la vallée, debout sur les étriers, l'œil et le cœur tendus en avant, il découvre les premières lignes de cette terre auguste, vers laquelle il est venu de si loin pour se mettre à genoux et prier. La montagne des Oliviers arrondit d'abord sa cime dans le ciel, puis à chaque pas des chevaux sur la roche vive, elle écarte ses larges flancs, et l'horizon s'agrandit en même temps que les désirs et l'émotion. Quelques minutes encore, et l'on voit se profiler nettement une ligne de murs gothiques, dont les tours carrées rompent la monotonie; derrière ces murs, des courbes de dômes et des pointes d'édifices, et alors de toutes les poitrines palpitantes un mot s'élance à la fois : Jérusalem !

Et tous, d'un même élan, nous sautions à bas de nos montures, pendant qu'un moine qui nous avait accompagnés entonnait vigoureusement ce cantique, que les Juifs chantaient en vue de la ville sainte, quand ils accouraient des quatre horizons assister à ses solennités : *Lætatus sum in his quæ dicta sunt mihi : In domum Domini ibimus;* et nous reprenions en chœur : Nos pieds vont donc fouler tes dalles sacrées, ô Jérusalem : *Stantes erant pedes nostri in atriis tuis, Jerusalem* (1).

L'âme humaine fait le même pèlerinage vers une Jérusalem plus belle, pour laquelle elle se consume en désirs plus brûlants encore : *Unam petii a Domino, hanc requiram, ut inhabitem in domo Domini* (2). Je ne demande qu'une chose au Seigneur, mais cette chose, je la lui redemande encore, habiter la maison du Seigneur.

La route a des périls redoutables, mais aussi des réconforts infinis. On y fait des chutes mortelles, qui s'appellent le péché ; mais il se trouve toujours à point pour relever le pèlerin un secours plus fort que le péché, la grâce. La grâce, qui est le soutien de la route, en est en même temps le soleil.

L'âme, quand elle le veut, peut faire des haltes sur le chemin, et reprendre des forces en mangeant un pain plus substantiel que le pain miraculeux apporté par un ange au prophète harassé, pour lui donner la force d'escalader les rampes de l'Horeb; elle peut se nourrir d'un pain qui est Dieu.

(1) Ps. cxxi, 2. — (2) Ps. xxii, 6.

Ainsi elle s'achemine vers le terme convoité, et quand la voyageuse voit blanchir à l'horizon lointain les tours de la Jérusalem de délices, vers laquelle elle a péniblement et vaillamment cheminé, au lieu de chanter le cantique d'allégresse des pèlerins qui arrivent : *Lætatus sum*..... elle pousse un cri d'effroi et se répand en lamentations funèbres. La première porte qu'il faut franchir avant de pénétrer dans la cité de ses rêves est une porte formidable, dont la seule vue glace d'effroi. Cette porte s'appelle la mort.

Mes enfants, voilà un pèlerin qui a fait en 23 ans le voyage que vous voudriez si long ; et lorsque en une une nuit de lumineuse extase, il entrevit les lueurs de la Jérusalem éternelle, mille fois plus belle que celle de la vision, puisque « nul œil humain ne l'a vue : *Nec oculus vidit* », son âme fut enveloppée de si indicibles délices, qu'il parlait encore au P. Bellarmin, avec un céleste transport, de cette nuit qui n'avait duré qu'un instant. Une voix que son âme entendit, lui assigna précisément le jour où il franchirait ce seuil de la mort, qui épouvante nos faiblesses, et les huit jours qui séparèrent cette nuit de la nuit suprême furent une ivresse impatiente. Oh! la bonne nouvelle, disait-il à ses frères, comme un écolier désireux des vacances, plus que huit jours, plus que huit jours! aidez-moi à chanter le *Te Deum*. Frère, disait-il à un autre, en laissant sa joie lui déborder par les yeux, quel bonheur! je m'en vais, je m'en vais! *Lætantes imus, lætantes imus!* et, son jeune regard fixé vers le lointain par-delà, il se faisait chanter le cantique des pèlerins qui arrivent : *Lætatus sum*.....

Jeune Saint, il y a trois siècles aujourd'hui, qu'avec vos frères les Chérubins, vous dites cette hymne de l'éternité, sous les portiques de cette Jérusalem eni-vrante, où les siècles ne sont même pas des instants; trois siècles que vos frères attendris virent vos lèvres virginales palpiter en une suprême prière, dernier battement d'ailes de votre âme angélique, s'élançant vers le ciel comme un passereau voyageur : *Sicut passer erepta est* (1).

Il nous faudra franchir aussi cette porte de la mort, qui nous paraît si austère. Ah ! ne m'accusez pas de troubler cette fête en vous parlant de mort. Je connais cette part de son histoire, puisque c'est la nôtre, et j'ignore celle de sa gloire : *Nec in cor hominis ascen-dit* (2).

Pourquoi en feriez-vous un deuil, puisqu'il en fit la plus grande joie de sa vie ? Pourquoi la verriez-vous si noire et si apeurante, cette porte, puisque à pareil jour, votre patron la voyait ensoleillée déjà du soleil de l'éternité ?

O Louis, avant de clore ces fêtes de la terre, si belles et pourtant échos à peine sensibles de celles de là-haut, enseignez-nous l'art difficile de joyeusement mourir.

I

Que le naufragé, après avoir lutté désespérément contre les fureurs de la lame, atterrisse enfin; et, re-posé dans la sécurité du port, dans les joies cares-

(1) Ps. cxxiii, 7. — (2) I. Cor. ii, 9.

santes du foyer, dans la vie sans amer retour, qu'il
redoute d'être relancé aux incertitudes du flot, cela,
c'est la nature. Mais que celui que la vague traîtresse
ballotte encore, qu'elle va rouler comme dans un linceul pour le jeter au fond de l'abîme, que celui-là ait
peur du port, de sa sécurité, de son repos, de sa joie,
de sa paix, qui expliquera ce mystère ? C'est pourtant
notre condition.

Je comprends qu'Adam devait haïr la mort de toute
la force de sa haine, aux beaux jours qui ont précédé
la faute. Il pouvait avec raison abhorrer cette mort,
qu'il n'avait pas à redouter, parce que, quoi que la
mort eût fait, elle n'aurait rien pu lui rendre de ce
qu'elle lui aurait enlevé ; quoi qu'elle eût fait, elle eût
gâté un bonheur et troublé un paradis. La mort, en le
frappant innocent, eût mis fin à une vie toute pure et
toute belle, séparé un corps et une âme toujours en
paix et faits pour s'éterniser en cette infrangible amitié, arraché une âme sainte d'un corps aussi saint
que cette âme, glacé une bouche qui ne chantait
que Dieu, immobilisé un cœur qui n'aimait que
Dieu, condamné aux vers des membres sans
tache. Cette mort-là, dit Pascal, il était juste de
la haïr.

Mais, quand elle met fin à une vie troublée, pour
ouvrir la porte sur une vie toute pure, il est juste de
l'aimer.

Quand elle sépare une âme sainte d'un corps impur,
il est juste de l'aimer.

Quand elle délivre l'âme d'un corps révolté, il est
juste de l'aimer.

Quand elle termine leur guerre implacable, il est juste de l'aimer.

Quand elle clôt une vie pécheresse, quand elle vient mettre un terme à la liberté même de pécher, il est juste de l'aimer.

Et pourtant nous haïssons la mort.

Voilà la clef du mystère, telle que la donne la Foi avec le grand penseur chrétien : Sous l'arbre de l'Eden, le père innocent de l'humanité avait au cœur deux grands amours, l'un pour lui-même, l'autre pour Dieu ; mais l'amour qu'il avait pour lui venait se résoudre dans son amour pour Dieu. Il ne pouvait se haïr sans haïr Dieu, puisque, image immaculée de Dieu, il ne pouvait s'aimer sans aimer Dieu. Entre ces deux grands amours, il s'est glissé traîtreusement un serpent, qui a tout gâté : le péché. L'homme n'a plus aimé Dieu. Il s'est fait dans son âme un vide énorme et béant, laissé par l'amour de Dieu vacant. L'amour de soi-même est resté et s'est démesurément agrandi de l'espace abandonné par l'amour de Dieu parti.

Il a d'autant plus aimé vivre, qu'il avait moins de raisons de vivre.

Tant que les deux amours étaient unis, sa vie était agréable à Dieu, et devait être agréable à l'homme, et la mort devait être une horrible chose, qui aurait brisé cette vie-là ; mais le péché a fait plus que séparer l'homme de Dieu, il a séparé l'âme du corps, les a brouillés, les a mis en état de guerre, et ils ont commencé sur l'heure cette lutte éternelle, que tous les siècles ont maudite, depuis la Phèdre antique,

au sortir de ses interminables nuits d'insomnie, jusqu'à Horace; depuis Horace jusqu'à saint Paul, et de
saint Paul jusqu'à Louis XIV, qui s'était si bien reconnu dans les deux hommes de Racine. Néanmoins,
comme vestige du temps disparu, où tous les deux
étaient amis, ennemis, ils ont gardé la passion d'être
ensemble; brouillés, ils restent faits pour la vie, dont
nous avons conservé l'amour; et puisque la mort
devait les séparer, et puisqu'elle restait la « punition
du péché », malgré les avantages de cette séparation,
il était juste que nous en gardions une instinctive
horreur. La chose est arrivée : nous haïssons la mort.

Le Médiateur est venu, apportant comme don de
joyeux avènement un dictame régénérateur, la grâce.
Par la divine vertu de la grâce, la porte de la mort est
devenue la porte de la gloire, tout en restant, de par
le décret éternel, le châtiment de la faute. La mort
ouvre les éternelles récompenses et demeure un
châtiment, car un supplice ne serait pas un supplice,
si le pécheur n'y trouvait que des joies. *Mors, pœna
peccati.*

Cependant, voici un jeune homme, presque encore
un adolescent, qui s'est laissé si profondément travailler par la grâce, qu'il semble, à le regarder vivre,
que sa nature est morte, que la grâce circule dans ses
veines à la place du sang, que la grâce toute seule est
sa respiration et sa vie, un jeune homme tellement
ange que les grands de la cour de Ferdinand II disaient
du page Louis : « Ce petit marquis de Castiglione n'a
pas un corps de chair », juste ce que saint Augustin
disait de la chair ressuscitée : *Angelificata caro*, une

chair angélisée ; ce qu'il disait de celle de Marie : *Habet
aliquid non carnis in carne*, il y a dans sa chair quelque chose qui n'est pas de la chair ; et dans cette chair
déja immatérialisée, une âme si pleine de la grâce,
qu'elle semble la grâce même, une âme si pleine de
la grâce, que, mise en face de la mort, elle lui enleva
ses terreurs, lui arracha ses épouvantements ; une âme
si pleine de la grâce, que la laide mort, à sa vue, dépouille devant elle ses traits horribles de mégère, pour
se montrer sous la forme d'une vierge belle et divine,
la venant convier pour la félicité ; une âme si pleine
de la grâce, qu'elle chante à l'approche de la mort ses
plus beaux cantiques, qu'elle reçoit la radieuse mort
en sa cellule de novice jésuite, les yeux inondés de
larmes de bonheur, et part enivrée d'extase en disant
comme saint Paul : Oh ! la belle chose que mourir !
Mori lucrum !

A genoux devant ce cadavre embaumé, et dites qu'il
est bon d'être d'une religion qui a tout embelli,
même la mort, lui a arraché jusqu'à son nom hideux,
qui secouait l'âme de si intimes terreurs, pour nous
dire que :

« *La mort est un sommeil, et la tombe un berceau.* »

Il faut donc préparer lentement nos âmes à cette
mort sans effroi, en commençant sans tarder notre
apprentissage de la mort.

L'apprentissage de la mort ! Est-ce qu'en unissant
ces deux mots je ne commets pas une facétie funèbre ?
Ne pourriez-vous pas me répondre comme ce courtisan
fidèle, qui s'en allait partager le supplice du jeune
et malheureux empereur qu'on fusillait à Queretaro !

L'empereur devant la mort voulait se tenir en empereur, et il demandait à son compagnon de route des renseignements sur la cérémonie lugubre, et le courtisan répondait au roi avec un léger sourire : « Sire, comme vous, c'est la première fois qu'on me fusille. »

Quand je vous demande de commencer l'apprentissage de la mort, vous pourriez me répondre aussi : La première fois qu'on meurt est la dernière, on ne recommence pas : *Semel mori*. Et l'apprentissage d'un art suppose de longs et patients exercices. Il faut souvent revenir sur ce qui est fait et corriger à la fois suivante les défauts de la fois précédente. Et on ne meurt qu'une fois ! Qu'on meure bien ou qu'on meure mal, on ne meurt qu'une fois : *Semel mori*.

Pourtant c'est la maxime des Pères, dit Bourdaloue, et voilà un jeune homme mort à vingt-trois ans, d'une mort que j'appellerais, si j'osais, jeune, printanière, joyeuse, chantante comme la jeunesse, pour nous bien persuader qu'il y a un art de mourir, que cet art peut s'apprendre, qu'après la science de Dieu c'est de toutes la plus belle. Voilà un jeune maître en cet art exquis, qui commence à sept ans l'apprentissage de la mort, et se trouve à vingt-trois si expert, que sa mort est un sourire et qu'à trois siècles de distance son cadavre lumineux nous prêche encore qu'il mourut saintement, parce qu'il avait patiemment appris à saintement mourir.

C'est vrai, on ne meurt qu'une fois ! Mais le même Esprit de Dieu, qui assure qu'on ne meurt qu'une fois, *semel mori*, assure aussi par la bouche de saint Paul que nous mourons toujours : *Quotidie morior*.

Si vous le voulez, nous ne mourons qu'une fois, mais cette fois est longue, elle commence dans le sein de la mère et finit dans le sein de la terre; chaque minute qui passe est une minute morte, en sorte que ce que nous appelons vivre n'est pas autre chose que mourir.

De cela Louis de Gonzague, fils aîné de Ferdinand de Gonzague, prince du saint-empire, marquis de Castiglione, et de dona Martha, de l'illustrissime famille de la Rovère, première dame d'honneur de la reine Isabelle de Valois, de cela il s'avisa à neuf ans. A cet âge où tous ici nous nous sommes joyeusement imaginés qu'au lieu de descendre à la mort on monte à la vie, à neuf ans, il ne se regardait déjà plus comme un vivant, mais se voyait en train de mourir ; à neuf ans, il se disait comme saint Augustin : Louis, tu crois de vivre, tu meurs : *Vides viventem, cogita morientem.* Si je meurs à chaque minute, en m'exerçant à abandonner librement et généreusement la minute qui passe, j'apprendrai à abandonner librement et généreusement la dernière.

Il avait raison. L'arrêt qui condamna Adam au supplice de la mort ne fut pas un arrêt dont l'exécution fut délayée. Le coupable mourut sur le coup de sa faute. « Au jour même où tu mangeras de ce fruit, tu mourras », avait dit le Seigneur : *In quâcumque die comederis, morte morieris* (1). Cependant le père des hommes passa des siècles et des siècles à former l'immense famille humaine, qu'il avait fondée. Le juge-

(1) Gen. iii, 5.

ment de Dieu fut-il inefficace ? demande saint Irénée.
Non ! En s'arrachant des mains de la grâce, Adam
glissa brusquement dans les bras de la mort. La
grande catastrophe éclata en même temps que la sentence. La mort commença sur-le-champ son travail de
dissolution. Sur-le-champ les infirmités prirent leur
place maîtresse en son corps déchu, s'infiltrèrent dans
ses veines pour se mêler à son sang vicié, et il avait à
peine entendu sa condamnation, qu'à cette minute
solennelle il était déjà saisi par la mort. *In quâcumque die comederis, morte morieris.*

Hélas ! nous n'avons pas changé de condition, et
notre grande et unique occupation de la vie est justement de mourir. Vous m'écoutez, je parle : deux occupations qui nous illusionnent assez pour nous faire
croire que nous ne faisons pas autre chose ; en parlant ou en écoutant, nous sommes en train de
mourir.

Le vieux Sénèque trouvait déjà que nous étions fous
d'envisager la mort comme une chose à venir : *In hoc
fallimur, quod mortem prospicimus.* Une bonne partie
de la mort est passée au contraire : vous avez dix,
quinze, vingt ans; dix, quinze, vingt ans que la mort
serre entre ses doigts et qu'elle ne lâchera pas : *Magna
pars ejus jam præteriit, et quidquid ætatis retro est,
mors est.* Si nous ne faisons que mourir, qu'y a-t-il
donc de difficile à apprendre l'art de mourir ?

Regardez la courte et pleine vie de votre jeune patron : elle fut un défi à la mort, un défi audacieux que
la mort n'osa relever. Enfant au château de Castiglione, écolier à Florence, dans le petit palais des

Médicis, dans cette rue des Anges, bien nommée pendant qu'il l'habita, page d'honneur de don Jacques, à la cour de Philippe II d'Espagne, préféré de l'impératrice Marie d'Autriche, veuve de Maximilien II, jeune chevalier de Saint-Jacques de Calatrava, dont il a porté la dague et le long manteau flottant, scolastique enfin de la Compagnie de Jésus, partout il fait des armes avec la mort. O mort! c'est bien, tu m'as pris hier ; et après? De quoi peux-tu te vanter si je t'offre librement demain? Quels que soient les enchantements d'aujourd'hui, je sais que tu vas me le ravir. Qui m'empêche, au lieu de me regarder comme un vivant, de me regarder comme un mort, de me mettre une bonne fois en tête que la vie est une agonie? *Vides viventem, cogita morientem*. Et quand je me serai ainsi exercé à t'abandonner chaque jour, je pourrai sans épouvantement te jeter le dernier à la face.

II

Que s'il vous faut, mes enfants, des maîtres en l'art de mourir, avec saint Augustin demandez à toutes les créatures. En leur langue, elles prêchent chacune leur leçon, et il n'est pas une d'elles qui ne nous chante à sa façon la ballade de la mort. La feuille qui passe dans le vent d'automne, la fleur dont la tige fléchit, la brume qui se dissipe, le soleil qui plonge dans la nuit, ne cessent de répéter l'uniforme refrain. Le poète n'a pas traduit la réponse vraie de

... tout ce qu'on entend et tout ce qui respire ;

Il fallait conclure que :

Tout dit : il faut mourir.

Si les créatures ne faisaient que nous répéter ce *Memento homo,* cela ne suffirait pas pour que nous passions maîtres en cet art de mourir ; car un art s'apprend davantage par l'exercice que par la parole. Mais, dit saint Augustin, elles ne cessent de nous faire la main. Si mourir, c'est quitter ce qu'on aime, elles nous habituent à la séparation définitive, puisqu'elles nous quittent à mesure que nous nous en servons. Jeune homme, qui voyez devant vous une route de jeunesse, dont le bout se perd en de lointaines brumes, regardez seulement la fleur que vous avez mise à votre boutonnière : elle penche au bout d'une heure une tête flétrie, et le vague parfum qui monte encore des pétales épuisés est un langage qu'il faut savoir comprendre. L'agonie de la fleur prêche et prédit la vôtre.

Mais, bien que le grand docteur nous ait montré toutes les créatures comme nos maîtres en l'art de mourir, ma mission est de vous en montrer un autre, plus expérimenté que vous-mêmes et que le monde, un jeune maître à qui vous ressemblez, puisque à votre âge il était écolier comme vous, écolier dans les sciences de la terre et maître consommé dans la science de la mort. Cette science, il l'avait apprise dans notre religion, dont l'essence est une continuelle mort, et vous allez voir l'application qu'il en fit.

Vous êtes des morts, s'écriait saint Paul, votre vie est cachée avec le Christ en Dieu : *Mortui estis, et vita*

vestra abscondita est cum Christo in Deo (1). Vous
n'êtes pas seulement morts, disait-il encore, vous êtes
ensevelis avec le Christ : *Consepulti sumus cum Christo* (2). Qu'est-ce que la mort ? La séparation de l'âme
d'avec le corps, répond tout le genre humain. Or prenez toutes les maximes de notre religion, faites-en
l'analyse et faites-en la synthèse, elles ne vont toutes
qu'à nous apprendre une chose : séparer notre âme
d'avec notre corps, la séparer d'avec les appétits du
corps, ses sensualités, ses plaisirs, l'arracher de sa
servitude. Or une religion dont l'essence est de nous
apprendre à séparer l'âme d'avec le corps est donc
une religion dont la fin uniqne est de nous apprendre
à mourir.

Le païen Sénèque l'avait déjà dit : *Cernere animam
a corpore, quid est aliud quam emori discere;* détacher
l'âme du corps, c'est l'apprentissage de mourir. Déga-
geons-nous, disait-il encore, de cette attache honteuse,
et ainsi accoutumons-nous à la mort : *Disjungamus
nos a corporibus, et sic consuescamus mori.*

Mais ce que le philosophe a si bien dit, notre religion nous apprend à le faire mieux encore. Puisque
l'âme et le corps sont en perpétuelle guerre, qu'ils ne
signent jamais de trêve et à plus forte raison jamais
de paix, le mieux est de ne pas former l'inutile projet
de les accorder, mais de séparer les combattants.
Notre religion nous apprend à ne pas attendre cette
séparation brutale et forcée, qui s'appelle la mort,
mais à les séparer nous-mêmes et tout de suite; elle

(1) Coloss. III, 3. (2) Rom. VI, 4.

apprend à l'âme à donner ces coups d'ailes vigoureux
qui la montent assez haut pour qu'elle plane en des
régions sereines et lumineuses, au-dessus du corps et
de ses appétits sensuels, et à cette séparation volon-
taire, comme on donne le nom de bataille à un exercice à feu avec des armes chargées seulement à poudre
blanche, elle a donné le nom d'une petite mort atté-
nuée, amoindrie, moins rébarbative que la vraie. Cette
petite mort, qui est l'exercice de la vraie, se nomme
la mortification. La petite guerre est l'apprentissage
de la guerre. La petite mort, la mortification, est l'apprentissage de la mort.

A neuf ans, le fils de Ferdinand de Gonzague savait
à fond ces vérités salutaires. Puisqu'il faut mourir, se
dit-il, qu'attendrais-je que la mort me dépouille violemment de ce corps appelé par l'Apôtre un corps de
péché? Ce qu'elle viendra m'arracher de force, qui
m'empêche de le donner à Dieu par vertu? Pourquoi
ne pas tuer en détail ce que la mort éteindra tout d'un
coup? Le Maître a dit qu'elle nous surprendra « comme
un voleur »; mais n'a-t-il laissé aucun moyen d'éviter
la surprise? O mort, si je fais mourir mes sens les uns
après les autres, que te restera-t-il à faire quand tu
viendras les glacer? J'aurai fait tout le travail à ta
place. Et son coup d'essai fut un coup de maître.

C'était à Florence. A genoux dans l'église de l'Annonciation, au pied du tableau représentant ce mystère, Louis lisait pieusement un livre de dévotion
sur le Rosaire. Un instant, son regard se détacha du
livre pour s'arrêter sur l'image de la Reine des Anges.
Un désir lui traversa le cœur : vouer sa virginité à

Dieu sous la garde de Marie. Son désir devint sur l'heure une exécution.

La pensée lui en était à peine venue que déjà le vœu était énergiquement prononcé. Quand la mort viendra treize ans après, pour immoler à jamais cette chair de 23 ans, la mort étonnée et inutile perdra sa peine et son temps : ce sera déjà fait.

Et alors, à partir de ce jour, ce que nous appelons vivre fut un patient exercice de la mort. Il immolait d'avance tout ce que la mort voulait lui tuer, sa langue, ses yeux, son cœur, sa vie, pour ne laisser rien à faire à l'implacable destructrice. « Cet enfant veut donc se tuer », disait don Ferdinand, quand on lui apportait les disciplines ensanglantées trouvées sous le chevet de son fils. Il fait son apprentissage de mourir.

Si je fais mourir ma langue, se disait-il, non seulement au mensonge, au blasphème et à l'impudicité, mais si je lui mets avant la mort ces verrous et ces serrures, *seras et metas*, dont parle l'Esprit-Saint, et si je ne brise ces clôtures que sur l'ordre exprès de Dieu ; si j'attache moi-même ma langue à mon palais, la mort ne me surprendra pas quand elle viendra la glacer. Il le fit, et il trouvait en lui-même des freins assez solides pour contenir cette langue indomptable, le courage de ne rien répondre quand sa règle le lui défendait, même quand l'interlocuteur était un illustrissime cardinal, son parent.

Si je fais mourir mes yeux, non seulement à toutes les images du péché, mais si je les clos impitoyablement aux choses du dehors, pour ne regarder qu'en dedans de moi-même et du côté du ciel, la mort ne me surprendra pas quand elle viendra de son pouce glacé abattre ma paupière à jamais. Il le fit et le fit si bien, qu'un jour de promenade on put le conduire, par une route inconnue, à une autre villa que celle où on le menait chaque semaine, sans qu'il s'aperçût du changement.

Si je fais mourir mon cœur à tout ce qu'il peut aimer en ce monde, aux châteaux, aux fortunes, aux titres, aux honneurs qui me sont dus, qu'aurait à faire la mort quand elle croirait venir me dépouiller? Il le fit et le fit si bien que, lorsque, en des soutenances de thèses, où il excellait, son adversaire essayait de rappeler en un mot l'illustre origine du jeune théologien, Louis rougissait, comme s'il avait honte, et il tâchait d'expier ses titres comme s'ils eussent été des fautes.

Quand on a immolé par détail son intelligence, sa volonté, son cœur, son œil et sa main, que reste-t-il à faire encore? Se donner en bloc, tout à la fois et tout entier. Louis de Gonzague avait alors 15 ans. C'était au jour de l'Assomption de Marie. Il avait communié avec ferveur. Comme son âme ailée s'envolait dans le sillage de sa mère, de la terre au ciel, une voix intérieure lui dit impérieusement : « Louis, quitte le monde, commence ton assomption à toi : entre dans la Compagnie de Jésus. » L'adolescent le dit à son père. Le marquis fut terrible. Il avait tant compté, pour garder intact l'éclat de sa vieille et illustre race, sur les brillantes qualités que l'humilité de son fils aîné ne parvenait pas à cacher. Il passa, neuf mois durant, de la colère à la tendresse, s'irritant et sup-

pliant tour à tour. Devant l'inaltérable fermeté de
l'adolescent, il fallut céder : « Vous me faites au cœur,
lui dit-il, une plaie qui saignera longtemps. Je vous
aime, et vous le méritez. Votre tête portait toutes mes
espérances. Dieu vous réclame ailleurs, allez-y. » Ce
fut fait. Il détacha de son flanc cette noble épée des
Castiglione, qu'un illustre ancêtre, le duc Vincent,
avait brandie contre les Turcs, se dépouilla de son
pourpoint de chevalier et, le 24 novembre 1585, Louis
de Gonzague, marquis de Castiglione, futur prince du
Saint-Empire, balayait la cuisine du Collège romain,
enveloppé de la robe noire tant désirée, dont il se faisait un linceul. Ce jour-là enfin, il put jeter à la mort
le défi suprême : « O mort ! que pourras-tu me prendre ? J'ai tout donné. Ce dont je me dépouille, tu me
l'aurais volé, et de tout cela au moins nous serons
quittes. Béni soyez-vous, Seigneur, qui m'avez donné
le courage ; si je ne vous abandonnais rien, je tien-
drais au monde par toutes les chaînes de mon cœur ;
en brisant moi-même tous les anneaux les uns après
les autres, la mort n'aura rien à prendre, quand elle
viendra décrocher le dernier. »

Le dernier ? Mais quand on les a tous brisés, quel
est donc le dernier ? Quand on a tout donné, que peut-
on donner encore ? Sa vie ? Il la donne. La famine et
la peste se promenaient dans Rome en semant des
cadavres. Louis demanda et obtint la grâce de suivre
les deux ravageuses pour soigner et consoler les moribonds qui tombaient ; mais la peste, en passant, le
toucha de son aile. A vingt-trois ans, il touche le terme
rêvé. Il est mort.

A genoux, mes enfants, devant cette dépouille d'un ange, et voyez que ce qui nous semble impossible lui fut facile : l'apprentissage de la mort. Si la mort est une séparation, en quoi vient-elle le surprendre et de quoi le sépare-t-elle ? De quoi ? de ses trésors ? Le 2 novembre 1585, devant sa famille assemblée, comme l'ordonnait l'empereur, il a fait une solennelle renonciation de tous ses droits héréditaires en faveur de son frère. Tous ses trésors sont maintenant au ciel. Non, mort, de ce côté tu n'as rien à prendre.

De ses titres et de ses honneurs ? Il les avait oubliés pour ne se souvenir que d'un seul, celui que reçoivent au baptême les ducs et les mendiants. C'est le seul qui compte là-haut. Non, mort, cherche ailleurs encore, ce que tu voulais faire est fait.

De ceux qu'il aime ? de tous ceux qui sont attachés au cœur par les liens du sang ou par ceux aussi doux de l'amitié ? Il y a longtemps que c'est fait. Quand, sur le seuil de son noviciat, il dit adieu aux ecclésiastiques et gentilshommes ds sa suite : « Que dirons-nous de votre part à Mgr votre père ? demanda-t-on au jeune novice. — Cette sentence des saints Livres, répondit-il : *Obliviscere populum tuum et domum patris tui.* — Et au marquis Rodolphe, votre frère ? —Vous lui direz : « Celui qui craint Dieu fait le bien. » Il les aimait bien pourtant. Ses lettres de la dernière heure sont si touchantes ! Mais il ne fait que partir en fourrier pour préparer leur place, les attendre quelques jours rapides et les embrasser dans l'éternelle félicité. Non, mort, cherche encore autre chose, car, voleuse, tu es encore volée.

De quoi? du monde? Mais il y a passé en étranger jusque dans l'étincellement des cours, évitant ses écueils, fermant les yeux à ses scandales, s'en arrachant librement pour sauver son innocence. Non, mort, tu ne lui prends rien en l'arrachant au monde : il ne l'avait jamais aimé. Mort, celui-ci peut te défier comme le Christ. Où est ton aiguillon et ta victoire ? Grande victorieuse, cet enfant t'a vaincue.

Cependant, me direz-vous, la mort le sépare de quelque chose, du vieux compagnon de route, qui a sa part de toutes les joies et de toutes les tristesses, elle le sépare du corps, puisque c'est cela la mort. Eh bien ! non, cette séparation, il l'avait déjà faite ; il le traitait ce corps avec des rigueurs surhumaines que ses supérieurs étaient contraint de tempérer ; il le regardait pour ce qu'il était, le cachot sordide qui retenait l'âme captive. Il disait comme saint Paul : Je veux hâter l'heure de la dissolution pour être avec mon Christ : *Cupio dissolvi et esse cum Christo* (1). Et pour préparer cette fin désirée, comme saint Paul encore, il le châtiait et le faisait esclave : *Castigo corpus meum et in servitutem redigo* (2) ; et il le tua si bien avant le dernier coup de la mort, qu'il ne sentait plus sa présence. O mort trompeuse et cette fois trompée, non, tu ne le sépareras pas même de cela, de son corps ; tu ne le sépareras de rien : il s'est séparé de tout. Oui, c'est vrai, c'est un cadavre, l'âme est partie, les yeux sont clos, la langue est glacée, les traits sont tirés, tout l'être immobilisé. Eh bien,

(1) Philip. I, 23. — (2) I Cor. IX, 27.

l'œuvre était faite; il avait des yeux pour ne pas voir, des oreilles pour ne pas entendre, et le seul goût qui lui restait était celui du ciel. La mort qui croit le terrasser l'effleure à peine : *Non tanget illos tormentum mortis* (1).

O jeune héros, que tu as grandement fait l'apprentissage de la mort! Tes paupières sont rigides, le monde est résolu en fumée, ton corps se prépare pour les vers, et la mort ne te prend rien; et plus grand que le monde, tu restes libre jusque dans la mort. *Inter mortuos liber* (2).

Mes chers enfants, que je vous laisse un de ses derniers mots. Peu d'heures avant sa mort, le Père Provincial entra dans sa cellule : « Eh bien! Frère Louis, qu'en est-il de vous? — Eh! mon Père, nous partons, nous partons. — Pour où, Frère Louis? — En paradis! répliqua le Frère Louis. — En paradis? murmura tout bas le Provincial; il parle d'aller en paradis, comme nous parlons d'aller à Frascati. »

Sur quelle route de la vie, mes enfants, nous rencontrerons-nous? Quelle qu'elle soit, et qui que ce soit qui vous demande comme le Père Provincial : Où allez-vous? tout sera bien si vous pouvez répondre comme votre jeune Patron : En paradis! Vous, mes enfants, comme lui vous porterez peut-être une robe religieuse? Que Dieu en soit béni! Vous, une épée de soldat? vous une toque de magistrat? vous, dans vos terres, les mancherons de la charrue domaniale? Que Dieu en soit béni toujours! N'oubliez pas que

(1) Sap. III, 1. — (2) Ps. LXXXVII, 6.

vivre où que ce soit, c'est apprendre à mourir. N'oubliez pas que dans l'armée du Christ, comme dans celle de la patrie, l'uuiforme change, mais la consigne jamais, et voilà la consigne : En paradis.

Porter une robe de princesse ou une robe de lavandière, un habit brodé d'or ou un sarreau d'artisan, indique seulement que nous ne sommes pas tous du même régiment ; mais nous avons tous le même service : monter la garde ! Où ? A la porte du paradis ! Pour attendre quoi ? Qu'elle s'ouvre. Vous serez ce que le bon Dieu voudra ; mais n'oubliez pas le mot de passe de votre jeune général : En paradis ! Vous êtes, nous sommes une garde montante. En Paradis !

LE

BIENHEUREUX J.-B. DE LA SALLE

LE GARDIEN DE L'ENFANCE.

Panégyrique prononcé à Grenoble, le 22 juin 1888, à l'occasion des fêtes de la Béatification.

LE BIENHEUREUX J.-B. DE LA SALLE

LE GARDIEN DE L'ENFANCE

Accipe puerum et vade.
Prends l'enfant et va.
(Matthieu, xi, 20).

L y a des hommes dont on peut dire avec Isaïe que leur nom est un drapeau, *signum in nationibus* (1), des hommes qui ont passé par les chemins de la vie, comme Jésus par les sentiers de Galilée, en attirant tout à eux, des hommes qui auraient eu le droit de se tourner vers les foules, pour leur dire avec l'assurance du maître : *Quis ex vobis arguet me de peccato* (2)? Qui de vous peut me convaincre de péché? le droit de leur crier comme saint Paul : Le Christ est glorifié en moi; sondez ma vie, voyez ma mort, elles sont l'une et l'autre la glorification du Christ. *Glorificatur Christus in corpore meo, sive per vitam sive per mortem* (3); des hommes qui ont si

(1) Isaïe, v, 26. — (2) Joan. viii, 46. — (3) Philip. i, 20.

bien révélé à la terre la gloire de l'Esprit de Dieu, que
l'Esprit de Dieu vient à son tour sur la terre révéler
la leur, comme ce Bienheureux qu'il nous invite à
célébrer aujourd'hui, pendant que Lui, la troisième
personne de l'indivisible Trinité, le célèbre dans la
splendeur des saints, lui assigne sa place dans les
rangs de l'armée lumineuse, répète à ses compagnons
de triomphe du peuple éternel ce qu'il avait dit de
Samuel le prophète : Celui-ci, comme vous, est aimé
de son Dieu, *Dilectus a Domino, Deo suo* (1). Il passa
ses premières années dans le silence du sanctuaire à
conquérir cet amour, puis, fortifié de cet amour même,
il quitta la solitude, pour devenir le législateur de
l'enfance. Par elle, depuis deux siècles, il a renouvelé
son peuple et touché de son onction féconde les gou-
vernements et les lois : *renovavit imperium et unxit
principes in gente suâ* (2).

Eclairé de Dieu, il s'est entouré comme son maître,
d'un peuple de disciples qu'il constituait héritiers de
son esprit, de son habit et de son zèle, et qu'il a gou-
vernés dans la justice et la douceur de Dieu. *In lege
Domini congregationem judicavit* (3).

Le zèle qui le consumait était allumé en lui par une
foi si ardente que, les peuple de la terre émerveillés
l'ont salué le docteur de l'enfance. *In fide suâ proba-
tus est propheta* (4).

Et le peuple éternel a répondu : *Amen*, cet *Amen* de
l'éternité qui résonne encore et ne finira plus.

Et voilà que de notre terre obscure, nous sommes

(1) Eccli., xlvi, 16 . — (2) *Ibid.* — (3) *Ibid.* — (4) *Ibid.*

invités par l'Esprit de Dieu à renvoyer un écho de ces cantiques dont les Chérubins règlent les mouvements infinis.

Et qui donc parlerait, si nous étions muets, nous, les fils de cette noble cité de Grenoble, le Nazareth dont Jean-Baptiste de La Salle parcourait les rues, entouré, comme Jésus, de troupes enfantines qui aimaient le rayonnement de son sourire, et la mélodie de sa voix ?

Qui pourrait répondre que nul de vous, qui êtes venus le chanter sous ces vieilles voûtes, n'a reçu de ce prêtre l'héritage d'honneur et de foi qu'il veut transmettre à ses fils ? Savez-vous si quelqu'un de vos aïeux lointains n'apprit pas simultanément de sa bouche et la science de la terre et la science du ciel ? Ah ! Grenoble, ses pieds d'apôtre ont foulé ton sol fécond, et tu veux dire, toi aussi, ta strophe dans le cantique immense. *Adorabimus ubi steterunt pedes ejus* (1).

Faut-il me réjouir d'être appelé au périlleux honneur d'entonner cet hymne à la gloire du Bienheureux Jean-Baptiste de La Salle, fondateur de l'Institut des Frères des Ecoles chrétienne ?

Je sens comme il convient et la grandeur du sujet, et la faiblesse de ma voix, mais ce que je veux prêcher, je l'ai lu dans une petite estampe que les Frères connaissent bien.

Elle sert d'en-tête à la lettre que m'adressait le fils du Bienheureux chargé de perpétuer dans cette ville la grande œuvre de son maître, et cette estampe la voici :

(1) Ps. CXXXI, 7.   22

C'est une petite bande de désert. Au fond la silhouette vague de deux pyramides ; à gauche, deux petits palmiers inclinant leurs branches vers un voyageur qui, d'une main porte un lys fleuri et de l'autre conduit un enfant, et en exergue : Pensionnat, Externat Saint-Joseph.

Ce n'est pas sans raison que ceux qui ont voulu être à la fois les fils de saint Joseph et du Bienheureux, ont choisi cet emblème où tous deux sont représentés à la fois.

Ne trouvez-vous pas que, sans effort d'imagination, dans ce patriarche Joseph qui mène l'Enfant-Dieu par le désert de l'exil, on peut voir aussi bien le Bienheureux de La Salle qui conduit l'enfance par le désert de la vie ?

Ne trouvez-vous pas que leurs deux missions sont semblables et résumées l'une et l'autre dans ce mot qui entraîna Joseph sur la route d'Egypte : *Accipe puerum et vade*, prends l'enfant et va.

Je voudrais dire que la mission du Bienheureux Jean-Baptiste de La Salle à Grenoble, ressemble par bien des côtés, à la mission de Joseph, et dans les douloureuses traverses par lesquelles passa le patriarche, pour sauver l'Enfant-Dieu, dire les dévouements des fils de notre Bienheureux, et ceux aussi de cette société de sauvetage qui, dans les naufrages modernes, s'est imposé le devoir d'arracher l'enfance inhabile encore à manier l'aviron, aux violences de la vague qui menace d'entraîner les plus vieux matelots.

Ainsi j'aurai, sans le chercher, loué les deux patrons de nos écoles de Grenoble.

N'est-ce pas que je puis, sans témérité, mes Frères, essayer de marier ces deux devoirs dans le mot de l'Archange qui résume les deux missions et s'adresse à vous tous :

Accipe puerum, Sauvez l'enfant !

I

Accipe puerum. Dépositaire de Jésus-Christ. Si nous entrons au fond de ce mystère, nous y trouverons pour Joseph un titre si glorieux qu'on peut à peine le concevoir.

Cet enfant sur lequel il devra concentrer son amour, ses soins, son labeur, toute sa vie, en franchissant le seuil douloureux de l'existence, peut déjà porter ce nom si doux et si triste : l'orphelin. Cet enfant n'a point de père en ce monde : *sine patre.* Dans le ciel lointain et inaccessible, il en a un ; mais ce Père semble avoir oublié qu'il a un fils et il l'abandonne aux injures de la vie et des hommes. Un jour viendra où cet orphelin, cloué sanglant à un gibet, jettera à ce Père cette grande clameur de sa détresse oubliée : Père, pourquoi m'avez-vous abandonné? *Utquid dereliquisti me* (1) ?

Cette plainte déchirante qui sortait de son cœur avec son dernier souffle et sa dernière goutte de sang, il pouvait déjà la crier au ciel dans l'étable inhospitalière, avec sa première larme et sa première douleur. Dès ce jour où, il n'avait pas même le toit de l'indi-

(1) Marc. xv, 24.

.gence, pour abriter son front naissant, pas même les langes de l'aumône, pour envelopper ses membres fragiles, le Père de l'éternité l'abandonnait aux persécutions et aux outrages.

Enfant de douleurs, avant d'être « l'homme de douleurs, » à Bethléem aussi bien qu'au Golgotha, vous pouviez crier à votre Père du ciel : *Ut quid dereliquisti me?*

Dieu a un fils qui lui est consubstantiel, éternellement engendré, éternellement né de sa plénitude, et ce fils qui est Dieu comme lui est un enfant délaissé, et tout ce que fait ce Père, pour montrer qu'il ne l'a pas oublié, c'est de le confier à la garde d'un pauvre charpentier qui conduira péniblement sa pénible enfance.

Par quel mystère celui qui n'est pas père par nature reçoit-il avec joie cet abandonné sur lequel il concentra les soucis de sa vie? Celui qui façonne les cœurs à sa guise, *qui finxit corda*, fait de ce cœur d'étranger un cœur paternel, lui en souffle les émotions, les sollicitudes, les perpétuels tressaillements ; comme du cœur grossier de Saül, il avait fait un cœur royal : *immutavit Dominus cor Saül;* comme des cœurs prêts à la révolte des Israélites, il fit des cœurs de sujets : *quorum Deus tetigit corda;* comme des cœurs de trembleurs qui palpitaient dans les poitrines des Apôtres, il fit des cœurs de héros et de martyrs ; comme du cœur de Marie qui ne battait que pour Jésus, Jésus lui-même fit en mourant un cœur assez grand pour contenir le monde ; ainsi, du cœur de Joseph, il fit à l'heure dite un cœur paternel.

Avant que fût arrivé l'ange messager des mauvais jours, ce cœur nouveau était déjà l'écho lointain de l'ordre de Dieu : *Accipe puerum et vade*. Prends l'enfant et va ta route ; et vous savez s'il s'est acquitté de cette mission sacro-sainte sans découragement et sans faiblesse.

Si je vous dis que la mission du Bienheureux Jean-Baptiste de La Salle est la même ; si je vous dis encore que l'enfant dont il a la garde est le même aussi, ne pensez-vous pas que je vais commettre une témérité ?

Ah ! pauvres et chers petits, que je suis heureux de voir votre frère divin venir lui-même défendre votre cause ! Quand il cheminait par les villages, pliés dans les collines qui vont de Nazareth à la mer de Galilée, le bon maître, fatigué quelquefois de chemin et de soleil, *fatigatus ex itinere* (1), s'asseyait sur le pas des portes, et les petits Galiléens venaient entourer le Dieu au sourire si doux. Les disciples écartaient les petits importuns, mais le Maître leur fit entendre une fois une doctrine qui est le dogme rédempteur de l'enfance abandonnée :

Ce que vous ferez à l'un de ces petits, c'est à moi que vous le ferez. *Quamdiu fecistis uni, mihi fecistis* (2).

Le Dieu pour qui les siècles sont moins longs que nos jours, vit passer devant ses yeux des grottes de Bethléem plus tristes que la sienne, souvent, Dieu merci, des ateliers honnêtes, comme celui de Nazareth

(1) Joan. iv, 6. — (2) Math. xxv, 40.

et des pères craignant Dieu, comme Joseph ; mais souvent aussi des sixièmes étages sans Dieu, des foyers sans foi, des unions sans honneur, des enfants apprenant le nom trois fois saint dans les blasphèmes paternels, le vice descendant de ces repaires pour déshonorer la vie, et ce même Dieu qui, en prenant du pain, devait dire bientôt : Ceci est mon corps, montra l'enfant aux siens en disant : L'enfant c'est moi. *Mihi fecistis*.

Ce « *mihi* » est le secret intime des inaltérables dévouements de ce Bienheureux que nous célébrons aujourd'hui. « *Mihi*, » c'est parce qu'il sonda la profondeur sacrée de ce petit mot, « *mihi*, » que la terre et le ciel marient leurs accords pour le chanter. « *Mihi!* » c'est à l'enfant de Joseph lui-même que s'adressèrent tous ces sacrifices. « *Mihi!* » c'est pour lui que Dieu pétrit et fit paternel le cœur qui battait sous sa poitrine de saint, et quand l'heure sonna, pour lui comme pour Joseph, d'inaugurer sa mission de gardien de l'enfant, Dieu donna à ce cœur, comme à celui d'Esdras, un dernier coup de main, il le façonna tout exprès pour la science de Dieu : *paravit cor suum ut investigaret legem Domini* (1); tout exprès pour enseigner à l'Israël enfantin la morale et les préceptes : *tu doceat in Israel preceptum et judicium* (2).

Mihi fecistis. L'enfant, c'est moi ; et dès lors cet homme apparut au monde avec un drapeau sur lequel éclatait la devise de Joseph : *Accipe puerum*, sauvons l'enfant.

(1) I Esdr. vii, 10. — (2) *Ibid.*

Et c'est ainsi que vos pères l'ont connu. En 1713, les habitants de la rue Saint-Laurent voyaient passer tous les jours ce héros modeste qu'on appelait le saint; il s'en allait célébrer le saint sacrifice dans la chapelle des Chartreux, servant aujourd'hui de salle d'asile, puis sans bruit, enfermait ses journées au milieu des enfants du peuple, et doucement, il leur épelait, avec les lettres de l'alphabet, les secrets de l'éternelle vie.

De la grande mission de son maître, *docete*, il ne gardait qu'une part tour à tour rude et charmante : *Sinite parvulos ad me venire* (1), laissez les petits enfants venir à moi. Les saints ont beau se cacher, comme les fleurettes de nos grands bois de sapins, ils ont des parfums discrets qui percent sous les mousses et découvrent leur existence inconnue, ou, comme les navires et les astres voyageurs, ils traînent après eux un sillage lumineux, et dans le sien passait tout ce que cette cité comptait de grands noms et de sublimes dévouements, le président de notre Parlement, les présidents de la Chambre des Comptes, les chanoines de cette illustre cathédrale, les conseillers au Parlement, et à la tête de cette pléiade, Mgr de Montmartin, évêque de Grenoble. Quelques-uns de ces noms illustres honorent encore cette terre dauphinoise, et les deux siècles qui ont glissé leurs flots sur ces blasons et sur ces hermines, n'y ont laissé ni tache ni infamie.

Saluons en passant ces chrétiens vigoureux, précurseurs de ceux qui se dévouent aujourd'hui à la même

(1) Marc. x, 14.

cause avec la même devise : *Accipe puerum*, sauvons l'enfant.

Cependant son œuvre, fille de l'Eglise, ne devait pas manquer de ce qui fait la condition vitale de sa mère, la douleur.

Quand Dieu fait une alliance avec les hommes, il la signe avec du sang. Le Maître s'était montré à peine que déjà on avait assassiné le précurseur. Enfantée dans la douleur, l'Eglise fit son chemin, en passant par le Golgotha, et l'on n'a pas dit qu'elle en ait changé. La douleur est un creuset mystérieux et infaillible par lequel les œuvres de Dieu se dépouillent de la gangue humaine, pour en sortir en or pur.

Les travaux de Jean-Baptiste de La Salle épuisèrent sa vie, et la maladie le fit tomber sur le champ de bataille, maladie horrible dont le remède, plus horrible encore, fit de son corps une vaste plaie. Ce fut la signature du contrat.

C'est alors qu'il put dire aux siens ce que le royal prophète met dans la bouche du royal martyr : Ne craignez rien pour demain; l'avenir est assuré, la charte qui nous fonde est paraphée dans mes blessures : *in manibus meis descripsi te* (1), ou leur dire avec saint Paul : Soyez en paix, jamais je ne vous fus plus utile qu'à cette heure où je ne vous sers de rien, parce que jamais je ne suis plus puissant que lorsque je suis faible : *cum infirmor, tunc potens sum* (2).|

Dieu le releva de son brasier douloureux, pour lui imposer son épreuve dernière.

(1) Isai. XLIX, 16. — (2) Cor. XII, 10.

Comme Joseph, il devait avoir son heure hésitante,
l'heure où Dieu se met directement de la partie, pour
sauver des œuvres que les épaules humaines trouvent
trop lourdes.

Qui n'a lu dans saint Matthieu ces deux lignes
aussi laconiques que profondes, où nous est révélé le
fond des incertitudes douloureuses qui durent tortu-
rer l'âme droite et grande de Joseph, à une minute de
sa vie ?

L'Homme-Dieu, sorti déjà des profondeurs de la
vie intime de la divinité, avant d'entrer dans la
vie manifeste de l'humanité, se tenait caché dans le
tabernacle virginal de Marie. Le patriarche, qui n'était
pas introduit encore dans les secrets de notre régénération, aima mieux douter de ses sens que de la can-
deur royale de la Vierge, son épouse, et la fille de
David, pense le grand Bossuet, laissait à Celui qui
avait opéré de si grandes choses en elle le soin d'en
convaincre Joseph.

Il y a des mystères qui n'imposent créance, que
lorsqu'ils tombent de la bouche d'un messager du
ciel.

Lorsque les soupçons de Joseph devinrent une réalité à ses yeux, nul ne pourrait dire l'amertume de ses
perplexités.

Tout briser; alors, ce qui attendait la Vierge par
delà la porte fermée derrière elle, c'était la rigueur
terrible de la loi juive, la lapidation sanglante, ou la
coupe célèbre des eaux amères qui avaient l'âcre sa-
veur de l'absinthe et faisaient mourir la criminelle.

C'était un juste : *cum esset justus;* il ne voulut pas

lui jeter la première pierre, mais la sauver à la fois du mépris du monde et de l'inflexibilité de la loi.

L'Eternel, avant d'élever définitivement cet homme au suprême honneur d'être sur terre le gardien de son Fils, l'attendait là.

Les yeux fixés sur une maison plus que modeste, accrochée comme une touffe de laine au penchant des collines de Nazareth, les anges de Dieu suivaient cette lutte intime, où les plus nobles sentiments de l'âme étaient aux prises. Ce fut l'héroïsme qui triompha. Il ne voulait ni d'une épouse criminelle ni d'un fils étranger; mais il voulut sacrifier son honneur pour sauver celui de Marie. Il quitterait l'air natal, si bon à respirer, quand les jours se pressent vers la tombe; il s'en irait au loin, sur une terre d'exil, assumant sur sa tête innocente tout l'odieux de ce criminel et brutal abandon.

Cette résignation plus glorieuse que les triomphes, cette patiente douleur payée par le ciel plus cher que le martyre, ce sacrifice héroïque et inconnu est contenu dans ce petit mot de saint Matthieu : En secret : *occulte;* en secret il la voulut abandonner : *Occulte voluit dimittere illam.* C'est l'héroïsme que Dieu demandait pour sacrer Joseph, et c'est là que le messager du ciel se présenta à lui, annonçant la grande nouvelle.

Les orages de son âme s'apaisent, comme les flots de Tibériade, à la parole du fils qu'il allait répudier. Il attend dans le silence l'enfant qui va venir, déjà pénétré de sa grande mission : *Accipe puerum :* il faut garder l'enfant.

Avez-vous vu quelquefois, quand le grand été semble dormir sur les plaines, quand les faucheurs ruisselants enfoncent en cadence la faucille dans la masse profonde des épis d'or, un moissonneur n'en pouvant plus de fatigue et de soleil, quitter ses compagnons de peine, pour s'en aller sous un arbre voisin chercher un peu de repos et d'ombre? Ainsi la lassitude et la maladie avaient saisi Jean-Baptiste de La Salle en pleine moisson, et lui aussi voulut un peu d'ombre et ne repos.

A quelque distance de Grenoble se dresse une colline qui avance sa pointe, comme un promontoire vert, entre la plaine de Bièvre et la vallée de Tullins. J'aime à redire le nom de cette colline, dont les dernières rampes vont expirer comme un flot dans mon village natal. Elle évoque pour moi les plus charmants souvenirs de l'enfance. C'est de son sommet que je découvris une fois que le monde dépassait mon village.

A Parménie, Jean-Baptiste de la Salle avait un ami, l'abbé Ize de Saléon. Le repos et un ami : les deux plus douces choses de la vie. Il vint à Parménie pour y trouver, hélas! les perplexités de Joseph, car c'est là, à son tour, que Dieu l'attendait. Quand ce moissonneur fut sous l'arbre du repos, la solitude le séduisit, et il ne voulut plus reprendre sa faucille laborieuse.

Ses yeux se promenaient sur les montagnes neigeuses dont les flancs hospitaliers recèlent cette vaste Thébaïde qui verse sur notre pays tant de prières et tant d'or. Il se dit que Parménie serait sa Chartreuse. Il se dit qu'il y finirait doucement dans la prière les

jours qui lui restaient. Il se dit qu'il avait assez souffert pour en avoir le droit. Il se répétait ce mot que
nous avons lu tous sur la porte d'une cellule : *O beata
Solitudo! ô sola Beatitudo!* O bienheureuse Solitude!
ô seule Béatitude! Il se dit encore que l'heure était
venue enfin de s'y rassasier uniquement d'amour de
Dieu : *in solitudine saturare panibus* (1); que la charge
devenait trop lourde pour ses épaules vieillissantes,
qu'il laissait des fils pour la vaillamment porter, et
sans rien dire, *occulte*, il la voulut abandonner : *occulte voluit dimittere illam.*

Dieu veut envoyer au bienheureux Jean-Baptiste
de La Salle un messager qui va tout arranger, garantir le présent, assurer l'avenir, éterniser son œuvre ; il
le prendra parmi les humbles.

C'était une petite chevrière qui conduisait son troupeau modeste sous les hêtres de Parménie. Pauvre et
ignorante, elle avait la richesse et la science de Dieu,
et dans nos contrées son nom a une mélodie : Sœur
Louise. Je me rappelle les émotions qui m'agitaient,
lorsque enfant, j'étais devant ce tableau, toujours à la
même place, qui représente ce prêtre vénérable respectueux devant cette bergère. Je ne comprenais rien
à ce renversement de l'ordre établi, car tous mes
efforts d'imagination ne parvenaient pas à mettre à
genoux mon vieux et saint curé devant une bergère
du village. Je ne savais pas qu'elle était l'ange envoyé
par Dieu, comme à Joseph, pour éclairer les doutes
de ce prêtre.

(1) Marc, VII, 4.

Ce qu'elle lui dit, je le sais, maintenant : Jean-Baptiste, il ne faut pas abandonner l'enfant que Dieu te confie; mais le reprendre par la main et poursuivre ta route. *Accipe puerum et vade*, et nos aïeux le virent redescendre, plus résolu que jamais à sa grande mission. *Accipe puerum.* Sauvons l'enfant!

II

Ce que Jean-Baptiste de La Salle a fait parmi nous, le voici.

Redoutant les naufrages de l'avenir, il construisit une arche pour sauver l'enfance et condamner toujours les criminelles entreprises de l'impiété : *Metuens, aptavit arcam in salutem domûs suæ, per quam damnavit mundum* (1).

Cette arche, malgré vents et tempêtes, est toujours à flot, elle porte dans ses flancs notre trésor d'aujourd'hui et notre espérance de demain; car ceux qui naviguent à son bord ne sombreront pas, nous l'espérons, dans l'impiété et dans la haine. *Testamenta sæculi posita sunt apud illum, ne deleri possit diluvio omnis caro* (2). Il faut que vous sachiez bien, en considérant les traverses périlleuses, les inquiétudes incessantes que souffre Joseph depuis que Jésus est en sa garde, qne vous ne pourrez sauver l'enfant sans peine, que votre devoir impérieux est d'approvisionner l'équipage, car autant vaudrait le laisser sombrer que de le laisser mourir de faim.

(1) Hebr. xi, 7. — (2) Eccli. xliv, 19.

Quand Jésus entre quelque part, il y entre avec sa
croix. Il n'apporte ni couronne de roses, ni couronne
de laurier; mais sa couronne royale et sanglante
d'épines enguirlandées, et il en fait part à ceux qu'il
aime.

Joseph et Marie n'étaient pas riches, mais ils
n'étaient pas sans asile. Ils avaient le petit toit de
Nazareth.

Peut-être encore la fille des rois avait-elle reçu en
dot sa part de la maison natale, à deux pas de la pis-
cine probatique, à quelques minutes du Temple, dont
sa voix virginale avait animé les échos, sous le souffle
des cantiques.

Peut-être encore, Joseph avait-il l'héritage de la
maison des aïeux, et c'est une tradition très accré-
ditée, dans la terre féconde de Bethléem, sous les
oliviers plantureux, au flanc de la colline qui descend
dans la plaine où Ruth, la Moabite, avait glané. Mais
dès que cet enfant est au monde, il n'y a plus de maison pour eux. Est-ce que le caravansérail des mendiants n'est pas un assez beau refuge pour cette misère
qui passe? Qui peut donc leur procurer cette dis-
grâce? C'est ce Jésus dont il est écrit : Il est venu
chez les siens, et les siens ne l'ont point reçu (1), ce
Jésus dont il est écrit encore : Il n'aura pas de gîte
où reposer sa tête (2).

Mais, ô Jésus, n'est-ce pas assez de leur indigence?
Pourquoi leur attirer encore des persécutions à cause
de vous? Ils vivaient tous deux dans l'humble ménage

(1) Joan. I, II. — (2) Math. VIII, 20.

de Nazareth, surmontant la pauvreté dans la patience et le travail, et sous l'œil de Dieu ils savaient encore ce que peut être le bonheur. Jésus apparaît : plus de repos pour eux. Cet enfant malencontreux ne vient au monde que pour les tourmenter. Il n'apporte que des malheurs. Hérode ne peut souffrir que cet enfant vive. La bassesse de sa naissance ne peut le cacher à la jalousie du tyran. Le ciel même s'en mêle. Une étoile lui découvre le secret, et si elle lui amène les mages d'Orient, elle lui suscite un cruel persécuteur. Le ciel sauve les mages, en les faisant passer par un autre chemin, et il semble avoir de la peine à sauver son Dieu. Un ange se montre : Joseph, il faut fuir en Egypte, cette nuit, avec la mère et l'enfant. Il faut fuir? Oh! quelle parole! Fuir la nuit? Pourquoi ces précautions de la faiblesse? Le Dieu d'Israël qui a allumé le feu de l'immensité, qui étend la nuit comme les plis d'un voile, a besoin pour se sauver de la faveur des ténèbres? Et quand l'ange viendra lui dire : Retourne en Israël, ceux qui réclamaient la vie de l'enfant sont morts. Eh! quoi, aurait-il pu dire encore, et s'ils n'étaient pas morts, Dieu ne serait donc pas en sûreté? Quel est donc ce Dieu? Ah! curieuse obéissance que celle qui cherche à pénétrer les secrets du commandement. Ce n'est point celle de Joseph. O faiblesse abandonnée du divin Jésus, Joseph vous adore en cet état aussi bien que s'il avait vu vos plus grands miracles. Il reconnaît le mystère de ce délaissement. Il s'abandonne à Dieu sans raisonner. Son esprit ne chancelle pas entre sa raison et la foi, et du tumulte confus des raisons humaines qui pouvaient s'agiter dans son âme, il n'entend distinctement monter qu'un mot, l'ordre de l'ange : *Accipe puerum*. Coûte que coûte, il faut sauver l'enfant !

Si je vous dis qu'Hérode n'est pas mort, si je vous dis que, de temps à autre on aperçoit à travers les siècles sa figure sanguinaire, qu'Hérode s'appelle souvent légion, que la peur de voir l'enfant vivre, vivre de la vie de Dieu, lui cause des terreurs qui vont quelquefois jusqu'à l'affolement, que ces craintes insensées lui arrachent encore des décrets de proscription contre l'enfance, qu'il y a des siècles malheureux, témoins encore du massacre des Innocents, de l'occision brutale de la Foi, de l'Espérance et de la Charité, les trois merveilleux appareils destinés à faire fonctionner la vie divine, je n'aurai rien dit que vous ne sachiez.

Si j'ajoute que, de ce chef, l'ordre de l'ange résonne à vos oreilles, plus impérieux que jamais : *Accipe puerum*, sauvez l'enfant; je ne vous aurai point créé non plus de devoir inconnu. Certes, vous aussi vous pouviez opposer à ce devoir toutes les raisons captieuses que le charpentier de Galilée n'entendit pas; vous ne l'avez pas fait.

Vous aussi, vous pouviez dire : si c'est à la cause de Dieu, qu'Hérode en veut, Dieu est assez fort pour la défendre seul; cela vous ne l'avez pas dit.

Vous aussi, vous pouviez penser que ce Dieu n'a besoin de personne pour mettre sa gloire en sûreté; cela, vous ne l'avez pas pensé.

Vous aussi, vous pouviez vous croiser les bras dans

l'inaction et crier avec les Juifs : Qu'il se sauve lui-même; cela, nous ne l'avons pas entendu.

Vous n'avez pas voulu vous fermer à double tour dans ce mot déshonorant qui tend, hélas ! en dehors de cette enceinte, à se transformer en doctrine : Cela ne me regarde pas.

Comme Joseph, vous avez adoré les secrets profonds des décrets éternels. Comme lui, vous vous êtes trouvés trop bien payés de vos peines dans l'honneur sublime d'être conviés, selon le beau mot d'Origène, à devenir les coopérateurs de Dieu : *cooperatores Dei.* Comme lui encore, vous avez offert et vos jours et vos bras. Comme lui enfin, vous êtes partis pour l'Egypte de l'école sans Dieu, avec cette seule devise : *Accipe puerum.* Sauvons l'enfant !

Représentez-vous donc ce pauvre ouvrier qui n'a pas d'autre héritage que ses mains, son atelier et son travail, contraint de tout quitter, de fuir comme un criminel, bien loin, dans une terre inhospitalière, dont il n'a ni la religion, ni la langue, ni les mœurs. Et cela pourquoi? Toujours pour la même raison; il a Jésus avec lui. Va-t-il se plaindre encore de cet enfant incommode qui, sans motif, le chasse de la patrie et ne semble venu au monde que pour le persécuter? Si, au moins, il espérait voir ses disgrâces finir bientôt ? On passe presque gaîment les mauvais jours quand on espère les radieux lendemains; mais non, il était sous le parvis des Gentils avec Marie, quand le vieux prêtre découvrit la pointe du glaive qui devait lui percer le sein, et il traîne sa rude existence à souffrir

le mal d'aujourd'hui, à appréhender le mal de demain.

O voyage de l'Egypte, quelles leçons vous me prê-
chez ! Une fois, du haut de là grande pyramide, mes
yeux se perdaient au fond du désert morne, et il me
semblait voir dans le lointain vague, dans l'aveugle-
ment des sables, dans les embrasements du Simoun,
l'acheminement lent et triste de cette caravane divine
que Joseph conduisait, sans pain que celui de l'aumône, sans guide que celui de la Providence, sans
abri que la voûte du ciel. Et il me semblait encore les
voir s'arrêter aux portes de Memphis la Superbe ; et
dans le tumulte de la richesse et des plaisirs, cette misère inconnue se perdit. Le Maître du monde essaya
ses premiers pas dans les grands blés que le Nil fer-
tilise ; les bananiers tendaient vers lui leurs branches
chargées de fruits mûrs, et celui qui verse le soleil
sur les moissons et les fruits, n'avait pas d'épi pour
sa faim, pas de fruit pour sa soif. « La misère était
noire, dit Orsini, et Jésus demandait quelquefois à
Joseph un morceau de pain, que Joseph, le cœur
brisé, ne pouvait lui donner. »

Se plaint-il enfin ? errant, vagabond, exilé, malheureux ! Il s'estime trop heureux encore de posséder
l'enfant même à ce prix. Il est pauvre, mais il est
riche. Il n'a rien, mais il a tout. Il n'a point de repos,
mais il est tranquille. Il n'a point de bonheur, mais
il est heureux. Il a l'enfant. *Accipe puerum.*

Nous non plus, nous ne nous plaignons pas. Quand
je dis : nous, je parle de ces frères vaillants dont l'héroïsme vient d'être célébré par la voix infaillible du

Vicaire de Jésus-Christ, en la personne de leur fondateur; mais je parle aussi de ces hommes généreux qui,
dès les premiers jours de l'épreuve, ont accepté la
grande mission de soustraire l'enfant aux périls qui
l'ont menacé. Soyez sans crainte, nous remplirons
gaîment notre charge, nous conduirons l'enfant par le
désert, nous lui ferons traverser les mauvais jours,
nous le sauverons de l'incrédulité et du vice; mais
pour ce faire, je n'hésite pas à avouer, mes frères, que
nous avons besoin de vous. Nous avons besoin de
vous pour aplanir les voies, nous avons besoin de
vous pour renverser les obstacles, nous avons besoin
de vous pour nous ouvrir les portes, et quelquefois,
il faut tout dire, nous avons besoin de vous pour nous
suppléer. Oui, selon le mot de Tertullien, nous
sommes à un jour de grande bataille, l'effroyable mêlée des intelligences qui se choquent, le duel à mort
entre la vérité et le mensonge, entre l'impiété et la
vertu. Prêtres, nous serons les capitaines pour conduire les troupes à la victoire et diriger toute l'action ;
mais les troupes, il faut les avoir, et les officiers ne
peuvent vaincre si les soldats s'endorment. Tout chrétien est soldat, et tout soldat doit payer de sa personne.
Regardez donc Hérode et les siens. Quel prosélytisme
et quelle unité dans la rage! que cela nous soit un
motif d'entrain et de courage. Il est infatigable, ne
prend jamais de repos et ne nous fait pas un quart
d'heure de trêve; et nous, fils du bien, nous laisserions
échapper de nos mains le glaive de la parole et des
œuvres, nous laisserions nos bras tomber de lassitude, pour nous endormir sur quelques maigres lau-

riers que nous avons conquis, abandonnant lâchement à l'ennemi les jeunes recrues dont nous avons besoin pour les batailles de l'avenir?

Nous avons besoin de vous aussi, Mesdames, comme Joseph avait besoin de Marie dans le voyage dangereux. Pour remplir notre rôle, le vôtre est d'une impérieuse nécessité, et si vous me demandez quel il est, le voici :

Votre rôle est celui de ces bergers qui, aux veilles de la fuite, vinrent déposer au pied du berceau les humbles présents de l'indigence, cadeaux modestes qui permirent à Joseph de faire face aux premières exigences. Votre rôle est celui de ces rois de la Chaldée, qui arrivèrent de l'Arabie lointaine, apportant à l'enfant l'or de la royauté, et il est bien permis de penser que ce fut cet or étranger qui paya les premières dépenses du voyage de l'exil. Votre rôle est celui de ces inconnus dont nous saurons les noms là-haut, qui, le long de la route interminable, donnèrent aux pauvres exilés le pain et l'eau du voyageur avec le toit de l'hospitalité.

Eh bien ! oui, c'est vrai, nous avons besoin de votre aumône, non pas seulement de cette petite pièce de monnaie négligemment jetée pour faire comme tout le monde ; mais de l'aumône des Mages, de l'or que vous devez à Jesus-Christ. L'enfant le demande en pauvre avec des supplications, mais Jésus-Christ le réclame impérieusement et en maître : *Mihi fecistis*.

Je sais que vous dites peut-être à part vous : Si on les écoutait, il faudrait toujours donner. Oui, c'est vrai, il faudra toujours donner, et pourquoi pas ? En vérité, épouses, l'heure sonnera-t-elle où vous serez dispensées d'être fidèles ? Et vous, jeunes filles, l'heure où vous serez dispensées d'être pures ? Ce sont des vertus que vous ne pouvez déserter sans, du même coup, déserter le ciel. Et de quel droit exceptez-vous la charité ? Elle est impérieuse aussi, comme la fidélité, comme la chasteté, si impérieuse que le souverain juge en a fait le seul considérant de la sentence finale. L'enfant demande, et c'est pour le coup que Jésus demande : *Mihi fecistis.*

Est-ce assez pour éprouver la fidélité de Joseph ? Ah ! ne le croyez pas. Voici encore une étrange épreuve. C'est peu des hommes pour le persécuter, son Fils lui-même devient son persécuteur.

Un jour, sous les arbres fameux où Débora, la prophétesse, jugeait les tribus d'Israël, il s'aperçoit que son fils s'est dérobé à sa vigilance. Jésus est perdu. Ah ! si vous n'avez pas compris sa paternité, voyez ses larmes et reconnaissez qu'il est père.

Faut-il l'avoir conservé dans l'exil pour le perdre dans la patrie ? et il éveillait les échos de la nuit de cet appel désespéré : Jésus ! et la nuit gardait son silence. Il fouille les recoins de la ville à la recherche de cet enfant, qui ne donne que des tourments, et le trouve, après trois jours de recherches douloureuses, inaugurant son apostolat au milieu des docteurs d'Israël.

O mon Fils, dit la Vierge, votre père et moi nous vous cherchions tout en larmes : *Pater tuus et ego dolentes quærebamus te* (1).

(1) Luc. II, 48.

Je dis « votre père », et je ne fais point de tort à la pureté de votre naissance, il s'agit d'inquiétude et de soucis, et, par là, je puis bien dire qu'il est père. *Pater tuus et ego dolentes quærebamus te.*

Eh ! nous le savons trop que, malgré les prodiges de votre zèle, l'activité de votre dévouement pour l'enfant, quand vous aurez péniblement manœuvré son esquif dans la passe terrible de l'école sans Dieu, trop souvent c'est lui-même qui s'arrachera de vos mains, non pas pour aller prêcher le royaume de Dieu dans l'assemblée des docteurs, mais pour aller dans les conciliabules de l'impiété apprendre la science du mensonge et du vice de la bouche des docteurs ès licence et irréligion. Mais il en est d'autres qui se sont imposé la mission périlleuse de poursuivre celui que vous aviez arraché aux périls de l'enfance, pour le voir se précipiter lui-même dans ceux plus terribles de la jeunesse. Je dis : Il en est d'autres, comme si je ne savais pas que, si ce sont deux œuvres distinctes, ce sont les mêmes hommes qui se dédoublent. Comme si je ne savais pas que, les héros du dévouement chrétien sont ceux dont parlait le maréchal Bugeaud : « Toujours les mêmes qui se font tuer. »

Ceux que nous avons rencontrés sur la route d'Egypte dérobant l'enfant au décret d'Hérode, nous les avons bien reconnus à travers Jérusalem, le cherchant quand il était perdu, et toujours avec le même mot d'ordre : *Accipe puerum*, sauvons l'enfant !

Merci à tous, de par Dieu. Le Bienheureux Jean-Baptiste de La Salle vous attend là-haut avec une couronne. Ne savez-vous pas que ce sont les saints qui jugeront de nos œuvres terrestres? *An nescitis quoniam sancti de hoc mundo judicabunt?* (1)

Merci ! et il semble interrompre les hymnes de l'éternité, pour vous crier à tous : Merci ! Courage ! Espérance ! Espérance, car l'ange qui est venu dans une nuit de tristesse secouer le sommeil tranquille du patriarche Joseph et le pousser sur la route d'exil avec ces mots : *Accipe puerum et vade,* reviendra bientôt dans une nuit de bonheur éveiller le patriarche avec le même mot : *Accipe puerum et vade.*

Lève-toi, dira-t-il, Hérode n'était pas immortel, et il est mort. Archélaüs lui succède. Le soleil se remet à sourire dans la tempête apaisée. Ceux qui réclamaient en maîtres l'âme de l'enfant sont morts. Ils ont passé comme des ombres orgueilleuses qui s'étaient crues des réalités : *Defuncti sunt enim qui quærebant animam pueri* (2).

Lève-toi, prends l'enfant et va ! *Accipe puerum et vade ;* ce n'est plus : *vade in terram Egypti,* va en Egypte : mais *in terram Israel,* dans la paix prochaine de notre Israël enfin tranquille, de notre France enfin désenchantée de ses folies, et puis dans l'Israël éternel, où notre compagnon du rude voyage sera devenu notre compagnon de félicité.

(1) I Cor. VI, 2. — (2) Matth. II, 20.

SAINT MAURICE

LE COURAGE CHRÉTIEN

*Panégyrique prononcé dans la cathédrale Saint-Maurice,
à Vienne, le jour de sa fête patronale.*

SAINT MAURICE

LE COURAGE CHRÉTIEN

Vicerunt regna.
Ils ont conquis des royaumes.
Ep. ad Hebr. ii, 33.

Ls étaient dix mille, dix mille héros.

L'empereur n'avait pas de soldats plus fidèles, l'empire, de plus héroïques défenseurs. Sur un signe du maître, ils avaient parcouru le monde, l'épée au poing. En passant, ils ramassaient des royaumes, s'il en restait à conquérir à cet empire qui voyait dans ses frontières se lever et se coucher le soleil. *Vicerunt regna.*

Un jour, un ordre de l'empereur les rappela. La phalange soumise, des déserts lointains et mornes de la Thébaïde, s'en vint dans les vallées fraîches et joyeuses de l'Helvétie.

Aux veilles d'une bataille, la légion fourbissait les épées, les boucliers et les cuirasses, lorsqu'un roi nouveau se présenta, les convoquant à un égorgement plus terrible, à une victoire plus belle. *Certamen forte dedit illi, ut vinceret* (1).

Quel est donc ce souverain puissant, pour lequel il faut dire à un César qui tient entre ses mains le monde : Je n'obéirai pas?

C'est un roi de mansuétude et de faiblesse dont le sceptre est de roseau, dont « le royaume n'est pas de ce monde », qui couronne les fronts vainqueurs de lauriers que le monde prend pour des insignes de folie : *æstimabamus insaniam*, et assied les victorieux sur des trônes dont la foule s'amuse : *et finem illorum sine honore* (2). Pour ce roi inconnu, la légion qui n'a jamais failli dit à son chef : Nous sommes ses soldats, avant d'être les vôtres.

Et les épées des terrestres combats s'échappent de leurs mains, et les casques où trente victoires étincellent encore roulent à leurs pieds, et les cuirasses sous lesquelles palpitent des cœurs invincibles se détachent de leurs poitrines, et la légion se présente poitrine nue au glaive fratricide de ses compagnons d'armes.

Vieux légionnaires qui assassiniez vos camarades, vous avez cru sans défense ces généraux, ces capitaines, ces frères de combat qui sont tombés devant vous, s'abandonnant à vos coups, comme les agneaux du Cantique.

En vous ruant, glaive nu, dans les rangs immobiles de cette armée débonnaire, vous disiez : Ou ce sont des lâches, ou ce sont des insensés. Aveugles, qui n'avez pas vu qu'en les enrôlant sous ses enseignes,

(1) Sap. x, 12. — (2) Sap. v, 18.

leur Maître ne les désarme que pour les conduire à une victoire décisive qu'on remporte l'épée au fourreau. Général étrange qui guérit les blessures des Malchus qui l'attaquent et rengaine les lames des Pierres qui le défendent.

O soldats bourreaux, en essuyant sur l'herbe votre acier fatigué de carnage, votre œil s'est promené sur un monceau de cadavres, et vous avez dit : Ils sont vaincus. Ceux que vous croyez morts sont vivants, et vous pouvez saluer le jour de leur plus belle conquête. *Vicerunt regna.*

Et il y a par le monde une cité chargée de garder la tête qui commandait cette armée de martyrs, la bouche silencieuse qui a osé dire à un empereur : Prenez notre sang ; ce ne sera pas la première fois que nous le sèmerons pour vous ; mais notre foi, jamais.

Et cette cité, c'est Vienne. Il est là sous la voûte géante, dans son reliquaire d'or, sur l'autel de son roi, le noble chef de saint Maurice ; et moi, je suis venu pour prêcher sa gloire. Non, parlez vous-même, chef auguste du grand martyr ! Crâne que le temps a blanchi, éveillez-vous : *ossa arida, audite !* (1) Lèvres muettes, votre silence dix-sept fois séculaire est plus éloquent que mon discours. C'est vous que nous allons écouter.

Prêcher votre gloire? Mais l'Eternité la chante autour du trône de l'Agneau ; il vaut mieux vous entendre nous prêcher vos leçons.

Tristes enfants d'un siècle qui se flétrit, nous voyons la vérité comme vous ; mais, par crainte d'un

(1) Ezech. xxxvii, 4.

césar qui s'appelle le monde, nous l'attaquons, au lieu de la défendre comme vous. Parlez, ossements desséchés, condamnez notre félonie, en nous rappelant votre héroïsme.

Et quand nous n'osons pas insulter le drapeau, nous n'osons pas, non plus, le défendre. Au saint nom violé de la prudence, nous le cachons misérablement.

Saint Maurice, répétez-nous encore que, pour lui, vous avez su mourir.

I

Aux veilles de ces batailles géantes qui avaient fait de Rome la souveraine incontestée de l'univers, les trompettes sonnaient l'éveil des grands jours, une solennelle agitation courait dans le camp, les vétérans et les conscrits sortaient des tentes silencieuses et paraissaient sur le seuil, les casques d'or étincelant dans le soleil levant. Les primiciers, les conducteurs de camp, les questeurs, les centurions, vêtus comme pour les triomphes capitolins, montés sur les coursiers numides, caracolaient au milieu du fourmillement des tentes, animant du geste et du regard les troupes éveillées. Le soleil de ces journées éclairait un spectacle qui ne manquait ni de solennité ni de grandeur. La vaste plaine tout à l'heure endormie dans la nuit, devenait une mer scintillante de reflets sur les lances fourbies, sur les casques, les boucliers, les enseignes, les caparaçonnements. L'empereur, accompagné d'une phalange de ses prétoriens, passait devant le front de l'armée en ligne de bataille. Un grand silence planait, ce silence des camps, fait de murmures indéfinis et émouvants d'acier et de piétinements dans la poussière.

Cette heure était auguste entre toutes. Sur un autel dressé au milieu du camp, on plaçait les aigles impériales, et avant d'aller verser son sang pour elles, chaque légion s'avançait, répandant des libations aux dieux protecteurs de l'empire.

La légion thébaine, que Maurice commandait, prévoyant que sa présence au camp et son abstention du sacrifice occasionneraient des désordres, s'éloigna sans bruit et s'en alla établir son campement à trois lieues d'Octodurum, à Agaune. Le césar Maximien Hercule leur envoya l'ordre de rejoindre sur-le-champ le gros de l'armée, pour l'oblation solennelle du sacrifice. Les légionnaires opposent au césar un refus décisif ; il en fait décimer une phalange. Cette centurie désignée par le sort tomba sous les yeux de la légion, comme ces moissons prématurées, déjà fauchées, avant que s'enfonce la faucille dans la masse profonde des épis d'or.

Passez, avant-garde des martyrs, allez, en éclaireurs, attendre vos frères à la porte de l'éternelle Cité, où vous entrerez tous en conquérants.

Second ordre, autre refus, autre décimation.

Maurice, le primicier de la légion, passait, fier et résigné, au milieu des survivants : « Camarades, disait-il, nous n'avons jamais marchandé une goutte de notre sang pour celui qui nous fait tuer et pour la gloire de son nom ; nous ne le refuserons pas au Roi immortel des siècles qui nous attend, avec les palmes qui ne se flétrissent plus. » Et la légion inébranlable adressa au césar cette fière réponse : « Vos soldats, nous le sommes ; soldats de Jésus-Christ, nous le sommes plus encore. Nous vous devons le service militaire et l'obéissance ; mais l'apostasie au Dieu qui est le créateur et le maître de vous comme de nous, nous ne vous la devons pas. Montrez-nous vos ennemis ; où qu'ils soient, nous allons marcher et les vaincre, nous en avons fait le serment ; mais à notre Dieu aussi nous avons fait serment ; et si nous lui sommes parjures, comment compterez-vous que nous vous serons fidèles ? L'extrémité à laquelle vous nous réduisez nous laisse inflexibles, et nous confessons Jésus-Christ. Nos compagnons sont morts, et nous ne les avons pas défendus. Que si nous avons encore les armes à la main, c'est pour votre défense, et non pour la nôtre. Quand vous voudrez continuer votre œuvre, nous sommes prêts ; alors, ces armes inoffensives s'échapperont de nos bras de soldats, et nous présenterons notre poitrine au glaive ; car il est plus glorieux et plus sûr de mourir fidèles, que de vivre parjures. »

Qu'était-elle cette poignée d'hommes qui s'avise de résister au divin César, à toute une armée, à tout un peuple, à tout un monde ?

Que venaient-ils avec leur dieu inconnu, apporté du coin de terre le plus méprisé, insulter aux Dieux Immortels, dont les autels révérés se dressaient aux sommets du Capitole de la puissante Rome, de l'Acropole de la grande Athènes, dans les forums et les agoras de toutes les cités, jusqu'aux confins de l'univers ?

Et n'est-ce pas avec ses dieux et sous leur égide que Rome en est devenue la reine incontestée ? N'est-ce pas sous l'œil de Jupiter que, le berger qui la fonda, bâtit au sommet du Palatin la cabane modeste, où tout un peuple germa, d'où tout un monde sortit ?

Et lorsque ce petit peuple naissant entendit sonner l'heure des premiers combats ; lorsque, inexpérimenté des luttes sanglantes, il abandonnait aux ennemis cette colline Palatine d'où Rome allait descendre par le *clivus victoriæ,* par la descente de la victoire, pour s'étendre lentement jusqu'au forum, puis jusqu'au fleuve, puis jusqu'au bout du monde ; n'est-ce pas Jupiter Stator qui les arrêta sur place et leur souffla au cœur l'héroïsme des victorieux ?

Est-ce que le temple du Dieu protecteur n'est pas encore debout, écrasé de siècles, proclamant au monde les bienfaits du Dieu de la grande Rome ?

Et depuis qu'elle s'est promenée de champ de bataille en champ de bataille, de triomphe en triomphe, n'est-ce pas sous la conduite des Dieux de la Patrie qu'elle a fait son immense fortune ; et après chaque victoire, n'est-elle pas montée solennellement au Capitole, pour offrir à ses déités protectrices de l'empire son butin et ses lauriers ?

Et c'est contre tant de siècles, et c'est contre tant de gloire qu'il ose s'élever, cet inconnu, apportant de la Thébaïde un Dieu à qui Rome ne doit rien ?

Qu'est-elle donc cette religion nouvelle qu'il veut substituer au vieux culte national ? Son fondateur est mort en esclave et ses adeptes sont dispersés. Quelle

chance apporte-t-elle, non pas de vaincre, mais seulement de vivre, près du monument géant que les
siècles ont bâti? Que feront-ils contre le temps,
l'espace, les génies, les hommes, contre la puissance
du prince, l'autorité des prêtres, les fortes croyances
des peuples, la science des philosophes, l'éloquence
des rhéteurs, la magie des poètes, le fer des haches, la
dent des fauves, la flamme des bûchers? Moucherons,
qui, à coups d'aile, veulent raser le Capitole !

Que n'ont-ils la sagesse de quelques-uns de leurs
frères, fervents comme eux, de leur Jésus-Christ, qui,
de peur d'être enveloppés dans sa condamnation, ont
franchement changé de camp et sont revenus à Jupiter
Très bon et Très grand ?

Est-ce que leur chef, Pierre, n'a pas renié son
maître? Est-ce que Judas, l'un de leurs apôtres, ne l'a
pas trahi ? C'est être fous que vouloir être plus sages.

Voici les spécieux raisonnements de la lâcheté
humaine ; et voilà la réponse de l'héroïsme chrétien !

César et le monde lui font des promesses, puis lui
font des menaces. Maurice est insensible et aux unes
et aux autres, parce que les unes et les autres finissent
avec le monde. Il n'a peur de personne, le héros, hormis de Celui qui demeure et peut perdre son âme, ou
la sauver à jamais.

Certes, oui, il a sous les yeux l'exemple entraînant
de l'empereur, de l'armée et du monde; mais ce
branle-bas du monde, loin de l'ébranler, l'affermit.

Il se dit que, si tout le monde est ignorant, ou
menteur à sa Foi ; c'est un motif pour lui de lui rester plus inébranlablement fidèle.

Le monde? Est-ce qu'il ne le connaît pas le monde?
Son Maître, avant de le quitter, en a fait un portrait
trop ressemblant. Il lui a appris que la foule n'est
presque jamais du parti de la vérité. Pour le prouver,
il s'est fait en huit jours, Lui, tour à tour un objet
d'enthousiasme et un objet de mépris. En huit jours,
il vit ce même peuple passer des transports de
l'amour aux transports de la haine, de l'Hosannah
triomphal au *Crucifigatur* déicide. Il se rappelle encore que le Maître a dit que le monde ne saurait
l'aimer (1). Il se rappelle encore, qu'il a fait de la
persécution, la note distinctive de son œuvre (2). Il
se rappelle encore, qu'il a enseigné que, la voie par
laquelle il conduit les siens est étroite et âpre, et
que, celle du monde, du grand nombre, est la grande
route plane, fleurie et facile (3), et alors il dit à ses
hommes : Soldats, ou avec tout le monde, sur le
chemin battu, à l'oblation du sacrifice, à Jupiter, à
l'apostasie, à la lâcheté ! ou avec le petit nombre, avec
le « petit troupeau », sur le chemin étroit, avec Jésus-
Christ : au martyre !

La légion répondit : au martyre !

II

Et maintenant, ô vous, chef auguste du héros martyr, j'ai dit votre gloire; c'est votre tour, parlez et dites-nous vos leçons. Levez-vous, ossements couverts
de la poussière des âges; secouez votre poudre tom-

(1) Joan. vii, 7. — (2) Math. xvi, 24. — (3) Math. vii, 14.

bale et vivez, pour voir le triomphe de cette cause
que vous avez si chèrement défendue.

Le monde a bien changé, depuis le jour lointain où
vous tombiez pour elle. Vos Césars ne sont que des
souvenirs qui n'éveillent plus que des idées de bes-
tialité et d'infamie. Le vieux pêcheur de Tibériade a
pris sur leur front la tiare des pontifes, et l'a placée
sur le sien. Les dieux de Rome sont des tronçons de
marbre ou de bronze qui survivent aux siècles, pour
nous révéler l'ignominie de ces jours disparus. Le
vaste empire que vous parcouriez lentement, d'une
frontière à l'autre, les armes sur l'épaule, usant de
vos sandales et des roues de vos chariots de guerre
les blocs volcaniques qui pavaient les voies romai-
nes, vous le traverserez, emportés sur des chars de
feu rapides, comme l'oiseau. Nulle part, sur votre
passage, la statue d'un Jupiter ridicule n'offensera
votre regard de chrétien. Partout, aux coins des sentiers solitaires, aux carrefours des routes nationales,
au sommet des crêtes sourcilleuses, à la cime des tours
qui s'élancent des cités, partout vous verrez s'étendre
les bras adorés de cette croix qu'il vous fallait cacher
sous votre cuirasse. Vous irez faire un pèlerinage aux
lieux de votre glorieux martyre, et à la place de l'autel, devant lequel vous ne voulûtes pas courber le
front, vous trouverez le vôtre.

O Maurice,

... que les temps sont changés !

Nous adorons ce qu'on brûlait alors, et ce qu'on
adorait, voilà bien des siècles déjà que nous l'avons

brûlé. Ah! c'est aujourd'hui que vous pourriez fièrement arborer votre drapeau, et si, pour le défendre, il fallait mourir encore, vous ne trouveriez pas que dix mille compagnons de votre héroïsme, pour vous suivre au martyre; nous serions cent mille, nous serions tout un peuple, nous serions tout un monde.

Eh bien, non, ô martyr, ce n'est pas vrai; vous ne retrouveriez peut-être plus votre légion Thébaine: *Non est qui faciat bonum!* (1). Menteurs à notre Foi, traîtres à notre Dieu, fils indignes de nos pères, ce qu'ils ont fait, nous ne le ferions pas; nous cachons notre drapeau, quand nous ne l'insultons pas. Si vous parliez, ce serait pour confondre notre peu de foi et condamner notre lâcheté.

Vous aviez un étendard et une croyance, et pour les défendre, vous vous moquiez des décisions de l'empereur, de l'armée et du monde; nous avons le même étendard et les mêmes croyances; mais les décisions du monde passent avant dans notre respect.

Peu vous importaient les applaudissements ou les haines de la multitude; nous n'approuvons que ce qu'elle approuve.

L'exemple universel vous laissait inflexible; il est pour nous une inflexible loi.

Vous n'aviez nul souci de l'improbation du grand nombre; nous n'oserions y contredire.

L'erreur, même universellement acclamée, restait pour vous l'erreur; publiquement acceptée, elle nous est plus chère que la vérité.

(1) Ps. xiii, 3.

L'immuable règle de votre conduite était votre foi ; l'immuable règle de la nôtre ; c'est l'opinion.

Rien ne dirigeait vos actes que la loi de Dieu ; rien ne dirige les nôtres que le monde.

Vous aviez un symbole, que vous défendiez de votre vie ; nous le conservons en secret ; en public, nous l'avons remplacé par celui-ci : dire, faire comme tout le monde.

Quand la mode sera de crier : hosannah au fils de David, nous ne marchanderons pas nos acclamations ; puisque la mode est de l'appeler « l'ennemi », crions avec tout le monde : sus à l'ennemi.

Quand la croix redeviendra une enseigne acceptée et glorieuse, nous l'élèverons fièrement sur nos têtes : puisque le monde la foule aux pieds, faisons comme tout le monde.

Quand le monde reprendra fantaisie d'aimer et de respecter la Religion, sa vieille mère, nous aurons pour elle des trésors de louange et de tendresse ; puisque le monde l'insulte, la vraie sagesse n'est pas de la défendre, mais de l'insulter avec le monde.

En vain, dans l'asile inviolable de la conscience, la grâce jette ses lueurs ; en vain nous connaissons la fausseté des doctrines du monde ; en vain l'éducation de l'enfance a laissé en nous des semences indéracinables de la vérité ; en vain une voix secrète et impérieuse nous affirme le mensonge et le danger des chemins battus par le monde ; en vain notre conscience justement alarmée nous impose tout bas les maximes de la vie éternelle ; rien n'y fait, une voix étouffe toutes ces voix : dire, faire comme tout le monde.

Nous ne penserons pas comme le monde; nous parlerons comme le monde.

Nous sentirons au fond de l'âme l'empire de la vérité; nous prendrons le parti d'en rire; parce qu'ainsi font le livre, le journal et le monde.

Nous louerons des mensonges dont nous savons la fausseté; nous flatterons de basses passions dont nous savons l'ignominie; nous ferons chorus à des outrages dont nous savons l'infamie; nous approuverons des lois persécutrices dont nous savons l'injustice; nous pallierons des abus dont nous savons l'iniquité; nous justifierons des maximes que notre conscience réprouve; nous acclamerons des doctrines que tout en nous contredit; pourquoi? pour rien; parce qu'ainsi le veut le monde.

Et de notre lâcheté nous ferons une vertu. Pour ce faire, nous créerons une loi nouvelle de charité; nous inventerons une charité mondaine qui consiste à applaudir le mensonge, lorsqu'il plaît, et à ne pas défendre la vérité, quand elle est incommode. Il y a une politesse sociale qui nous demande de vanter ce que le monde vante. Les crimes deviennent des vertus, si cela plaît au monde; les vengeances, de justes ressentiments; les criminelles attaches, des délicatesses de cœur; les dérèglements de la vie, de petites faiblesses; les profusions du bien des pauvres, de généreux penchants; la sordide avarice, une sage économie; le trafic des convictions, une noble ambition; la vente et l'achat des consciences, un intérêt public; la persécution lâche, une nécessité d'Etat.

Non, grand martyr, notre temps n'est pas avec

vous, il est avec Maximien Hercule. Mis en demeure,
comme vous, de prendre parti pour ou contre Jésus-
Christ, il se déclare contre lui. Nous sommes contre
lui, dans nos institutions, dans nos lois, dans nos
lettres, dans nos arts, dans nos mœurs, dans notre
politique, dans nos écoles, dans nos démarches, dans
nos lectures, dans nos discours, dans toute notre conduite. Jésus-Christ est l'idole que Rachel cachait
dans ses hardes; si nous l'adorons en secret, nous le
blasphémons en public. Nous nous fabriquons de
toutes pièces une conscience, des doctrines, des convictions, une religion, un esprit, des mœurs à l'usage
exclusif du milieu où nous sommes trempés. La fin
de tous nos actes, c'est le monde qui ne peut en
être le prix. Nous comptons pour perdu tout ce qui
n'est pas pour le monde, comme si le monde était
éternel. Ainsi, nous glissons sur la pente raide de la
vie : arrivés au terme fatal, l'idée nous vient avec
effroi que, nous avons tout fait pour un monde qui
s'en va en fumée, et rien pour un Dieu qui nous attend
avec une éternité.

Non, illustre martyr, ne parlez pas aujourd'hui pour
célébrer des forts qui savent mourir comme vous ;
mais pour condamner des lâches qui sacrifient à Jupiter, pour un sourire.

III

Se ranger du parti du monde contre Jésus-Christ,
envelopper sa vie dans ce dogme unique : il faut être
de son époque; si Jésus-Christ et la vérité ne veulent

pas en être, c'est affaire à eux; voilà une apostasie. Mais entre deux extrémités dangereuses, il y a, ce semble, un juste milieu que conseille la prudence et où s'établissent les sages.

La fidélité à son Dieu est toute dans le cœur et rien n'oblige de la crier sur les toits. Il sait bien lui-même défendre sa cause ; pour ce faire, il est assez puissant et n'a nul besoin de notre concours toujours faible et quelquefois compromettant. Sans se déclarer pour le monde, contre Jésus-Christ, on peut, en public, entre l'un et l'autre, garder une sage neutralité. Entre insulter son drapeau et le tenir toujours au vent, comme une provocation, il y a une conduite plus habile et plus prudente; c'est de le garder fidèlement, caché aux regards indiscrets ou insulteurs, enveloppé dans les plis de son vêtement.

C'est ici que, le primicier de la légion thébaine aurait pu développer tous les raisonnements de la sagesse charnelle. Ah! s'il eût été de ce siècle assagi dont nous sommes les fils, comme il eût été plus calme et se fût sauvé lui-même, en sauvant sa légion, sans rien sacrifier de ses croyances et de son honneur! Nous n'aurions pas manqué, nous autres, de prétextes raisonnables pour trouver une porte de sortie honorable dans un prudent silence.

Eh quoi, aurait-il pu dire, ce qu'on me demande, après tout, n'est pas une apostasie ; les aigles sont les enseignes de l'empire. Répandre des libations à ce qu'on appelle les Dieux de la Patrie, est un acte auquel je ne puis attacher que la signification qui me plaît. En les saluant, mon cœur inviolablement fidèle dira : je salue mon pays et sa gloire et je méprise ses dieux menteurs. Suis-je idolâtre, quand je courbe la tête et ramène vers la terre la pointe de mon glaive, en passant devant les enseignes des légions ? Ce devant quoi s'abaissent mon épée et mon front n'a pas de personnification vivante; c'est une grande idée que toute âme comprend et pour laquelle on meurt. Je salue le drapeau; le drapeau, c'est la patrie. De cette marque de respect mon Dieu n'est pas jaloux, car il veut que je sois fidèle à elle, comme à Lui et que je sache mourir pour elle, comme pour Lui.

Ai-je bien le droit, quand même il me resterait un doute, de sacrifier cette légion que j'ai conduite sur tant de champs de bataille ? Puis-je prendre la responsabilité de l'immense carnage qu'on va en faire peut-être, parce que mon esprit trop étroit n'a qu'une portée et des vues mesquines ?

Ce sacrifice, si héroïque soit-il, est-il bien à sa place, en pleine armée païenne, aux veilles d'un combat ? N'est-il pas mieux, pour se montrer avec cet éclat, d'attendre l'heure propice où la vérité victorieuse forcera la porte des esprits et entrera en conquérante ?

Enfin, puis-je prendre la responsabilité des suites d'une pareille détermination ? Cette désobéissance ouverte de toute une légion contre son empereur n'est-elle point une révolte, et cette révolte n'est-elle point une raison légitime, pour exciter encore la fureur des païens et allumer une persécution plus aiguë que toutes les autres, dont je serai l'auteur, moi, chétif, qui n'ai point reçu de pareille mission ?

Voilà les raisons vaines qui montent du fond épais de notre nature, lâches raisons de la chair et du sang, que Maurice n'entendit pas. Il ne sait qu'une chose ; c'est que Jésus-Christ est son Dieu, et que son Dieu lui a dit : Celui qui n'est pas pour moi est contre moi (1). Ne pas se déclarer son soldat ; c'est se déclarer son ennemi. Il a été héros pour son roi de la terre, et il manquerait l'unique occasion de l'être pour son Roi de là-haut ? Non pas : camarades, bas les armes et poitrines nues, et la belle moisson de martyrs, mûre pour les greniers éternels, tomba, rang par rang, comme les grands blés sous le geste puissant du faucheur.

Parlez toujours, ô mon martyr, et dites-nous bien fort que notre prudence, c'est notre lâcheté.

Le monde, par les cent voix qu'il a à sa disposition, clame à son aise ses maximes de mort ; et nous n'osons pas laisser soupçonner que nous savons les maximes de vie.

Le monde se fait une gloire de sa science de ruine ; nous avons honte de la science du salut.

Le monde oppose ouvertement ses affirmations à notre foi ; nous n'oserions pas opposer notre foi à ses affirmations.

Le monde traite l'Evangile de folie ; nous avons pour les folies du monde des égards que nous n'aurons jamais pour l'Evangile.

Le monde méprise ouvertement ceux qui servent Dieu ; ceux qui croient servir Dieu ménagent la corruption du monde.

(1) Math., xii, 30.

Le monde, à notre face, du haut de ses tribunes, outrage chaque jour notre Seigneur et Maître; sa gloire outragée n'éveille point dans nos âmes le moindre écho de protestation.

Le monde, quand il dit : Jésus-Christ; c'est pour l'insulter; ce nom nous est cher, nous n'osons pas le défendre, pas même le prononcer.

Voilà, Seigneur, notre conduite. Nous ne voudrions déplaire ni à l'insulteur, ni à l'insulté, être à vous, et, comme Pierre, faire semblant de ne point vous connaître, vous aimer et être aimé de ceux qui vous haïssent; ne pas nous joindre au monde contre vous, ne pas nous joindre à vous contre le monde, ne garder qu'une doctrine, le silence.

N'avons-nous pas de puissantes raisons pour justifier cette attitude? On rend la vérité odieuse, quand on la rend incommode. On suscite contre elle des colères, en la faisant agressive. On éloigne ceux qui l'ignorent, quand on la prêche à contre-temps. On désespère les bonnes volontés, en les pressant outre mesure. On attire des outrages pour demain, en voulant venger les outrages d'hier.

Enfin, nous ne sommes pas chargés de l'âme des autres; il y a assez à faire de se préserver soi-même. Il y en a qui ont mission de les défendre et de les éclairer: qu'ils le fassent!

Eh! nous le ferons; nous y dépenserons nos forces, notre vie et, quand il le faudra, notre sang.

Quand la bataille s'offrait à Maurice, faisait-il sa légion battre en retraite, pour se présenter tout seul à l'ennemi? Pour la conduire à la victoire, il fallait d'abord la conduire au danger. Le primicier était au front des troupes, mais les troupes suivaient.

Eh quoi! le mal ne cesse d'ourdir des complots contre le Seigneur et contre son Christ : *adversus Dominum et Christum ejus* (1); dans les conciliabules de l'impiété, on se concerte sur les mesures à prendre pour en finir avec Dieu; on discute à froid les moyens d'abolir son culte, d'effacer son nom des mémoires, d'arrêter l'enfant, dès son premier pas dans la vie, pour qu'on ne puisse imprimer le nom de Dieu dans son cœur ; et nous qui sommes le bien, qui disons l'être, nous ne ferons pas une ligue, pour défendre, sur leur trône chancelant, la Vérité dont le flambeau s'éteint, la Justice qui se voile le front. Les chefs exposeront leur vie, et les soldats déserteront, prévariqueront à leur aise?

Le mal a une audace que rien n'arrête; il complote au grand soleil, il étale ses outrages sur des affiches écarlates, il organise de grandes réunions à son profit, il a ses fêtes, ses pompes, ses étalages de scandale; et nous qui sommes le bien, qui disons l'être, nous cacherons des convictions bien chères, comme de la fausse monnaie, comme des choses de contrebande, et nous serons effrayés de l'éclatante publicité de nos œuvres, nous à qui le Christ a dit de ne jamais laisser le « chandelier sous le boisseau » (2); nous à qui il a dit encore de ne jamais faire que « des œuvres de lumière, pour que tous les hommes puissent les voir et les suivre » (3), et nous couvrirons notre lâcheté du nom sacré de la prudence?

---

(1) Ps. ii, 2. — (2) Matth. v, 15. — (3) Matth. v, 15.

Le mal a ses machines à imprimer qui ne chôment jamais; sous la planche infatigable, la feuille du livre corrupteur pousse la feuille du journal impie; il trouve des millions pour cette cause, et ses apôtres vivent grassement de la besogne infernale; nous qui sommes le bien, qui disons l'être, nous croirons avoir fait plus que notre devoir, quand nous aurons versé notre obole pour la défense de l'Evangile?

Les corrupteurs à gages seraient donc plus puissants que les conquérants des âmes?

La charité divine, l'héroïsme chrétien devraient donc céder le pas à l'argent?

Les apôtres de l'erreur et de la licence auraient donc plus de zèle pour la perte de nos frères que, nous n'en avons pour leur salut?

Les soldats de Jésus-Christ battraient en retraite devant les séides de l'enfer?

On ne peut circuler sous les arcades colossales du Colisée, ni promener son regard sur les trois étages de voûtes qui montent jusqu'au faîte, sans entendre, dans le profond silence de cette grande ruine, les applaudissements, les menaces, les clameurs des cent sept mille spectateurs qui s'agitaient sur les gradins, comme une immense vague circulaire, penchant leurs têtes vers l'arène, pour se délecter des dernières convulsions des chrétiens, qui mouraient là par milliers, pêle-mêle avec les fauves; ni, sans se rappeler qu'il fut un temps où, tout chrétien était ou pouvait être martyr.

On ne peut s'asseoir un instant sur les débris peuplés de caméléons et de lézards, semés de ci de là par la Syrie, la Galilée, la Samarie, restes glorieux des

églises bâties, en passant, par Godefroy de Bouillon
et ses compagnons d'armes, sans se rappeler qu'il fut
un autre temps où tout chrétien était ou pouvait être
croisé.

A des temps nouveaux, il faut des hommes nouveaux; aujourd'hui, tout chrétien doit être apôtre, et
notre époque nous fait une situation telle que, si nous
ne sommes pas apôtres, nous sommes apostats.

Il faut agir : *Viriliter agite in lege* (1). Pour agir
avec succès, il faut agir ensemble, les soldats avec les
chefs; il faut s'unir. Puisque nous sommes à la bataille, et que l'ennemi est devant nous, il ne faut pas
éparpiller nos forces, nous en aller chacun de notre
côté, tirant des coups de feu dans le vide, faisant beaucoup de bruit, pour ne remporter aucune victoire;
mais nous sentir les coudes, serrer nos rangs, faire
une masse impénétrable, une légion thébaine.

Surtout, il ne faut pas faire cause commune avec
l'ennemi. Il semble que je donne là un conseil inutile ; pourtant, notre temps, qui voit de si singulières
choses, voit encore celle-ci : on ne veut pas que la
religion meure ; mais on passe dans le camp de ceux
qui veulent la tuer et ne dissimulent pas leur dessein.

Combien y en a-t-il, de ceux qui ne veulent pas
d'eau baptismale sur le front du nouveau né, pas de
première communion pour l'adolescent, pas de béné-
diction divine sur le foyer, pas de prêtre au chevet du
moribond aimé, pas d'eau bénite sur le cercueil, pas
de croix sur la tombe chère ? presque point. On aime

(1) I Mach. II, 64.

l'Eglise et on la veut ; si on la voyait partir, on s'accrocherait au pan de sa robe et on lui crierait : ô mère, restez avec nous. Ce sont les mêmes qui la criblent de leurs sarcasmes et de leurs injures, se font un crime de lire une feuille qui la défende, n'ont d'encouragements, d'admirations et d'applaudissements que pour ceux qui se sont donné mission de l'étouffer.

Explique cela qui pourra ; mais ils sont innombrables ceux qui ont passé à l'ennemi et viennent nous demander toujours notre croix et nos mystères.

Combien en est-il encore qui ne se contentent pas de ce christianisme vague des grandes actions de la vie, connaissent le chemin de l'église, même celui du confessionnal, même celui de la table mystique, se font un devoir de la pratique chrétienne, en observent fidèlement les lois, de ceux dont les lèvres et les genoux ne sont pas déshabitués de la prière, et qui ne savent pas, ne veulent pas défendre leur mère, ont de secrets contentements, quand ils croient trouver contre elle des arguments décisifs et affichent avec plaisir les torts qu'ils lui découvrent contre ses persécuteurs.

Les mauvais sont unis par l'impiété et par la haine. Ce sont les deux chefs qui les enrégimentent et les conduisent à l'assaut de l'Eglise. Ils n'auront pas de triomphes définitifs ; parce que la haine, même commune, n'est pas un trait d'union vrai, et que « tout royaume divisé contre lui-même périra » (1). Puis-

(1) Math. xii, 25.

qu'ils sont momentanément unis dans l'impiété et dans la haine; pourquoi ne sommes-nous pas unis pour la lutte, dans l'amour et dans la foi ? Unis à nos prêtres qui sont à tous les assauts, avec la grande tristesse de n'être pas soutenus par ceux-là même qui, devraient le plus les défendre ; par eux, unis à l'épiscopat, « qui a été placé dans le monde, pour régir l'Eglise de Dieu » (1) ; par l'épiscopat, au centre d'unité d'où il tire lui-même sa force et sa splendeur, à ce siège apostolique où, par son successeur, Pierre est plus vivant que jamais. Où se trouve la Papauté, là se trouvent la vérité et la vie, le salut du présent, l'espérance de l'avenir ; car c'est là que se trouve l'Eglise.

Soyons unis, à la vie et à la mort; une armée est déjà défaite, quand chaque soldat soumet à son jugement les ordres de son général.

Soyons unis, comme l'étaient les soldats de cette légion magnifique que Maurice commandait. Dieu! que notre condition est belle! Nos combats n'ont point de hasard; on est vainqueur, quand on n'est pas déserteur. *Vicerunt regna.*

Qu'elle a été triomphale l'entrée de la légion thébaine dans la cité conquise! Pendant que les corps héroïques dormaient dans les champs de l'Helvétie, les dix mille âmes glorieuses, sous la conduite de Maurice, montaient à un triomphe plus beau que celui du Capitole.

Ils devaient être splendides, dans la vieille Rome

(1) Act. xx, 28.

victorieuse, ces cortèges de la gloire ! L'immense
peuple descendait de ses collines, pour saluer les vainqueurs. Aux flancs du Palatin, du Cœlius, de l'Aven-
tin, sous les arches géantes du cirque Maxime, sur
les marches des temples, sous les portiques des basi-
liques, partout des foules. De la voie Appienne arrivait
l'éclat lointain des trompettes, puis le rythme sourd
des sabots de chevaux sur les dalles, puis le cortège
apparaissait, s'engageant sur la voie triomphale. Sous
l'arc géant passaient des soldats, des capitaines, des
patriciens, des sénateurs, des consuls, des vestales,
des Césars, faisant escorte au triomphateur assis sur
un char traîné par des lions d'Afrique, au milieu de
prisonniers enchaînés, de trophées de victoire ; tout
un entraînement de triomphe, dans une clameur d'acclamations infinies qui s'engouffrait dans le forum de
l'Empire, montait la rampe du Capitole, jusqu'à l'autel de Jupiter qui couronne les victorieux.

Ce triomphe-là, Maurice eût pu l'avoir, s'il l'eût
ambitionné. Ah ! que saint Jean Chrysostome a fait
une description plus belle du triomphe qu'il préféra !

Regardez passer la légion thébaine ! Elle s'élance
de ce petit point obscur perdu dans le tumulte des
mondes, qu'on appelle la terre, précédée des anges
qui ouvrent la marche, escortée des archanges, des
chérubins et des trônes, qui n'ont point à rougir de ces
nouveaux compagnons de gloire. Ils reviennent des
batailles de la vie, vêtus de la robe empourprée du
sang de l'agneau, avec des palmes d'or dans les mains,
et montent jusqu'à cette porte étincelante de saphirs
que l'apôtre avait entrevue dans sa vision gigantesque.

Attollite portas! Ouvrez-vous, portes éternelles, laissez passer la légion triomphale, et le peuple éternel se range, et sur le passage du cortège, chante l'Hosannah final. La légion monte encore jusqu'au Monarque des cieux, jusqu'au trône ruisselant de gloire que gardent les séraphins. Maurice ploie les genoux devant le trône et son armée de martyrs adore avec lui Celui qui y est assis. Jésus les accueille, non point en serviteurs, mais en amis : *vos amici mei* (1). N'avait-il pas dit : Nul ne peut aimer davantage que de mourir pour ceux qu'il aime (2). Mourir pour ceux qu'il aime ! Il l'a fait Lui ; mais ces dix mille l'ont fait après Lui et l'ont fait pour Lui. Le Seigneur place sur leurs fronts la couronne lumineuse, les revêt de la robe de rayons, et la légion se lève, prend sa place au milieu des chœurs de l'éternité, entonne avec eux les mystiques concerts, l'hymne des chérubins : Saint, saint, saint le Seigneur des armées.

C'est fini ! Pour quelques gouttes de sang, ils ont enlevé d'assaut l'éternelle cité. *Vicerunt regna.*

---

(1) Joan. xv, 14. — (2) Joan. xv, 13.

TABLE DES MATIÈRES

Lyon. — Imprimerie Emmanuel Vitte, rue Condé, 30.

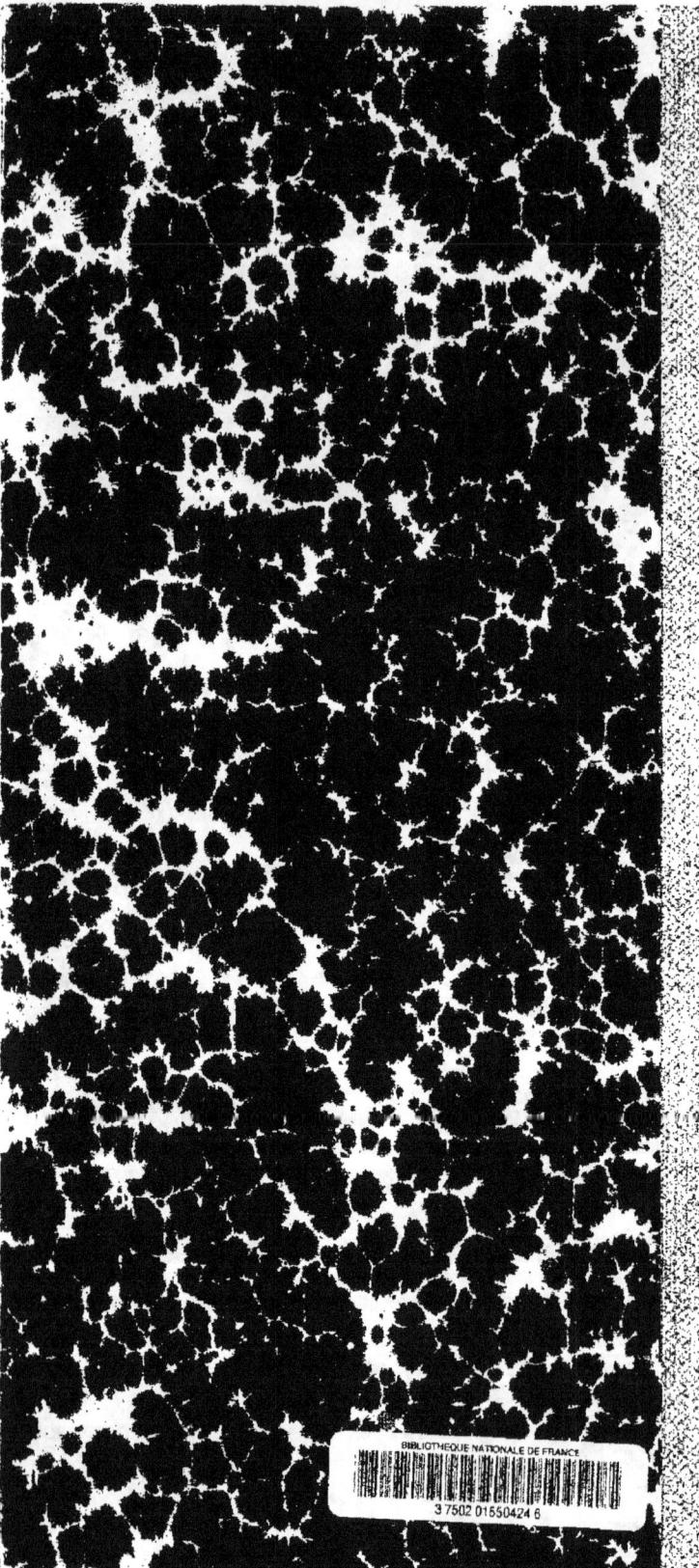